现代性五面孔2

张鸿/主编

十三个父亲

THE THIRTEEN FATHERS

朱山坡/著

南方出版传媒

花城出版社

中国·广州

图书在版编目（ＣＩＰ）数据

十三个父亲 / 朱山坡著. -- 广州：花城出版社，
2017.6
（现代性五面孔 / 张鸿主编. 第二辑）
ISBN 978-7-5360-8371-4

Ⅰ. ①十… Ⅱ. ①朱… Ⅲ. ①短篇小说－小说集－中
国－当代 Ⅳ. ①I247.7

中国版本图书馆CIP数据核字(2017)第113035号

出 版 人：詹秀敏
责任编辑：黎 萍 蔡 宇
技术编辑：薛伟民 凌春梅
封面设计：介 桑

书　　名　十三个父亲
　　　　　SHI SAN GE FU QIN
出版发行　花城出版社
　　　　　（广州市环市东路水荫路 11 号）
经　　销　全国新华书店
印　　刷　广东新华印刷有限公司
　　　　　（广东省佛山市南海区盐步河东中心路 23 号）
开　　本　880 毫米×1230 毫米　32 开
印　　张　8.25　1 插页
字　　数　178,000 字
版　　次　2017 年 6 月第 1 版　2017 年 6 月第 1 次印刷
定　　价　35.00 元

如发现印装质量问题，请直接与印刷厂联系调换。
购书热线：020－37604658　37602954
花城出版社网站：http://www.fcph.com.cn

目 录

如何把全镇的诗集买光

——朱山坡

（自序）

后来，我越来越相信当初爱上文学是因为受到了父亲的影响。父亲当过几年兵，能拉二胡、吹口琴、吹箫，象棋也下得鲜有对手，也有军人的硬气，但身上毫无文学的痕迹。也许他一辈子也没写过一篇文章，也不知道文学是何物，更没背过一首唐诗宋词。但他经常在月光下给我们兄弟、邻居们讲故事，三国演义、杨家将、薛刚反唐、狄青征西……以及林彪和四野往事。他用口舌把故事演绎得引人入胜，精彩异常，让我常常一整晚辗转反侧，欲罢不能，人物在脑子里进进出出，兵荒马乱，川流不息，栩栩如生，编写、演绎和讲述故事的冲动像夜色一样蓬勃。我对自己说，将来我要当作家，以虚构为业，靠稿费为生，周游世界，俯视万物。但父亲对此浑然不知——他点燃了火种，又要亲手浇灭。

我爱上文学的最初时光，是在一个小镇上。首先喜欢上的是诗歌。邮政所旁边有一个私人经营的书摊，经常能看到诸如《辽宁青年》之类的与文学有关的杂志。只要刊登有现代诗歌，我都千方百计买下来。有时候，与其说是买一本杂志，倒不如说是买一首诗。但这些杂志无法填满我日益膨胀的胃口。好在还有一家有教室那么宽大的新华书店，那些文学书籍像美食一样闪闪发亮。我常常利用短暂的课间休息时间，跨过从镇中心穿过的车水马龙的省道，越过一条狭窄的有野芭蕉树和黄色竹子的小巷，拐过烟雾缭绕的国营面包店，到达骑楼街上的新华书店。如果不是遇到月底关门盘点，我会直奔左边的文学书架，从最底层到最高层，有七排，看有没有新的诗集。虽然很少有惊喜，但我还是乐此不疲，满怀期待。那时候，我根本不知道什么是好诗，也不知道谁才是最有名的诗人。只要是诗集，我就咬咬牙买下来，揣在怀里，欢天喜地地跑回教室，度过好多天激动人心的阅读时光。但整个书店，一年之中也难得看到几本新诗集。因此，我买到不少后来才知道根本不值一提的诗人的著作，甚至还有诸如《袁水拍儿童诗》之类的昂贵诗集。明知道这些诗歌已经过时，不再成为模仿借鉴的对象，但我仍然愿意把它们买下来。而我囊中极度羞涩，买一本诗集花掉了我半个月的伙食费。我为吃饭发愁，夜里常常饿着肚皮摸黑到学校食堂看有没有意外收获——开了饭而又临时改变主意回家吃饭的同学留下的晚餐。结果，跟新华书店一样，鲜有意外的收获。

　　我还常常光顾新华书店对面的文化站阅览室。偶尔，在乱七八糟的旧书籍中也夹杂有诸如艾青的《归来的歌》、贺敬之的《回延安》之类的诗集。我翻阅了无数遍，千万次想趁人不备偷走，永久性地占为己有。但负责管理图书的那个小老头从我走进来的那一刻开始，目光就咬着我不放，好像我是曾经闯进他家行窃并从他眼皮底下逃脱的小偷。有一次，我说我想买下这里所有的诗集。担心小老头不答应，我迅速开出了"以双倍的价钱"为条件。但小老头还是鄙夷地拒绝了我。

"你以为整个镇就你一个人喜欢读诗歌？"他阴阳怪气地瞅着我说。

确实不只有我一个喜欢诗。因为我曾经在新华书店看中一本新到的诗集，爱不释手。但等到我积攒够了钱，诗集已经被人买走。镇上有同类，这让我感到不孤单，但更多的是让我不爽和警惕。我想成为镇上唯一的诗人，只有我读诗、写诗、出名，光环和荣耀只属于我一个人。我早已经开始写诗。利用一切时间，疯狂地写，压过镇上的所有"诗人"，让他们知难而退，成全我。我更希望有一天也能像"全国十大校园诗人"那样，被视为大熊猫，一路保送，免试进入大学。在这过程中，我希望镇上没有竞争者。所以，当发现隔壁班有一个愣头青手里捧着一本我错过的《朦胧诗选》时，心里惊喜而紧张，好在，此呆读不懂朦胧诗，我用三倍的价钱把它买了过来。其实，我也读不懂，但我早早记住了那些诗人闪亮的名字，相信在不久的将来，我会成为他们中的一员衣锦还乡。

有一次，在人民理发店，我看到了一个头发蓬乱的青年坐在椅子上，一边等待理发，一边翻看一本文字分行的书。我弯下身去想看清楚是什么书名，但被他警惕地拒绝了，吝啬地用胳膊遮挡住我的目光。我只看到他又脏又臭的脚板交叉，相互搓着，地上很快便有了一堆崭新的污垢。趁他低头掩饰双脚分心的时候，我看清了书的封面：席慕蓉的《七里香》。简直是暴殄天物。

为了不让诗歌落到这种人手里，我决心不惜代价把镇上所有的诗集买光。

但我几乎是镇上最穷的学生。我的学杂费得靠父亲从遥远的茶场上气不接下气地送过来。他那点微薄工资供养着四个正在读书的儿子，用捉襟见肘远不足以形容他的窘迫。因此他反复严厉要求我们必须把每一分钱用到刀刃上。回想起当年我要买光镇上的诗集的奢望，与今天的一个连房租也交不起的文青梦想买下一座城市差不多。而我，还是背着父亲把有限的伙食费和买牙刷、肥皂的钱挥霍在购买诗集上。我相信，只要省吃俭用，一定能把全镇的诗集都据为己有。一根牙刷我用了三年，到毕业时还剩下七根残毛。父亲把我面黄肌瘦的原因归咎于学校的伙食太差而我的功课压力太大。终于有一天，新华书店书架上的诗集被我买光了。可是，第二天，同样的诗集重新出现在书架同样的位置上……还有一个秋季，我把一个学期的学费三十六元全部寄往四川《星星》诗刊编辑部，参加了诗歌写作函授班。函授班的老师告诉我，他会尽力帮助我进步、发表作品，把函授的学费赚回来。我信心满满地以为，学校的学费暂且拖欠着，到了期末，我的诗歌稿费足够一次性交清。我还以为，此事可以瞒天过海，父亲也会浑然不知，因为拖欠学费的远不止我一个人。但他从学校门墙上的期中考试成绩排行榜上发现了我的反常。我的学习成绩一落千丈，无可辩驳。在严厉的逼供面前，我向他坦白，出卖了诗歌。父亲暴怒，恨不得把诗歌这只恶魔立即从我身上驱赶出去。但我告诉他，不必太担心，我会争取保送上高中、大学。我拿出"全国十大校园诗人"作为有力的例子。

"人家发表过那么多的作品，你的作品发表在哪里？"父亲的疑虑很专业。

我指了指张贴成绩排行榜的对面的一堵墙。父亲从花花绿绿的墙报角落里看到了我的一首十七行的长诗，除了摇摇头，再也没说什么，掉头离开学校，往他遥远的茶场去了。

然而，直到学期结束，我也没有在报刊发表过一首诗，投出去的稿全部音讯全无，自然没拿到一分钱稿费，还搭上不少邮费。这是一次巨大的投资失误。我破产了。是我妈，卖掉了一头猪，将我的学费补交了。而新华书店的书架上，赫然摆放着新旧诗集。诗集像野草一样，割了又长出来，根本无法斩草除根。

尽管如此，我仍然想把整个镇的诗集买光。

暑假，我做起了贩卖冰棍的生意。一是为了购买诗集，二是为了参加市里举行的收费的笔会。但我向家人撒谎说是为了自筹学费。因此，暑假，农忙时节，父母、兄弟特赦了我下田收割、插禾的责任。我整日奔波于粤桂边界的乡村，避开同行的竞争和熟人可能发出的嘲笑，到最偏僻的地方，兜售冰棍。虽然因为祖父的突然去世中止了我的生意，但我已经积攒了能买光新华书店诗集的钱。

父亲察觉了我的动机，开始干预我购买诗集和写诗行为。他看不出我会"保送"上高中、大学的前景。因为我直到初三，才在县刊发表了一首短诗，离全国出名的距离比镇到茶场的距离要遥远得多。父亲比我清醒，断然将我床头、抽屉的诗集和诗稿全部收走，让我专心读书。但为时已晚，我中考落了县重点高中的榜。单凭一首发在县刊的诗何来谈保送？我面临着两个命运：一是当农民，二是当农民工。父亲一辈子最鄙视、最无颜以对的职业就是农民和农民工，虽然他一辈子的身份就是一个农民。如果我们四兄弟都逃不脱这两种命运的话，对他来说真是生无可恋——我又何尝不是如此？

在万念俱灰的日子里，我仍然到新华书店去，看书架上有没有诗集。售货员早已认出了我，对我说："诗集早被人买光了。"

虽然我并不准备购买诗集，但这真让人沮丧，又让人惊喜。我把中考落榜和不得保送的原因归咎于镇上隐形的"诗人"。是他们耽误了我的前途。我竟想把他们揪出来，看看他们穷酸和委琐的嘴脸。

从镇看榜回家的路依然是熟悉的通往广东的省道。这一天显得异常崎岖漫长，树影婆娑，阳光斑驳，自行车辗过厚厚的黄沙，摇摇晃晃，举步维艰，一种绝世的孤独感和无助感从天而降。我才明白，父亲所有说过的话都是正确的，把一个镇的诗集买光的想法多么荒谬可笑！我突然号啕大哭，将自己藏匿于汽车扬起的尘土里。回到家，当着父亲的面，我一把火烧光了所有的诗集和诗稿，并且承诺从此与诗歌分道扬镳、势不两立。父亲愿意再给我一次机会，从九户亲戚那里筹借了一千元赞助费，让我就读县重点高中。

在整个高中阶段，我再也没有买过一本诗集——因为我和父亲有过契约——甚至对语文课本上的诗歌也充满了警惕，仿佛一粘上它们便坠落万劫不复的深渊，从此路断天涯，不再有将来。

然而，高中三年，我的文学梦依然在燃烧，像冰山下的火焰。我心里有猛虎在细嗅蔷薇。那么压抑，那么心有不甘。夜深人静，梦想便从哪个角落里窜出来，像一只饥饿的老鼠，骚扰我，撕扯我。实在无法忍受，打开手电筒，在笔记本上写下几行，又匆匆撕毁。这是对契约的违背，对父亲的背叛。纠结、矛盾，自我谴责。对此父亲浑然不知。

直到我参加工作，父亲仍然反对我当一名作家。他不知道什么是作家。当一个作家，远不如兢兢业业当一名副乡长更能光宗耀祖。为了报答他，我在政府办公室待了十八年，就为了当一名副乡长、副县长。有一天，我离开了政府办公室，到文联去，当作家去。他心如刀割，唉声叹气，羞于见人，最后从祖坟风水学中找到了答案，理解了宿命，才稍稍释怀。此时，我的创作生涯进入了喷发期，没有什么可以阻拦。而正是此时，父亲的影子在我脑海里剧烈晃动。在我提笔写作时，他总是最先不邀而至，跃然纸上。于是，我回想起了他生平的点点滴滴。我小说的故事起源跟他脱离不了干系。比如《捕鳝记》，便是起源于当年夏夜父亲领着我持火把捕鳝的经历。父亲小时候受尽饥饿折磨，《牛骨汤》中重现了饥饿时期父亲随祖父寻找食物的场景。《鸟失踪》《旅途》《把世界分成两半》等篇什中也有与父亲有关的一些真实细节。

在我看来，父亲是一个"大词"，是一座烟波浩渺的湖泊。世界上有很多的父亲。有无数的文学作品以父亲为主角，卡夫卡的、舒尔茨的、罗萨的等等。我曾经接受他们的影响。

他们唤醒了我，启发了我，指引着我。父亲的形象是如此清晰，又如此陌生，像湖底的水草，像湖面的波纹。我一直试图描摹出"面目模糊"又"形象逼真"的父亲。他们的背后，有深刻的背景和丰富的内涵，事关历史、时代和人生，触摸到爱、疼痛和哀伤，能让人欲哭无泪，慨然长叹。即使他们是一座座形状不同的湖泊，也必然清澈透明，波光粼粼，又深不见底。

有那么一阵子，让父亲作为小说的狠角色确实使我的叙述得心应手，竟然不知不觉之间写下了十几个以父亲为主角或配角的小说。我从来没有想过，也无意把父亲写成系列。纯粹是下意识的，是意外。直到有一天有人跟我说，你写了那么多父亲，会不会让人腻烦？会不会重复自己？这让我警醒。但我回头看了看，情况并不那么严重。众多的父亲性格不一，形象各异，有些还十分有趣，像父亲的模样。这让我放心。

这本集子里收录了十三篇与父亲有关的小说，算是一个回顾和了结吧。《十三个父亲》中，父亲既是一个概念，也是一群鲜活的具象。委琐的、颓废的、窘迫的、粗暴的、伟岸的、深沉的、慈爱的、坚毅的、果敢的、愤世嫉俗的、异想天开的、刚愎自用的……父亲，恨不能把所有的父亲都描述一遍。严格来说，这些"父亲"都是虚构的，子虚乌有，胡说八道。这个父亲跟那个父亲没有半毛钱的关系，跟我现实的父亲也未必有可信的勾连。然而，可以肯定的是，我笔下这些"父亲"大部分因为过于平庸而将迅速沉入湖底，湮没于浩渺的烟波之中。但我依然固执地奢望其中的一个能成为经典。这正是我孜孜以求的动力。

父亲很少读我的小说，可能是因为读不懂。我也从不跟他谈论文学以及因为文学跟他"较量"的那些日子，甚至不肯在他面前承认我热爱写作是因为受过他的"口头文学"的影响。父亲去世三年多了，如果他不再反对，我愿以此书献给他。

顺便告诉你们，我也曾经回到镇上去。镇子变化很大，省道早已经改道，那些小巷也已经踪迹难觅，文化站也已经搬迁别处，新的街道和房子让我感到陌生。但新华书店仍在，书架还是那些书架，只是琳琅满目的书籍中再也找不到一本诗集了。我相信，并非诗集被无端蔑视，而是有人替我将它们全部买光了。

2017年1月6日，于南丹歌娅思谷

牛骨汤

　　父亲越来越不相信别人。因为他没有多余的体力浪费在大海捞针般的觅食路上。两年来，他早出晚归，像野狗一般东奔西跑。卑贱得像个乞丐，像个流民，像只丧家犬。有时候带回来可怜的一点儿食物，比如蛆蛀过的红薯、发霉的芋头、糜烂的野果，也有说不清名字却可以咽下肚的东西。更多的时候，是两手空空地回来，进门时，他不知道如何安放空空荡荡的双手。从他身上闻不到食物的气味，沮丧和失望的情绪一下子在家里弥漫开来，挥之不去。但我们都坚信他已经地毯式搜遍了世界的每一个角落，只是食物故意躲在暗处，不肯与他相见。

　　外出觅食的人每天早上都在村口交流信息，然后空着肚子出发，家里的老人和孩子等着他们的食物延续生命。近来，寻找食物的人互相埋怨对方传递谬误信息，以讹传讹，使得他们一次又一次扑空了。有人累死在扑空回来的途中。父亲也不止一次扑空，听说哪里可能有野果摘，有红薯挖，跑了几十公里赶到那里，结果除了一片被无数人踩踏后留下的荒芜和狼藉，什么也没有。有时也听说哪县开仓赈民，结果跑到半途便被拦截，被驱逐，被暴打。因为常常一无所得，所以越来越多觅食的人宁愿在家里等死，也不肯外出受苦受累受辱了。饿死人的消息和人吃人的传闻此起彼伏，悲观绝望的气氛将米庄凝固起来，大家都接受了等死的命运。事实上，米庄已经有人饿死，只是我们以为是撑死，因为他们的肚子里全是黑土。

好在当过兵的父亲不是轻易放弃的人。他把侦察兵的特长发挥得淋漓尽致。他善于从纷繁而真伪莫辨的信息中评估食物存在的可能性。他还机智地爬上山顶，张开鼻孔嗅闻风带来的气味，以此判断应该往哪个方向奔跑。每天都乐此不疲，虽然偶有斩获，然而，终于有一天，父亲发现自己跟其他人一样，判断力越来越差，误判频繁，而且连攒足出门的力气和勇气都异常艰难，为此他感到惶恐和无可奈何。

为了把越来越少的粮食留给我们，祖父去年初便找了个隐蔽的地方，将自己活埋了。躺在病榻上已三年的祖母至今仍天天责骂祖父为什么不把她一起带走。瘦弱多病的母亲去年生下第二个弟弟后，就再没有力气走出我家的小院子。四岁的弟弟开始懂事，不时去揭开襁褓中的尚不满一岁的另一个弟弟，然后兴冲冲地报告母亲：弟弟还没有死。然而，我们家随时会有人饿死，不，迟早都得一一饿死。祖母早已经做好了饿死的准备，半年前便给自己穿上了最体面的衣裳，一遍又一遍地哼唱亡灵的歌，为自己超度。母亲还不愿意过早撒手人寰，因为舍不得还在哺乳期的弟弟，一次又一次地乞求和催促父亲：

"无论如何，你都要让我们活下去。你怎么不出门？怎么能在家里等死？你出门去呀，即使是隔夜的狗屎，你也替我们

牛骨汤

抢一坨回来。"

然而，父亲依然束手无策。在现实面前，他比别人高明不了哪里去，而他原先硬朗的身躯迅速瘦削疲软下来，仿佛一匹病马无力奔跑。不是他不愿意出门，在洪水来前，他又去过一趟高州，因为听说那边山洞里发现了一处旧地主隐藏的粮仓，虽是陈粮，腐烂掉了，估计跟泥块差不多，几乎不能吃了，但这消息还是引起了一阵骚动，只是最后去一看究竟的人很少，因为已经有十三个人证实是假的。父亲同样不相信别人，亲自跑了一趟，结果消息真的是假的。父亲又累又饿，回来一头倒在柴堆上，像一堆烂泥。那样子，很难为下一次奔跑攒够力气。第二天，台风来了，暴雨、洪灾跟着来了。河水漫上河床，将田野变成泽国，刚刚抽穗的水稻消失在眼前。

也就是洪水刚刚消退不久，这天太阳还没有升起来，从南面山道来了一个疲惫不堪的陌生人，摇摇晃晃地一头闯进我家，向母亲讨要一口饭。母亲看着这个只需吹一口气便可击倒的男人，起了恻隐之心，欲转身入厨房，要从刚刚煮好的小半锅红薯稀粥中取一勺给他。那点少得不够灌满半截肠子的稀得看得见人脸的粥，是我们全家一天的口粮，怎么能分别人一杯羹啊？然而母亲向来心地善良、乐善好施，即便饿死，也要跟别人分享食物。父亲不敢硬生生地阻止母亲，但他敏锐地闻到面包的味道，厉色地指着那男人的口袋。那男人极不情愿地从口袋里摸出一小块干硬的黑面包。

父亲回头对厨房里的母亲嚷道："他身上有吃的，他骗人，不能给他粥！"

母亲从厨房里端着一只空碗出来，哀怨地质问那男人：

"你这个人，怎么不吃自己的？"

那男人脸色苍白，浮肿的眼皮遮住了眼眶，他的视线似乎弯曲了，要仰着头才能看到我们。父亲的脸也浮肿得像一个巨大的面包，眼眶肥大，也得仰着头看那个男人。因而，我看见两个眼睛朝上的男人在相互捕捉对方的视线。

那男人羞怯而有气无力地说，那是给我妻子的一点儿食物，我离家觅食四五天了，今天我再不带吃的回家，她就要饿死了——关键是她的肚子里还怀着一个，快要生了！

父亲冷漠地说，我们也快饿死了，谁也逃不掉，迟一天早一天的问题。那男人点头表示同意和认命。母亲相信了那男人的话，回身入厨房。但父亲说，我们不能分一口粥给你，因为分一口给你，我们就少了一口，我家就得提前饿死一个，你希望让我们哪一个先死掉呀？

那男子哀求的眼神让人同情，但父亲的硬心肠不可能在关乎生死的问题上突然变软。这些日子以来，他遇到太多内心比冰碴儿还冷、见死不救的人，他常常上门讨食被拒之门外，还收到一顿恶语讥讽。甚至，有一次，在武宜县，几个村民围上来，要把他宰了煮食。要不是冒死跳进河里逃跑，他已经被煮，分食掉了。外出有风险，胆小者都不敢轻易出门。父亲自恃行伍出身，又不愿让村里人小看，才敢不时深入陌生而险恶之地。

那男子意识到讨食无望，转身走出我家院子，母亲却叫住了他。她手里的碗盛满了稀粥，说是稀粥，实际上是一碗清澈的泛着红薯丝的汤。

父亲对母亲低吼道："你疯了？"

牛骨汤

母亲把粥端到了那男人的面前。那男人惴惴不安地看父亲的表情。父亲欲扑过去从那男人手里夺回那碗稀粥，但被母亲孱弱而坚决得不容逾越的身体阻拦住了。父亲正要跟母亲争执，那男人说："我给你们提供一个信息，如果你们认为值一碗稀粥，我就把它喝了；如果不值，我把它还给你们。"

父亲隔着母亲这堵墙说："你说吧，但不要骗人。"

那男人小心地端着碗，瞧了瞧四周无人，诚恳而悄声地说："昨天，容县纳福村死了一头牛。"

父亲狐疑地说，这种骗人的消息每天都有上百条，那些传播谣言的人目的是让更多的人累死在路上——谁都在埋怨这世界人太多了……

那男人说，你可以不相信。但今天早上我回到七里坡时，就闻到了从容县传来的牛骨汤的气味，等我缓过气来，我也是要奔赴容县的，我要牛骨汤给妻子续命。

父亲的脸色慢慢温和下来。

那男人挺直身子，动用全身的力气，张大鼻孔，闭上眼睛，朝北方向猛吸一口，然后整个身子松软下来，陶醉地说："我又闻到了牛骨汤的味道了。汤水里放了八角、薄荷、柚子叶……你也闻闻。"

父亲也轻轻地闭上眼睛。我感觉得到身边的空气都往他的鼻子里跑。当他张开眼睛时，那男人已经把碗里的稀粥仰颈喝了。

母亲拿碗回厨房里去了。那男人问父亲："你闻到了牛骨汤的气味了吗？"

父亲还在用力地闻。这个昔日的侦察兵有点怀疑自己的嗅觉是否衰退，鼻子分别朝不同的方向。早已经没有食物的气味的空气越来越洁净、透明，没有一点儿异味。病榻上的祖母突然爆发出焦急、尖锐的声音，声音穿透墙壁，明白无误地告诉父亲："我都闻到了牛骨汤的气味了。汤水里确实放了八角、薄荷、柚子叶……你怎么闻不到呢？你是不是懒得跑一趟容县？"

那男人走后，父亲马上出门砍竹，迅速削了几根长长的竹筒，准备行装，要出发了。这一次，他觉得一个人的力量还不够，他要毕其功于一役，带回足够多的牛骨汤。因此带上我。

多少年了，老祖宗留下了个规矩，不管是哪个村，宰牛后，他们可以把牛的肉刮光、吃完，把剩下来的牛骨头放进几口大锅里熬汤，撒进八角、薄荷、柚子叶，熊熊大火，热气腾腾，把骨髓油都熬出来了，村上的人可以喝，路过的陌生人可以喝，甚至外村的仇人也可以喝，谁也不能拦，也拦不住，直到把每个人都喝得肚皮滚圆，自愿放下碗，喝不动了，认输了。这是宰牛人家的惯例。当年我们米庄宰牛时，也是让外村人、来历不明的人随便喝牛骨汤的，来者不拒，还客客气气地待之如亲戚。喝光了，加水再熬，周而复始，一直把骨头熬白，熬到最后一轮，味道没了，跟白开水差不多，方撤去柴火，扔掉骨头。那时候，来了多少人啊，像一个盛大的节日，牛骨汤把每个人的肚皮都快撑破了，他们喝得满头大汗，脸红得像着了火，碗扔得到处都是。他们瘫坐在地上，不敢张嘴说话，因为一张嘴，咽不下去、堵在喉咙里的牛骨汤会吐出来，等稍微消化了，才捧着肚皮，打着响嗝儿，背着装满牛骨汤的竹筒离开。哪个村熬牛骨汤，是隐藏不了的，隔着几座山都能闻到那牛骨汤的香气。然而，所谓宰牛，几乎是不存在的。牛是耕田的好帮手，除非老死、病死、摔死或其他原因死于非命，一般是不会宰杀耕牛的。即使是村里最有权力的人，也不敢贸然下令杀死一头牛，因为无端宰杀耕牛是要坐牢乃至杀头的。因而，牛骨汤这东西，心里常盼，现实中却并不多见。

我和父亲用绳子将竹筒串起来，搭在肩上。我们胸前、背上都是竹筒。还没出发，竹筒互相碰撞发出"笃笃"的响声，仿佛它们比我更焦急、更饥饿。我们盘算着自己喝够后，给家里的弟弟、母亲和祖母带。我们喝上一顿牛肉汤，至少可以继续活下去，多活好一些时日，说不定因此而度过最艰难的时光，迎来丰衣足食的太平日子。

父亲叮嘱祖母、母亲，一定要撑到他捎牛骨汤回来。四岁的弟弟也答应了，他甚至代替襁褓里的弟弟向我们做了保证。

我们往北走，跋山涉水，快速前进。路上有熟人拦住我们：你们去哪里？父亲怕我说漏了嘴，不让我回答。毕竟僧多粥少。如果所有的人都拥往纳福村，即使宰杀一百头牛，也是杯水车薪。

父亲对那些试图探听消息的人说：我们去白米寺讨粥，听说那里的和尚天天给饥民煮粥。

他们不相信：白米寺在西边，你们为什么往北走？

父亲说：往西边的桥和道路被洪水冲垮了。

他们仍不相信：白米寺的三个和尚去年已经全饿死了……

父亲躲闪道：说不定……他们又活过来了呢。

他们似乎看穿了我们的内心，揪住父亲的衣领，让他说真话。这些人狡猾而自私，他们曾经对我们隐瞒了多少关于食物的秘密，他们会以为我们也像他们一样满腹阴谋、深藏不露，即使我们说了真话，他们也未必相信。父亲无意跟他们纠缠，干脆利落地挣脱他们，拉着我继续奔跑。直到走出很远，确信他们不悄悄跟踪，我们才放缓了脚步。

毕竟是乡亲，我有点于心不忍，回过头去对着身后并不存在的人群说："你们等我回来，我会分一口牛骨汤给你们。"

父亲松开我的手，让我把身上的竹筒安放得更稳妥、更舒适一点，哪怕半截竹筒，也不能走丢。我理解父亲的意思：我们必须带回足够多的牛骨汤。

父亲猜得没有错，洪水确实将桥梁和道路冲垮了。从赤南、小阪、隆恩到岜度，原先的路断断续续，河水汹涌，一桥难寻。泥石流将田地淹没。滑坡的山体堵住了去路。我们只好绕道走。走羊肠小道，爬过沼泽，翻越崎岖荒芜之地，穿过茂盛的灌木林和萧然寂寥的原野。父亲用富有鼓动性的言辞激励我跑起来。

"只要你跑起来，脚下就会生风，就不再需要气力，像在云朵上漫步。"父亲说。他给我示范，脚抬得老高，大踏步往前走，看上去他真的是脚底生风，不需要气力。但我学不会，每迈一步都要花九牛二虎之力，双腿犹如插在泥潭里拔不出来。

"当你把一家人的生死扛在肩上，就能脚底生风了。"父亲似乎对我的愚笨有些不满。可是，谁让我是他的儿子呢。

经过凤台镇，面对一条湍急的河流，父亲轻视了，要涉水强渡。河岸上有船，我们举目寻找摆渡人。有人咳了一声。循声望去，看到一个奄奄一息的人，衣衫褴褛，头发蓬乱，无力站起来，背靠在一棵橄榄树下，脚跟树根一起半埋在土里。他说他是摆渡人，但无力站起来。他乞求我们给他一口吃的：

"我只需要一口。你们多给我也不要。吃上一口,我才有力气为你们摆渡。"

我承诺说,等我们取牛骨汤回来,我会分给你一口。

"你们要到哪里去?"

父亲默不作声,领着我准备过河。我了解父亲心里想什么,如果非得用一口牛骨汤才能换一趟摆渡,他宁愿泅渡。

然而,这个苟延残喘的人以衰弱的声音居高临下地警告父亲:

"如果能涉水过去,还要船干什么!河里有鬼。饿鬼。今天早上,刚吃掉两个人!"

我看着浑浊得不可测的河水,建议父亲等等,或绕道,总之不能贸然行事。但我们不能指望这个摆渡人,因为我闻到了这个人身上散发出来的尸臭。也许他应该已经死了。橄榄树正在蚕食着他,对他敲骨吸髓。我敢肯定,是一个饿鬼的魂魄在跟我们说话。父亲却没能看出来,以为那人嫉妒我们,希望我们跟着他一起饿死。或许那人真是那样想的,一个人升不了天,要靠集体的力量。

"不要相信任何人!我们上当受骗吃的亏已经够多了。"父亲说。父亲饥饿的声音也是不容置疑的。

而且,不能耽搁片刻。天黑前如果赶不到纳福村,那里的人不仅吃完所有的牛肉,还分光剩下的牛骨汤,剩下一堆索然无味的白骨。我们将一无所得。父亲决定强渡。我们手挽着手往河里走。竹筒没有增强浮力,反而成了我们的负担。它们在水里拉着我们往下游走。而我们要到对岸去。到河中心时,我踩到滑石,身子一歪,把父亲拽了一把。我们都失去了平衡,倒在河里，一下子被水草缠住了，被河水冲出几十米。父子二人在河里挣扎，互相试图拯救对方，结果是父亲一次又一次将我从流水的底部捞起，最后我们借助一根朽木爬上岸。我们浑身是水，走路的时候，水被甩到路边的草木上，甩到那些擦肩而过的饥民脸上。他们面带愠色，好像随时要扑过来啃我一口。幸好没有人跟随我们。几乎所有的人都与我们反向而行。他们为什么不赶赴纳福村，难道他们的鼻子那么迟钝，闻不到飘散在空中的牛骨汤的气味？

晌午过后不久，我们来到了一个叫江渚的地方。地面平坦开阔，是一片沙洲。我闻到了八角、薄荷、柚子叶混合的潮湿的气味。我兴奋地叫了起来："牛骨汤！"

父亲停下来，伸长脖子，静气屏息，猛力呼吸。他没有马上否决我的判断，我越发肯定牛骨汤就在眼前。人生真是处处有惊喜，想不到半途而获，我们不需要赶往遥远的纳福村了。

我环顾四周，终于发现沙洲靠近河边的石头旁边围着一堆男人，正生火煮着什么。一口大铁锅架在大石头上，众人抱薪，争相添柴，迫不及待地让火势更旺一些。似乎是，不抱薪添柴者不得分食。铁锅冒出的水汽扶摇直上，到半空中才被风吹散。

"牛骨汤！就在那边。爸，我们快点儿。"我晃了晃竹筒，正要往沙洲那边跑过去，父亲一把将我拉住，并捂住了我亢奋过头的嘴。

"他们不是在煮牛骨。"父亲将我摁在地上，因为我刚才的喊叫已经惊动到沙洲那边的人。

父亲也蹲在地上，让杂草将我们掩蔽起来。

牛骨汤

"我闻到了八角、薄荷、柚子叶的气味……他们煮的不是牛骨汤？可是，我闻到了熟悉的牛骨汤的味道，在娘胎里我就熟悉了这种气味，谁也骗不了我。"我说。

"他们煮的不是牛骨，是人骨。"父亲老成持重，不慌不乱，鼻子一张一翕，眼睛朝着瓦蓝色的天空，踮起脚，舔了舔嘴说，"这种气味，掺杂了八角、薄荷、柚子叶，我闻过，香到心肺里去，跟牛骨汤差不多。如果不小心一点，真以为就是牛骨汤，其实，它有我们身上的气味。"

我仔细地再三嗅了嗅，感觉真的掺杂了自己身上的肉味，顿时毛骨悚然。

"如果他们发现了我们，不仅不分给我们一口汤，还将我们抓住，像牛一样宰杀，扔进大铁锅里煮，一块一块地。如果不揭开锅盖，别人还以为是煮牛骨。"父亲见多识广，并且有过此类惊吓。

我被吓出一身冷汗，为自己的稚嫩和轻率而羞愧。沙洲那边，有几个人操着木棍往这边走过来，烈日下，他们的脚气势汹汹地带起了一阵阵沙尘。

杀气扑面而至。父亲示意我模仿着他匍匐而逃。我们爬了上百米，借助一片蒿草的掩护，摆脱他们的猎杀，仓皇逃离了沙洲。

黄昏将至，天色渐渐暗淡。路过的村庄没有炊烟升起，仿佛他们故意不生火做饭，生怕暴露了食物，被人哄抢。我们根本无意去抢夺他们。他们也不会知道我们此行的宏伟目标。一路上，父亲不断催促我跑得更快点，必须像急行军那样。在军队，如果拖延了一分钟，会被军法处置的。行军打仗，一分钟决定很多人的生死；同样，一分钟也许决定我一家人的命运。我最大限度地迈开脚步，以从没有过的速度奔跑，但还是远远落后于父亲。我们马不停蹄地走了大半天的路，好像已经跑过了好几个世界。

我饥肠辘辘，筋疲力尽，用尽最后的一口力气，傍晚时分，终于赶到纳福村。

纳福村山抱水绕，竹木东倒西歪，台风扫荡过的痕迹历历在目。黄昏中的纳福村一片死寂，村子既没有炊烟，闻不到人声，也听不到犬吠。阴森可怕，好像埋伏着千军万马。父亲不好贸然进村。一路上闻到的牛骨汤的气味到了这里竟然骤然消失了，像追踪多时的一只精疲力竭的狐狸从眼皮底下逃脱，父亲断然心有不甘。

我们警惕地穿过一片竹林，便看到了一户挨着一户的人家。但每家每户都掩着门，没有人影和人声。我们一户一户地敲门，但毫无回响。推门进去，家家户户徒有四壁，灶冷屋空。这是一个空村。我们绝望地敲最后一户人家的门。这户人家孤零零地在村子的最边缘，只有一间房子。茅草屋顶已经倒塌了半边，尚没有倒塌的半边长满了茂盛的狗尾巴草。孤注一掷了，父亲不断地敲，最后变成了擂，房子快要被擂倒塌了。屋子里突然传来响声：是来催命的吗？

声音很弱，却很有穿透力，好像是从大地深处嘣出来的。父亲不敢推开虚掩的柴门，不知道如何回答。他向我做了一个眼色，示意我说明来意。我刚上前要开口说话，屋里面传来叹息："你们是不是来要牛骨汤的？"

父亲一时语塞，不知道应该如何回答，只是点了点头。

我有些焦急了，大声嚷道，你们的牛骨汤是喝完了，还是把牛骨汤藏了起来？

父亲对我的大胆直言颇为满意。屋里的人似乎等我们很久了，又叹息一声说："纳福村根本就没有宰牛。估计是你们都听错了。"

其实我们已经意识到纳福村没有宰牛，只是需要亲耳听到村里的人证实。父亲沮丧地说："我们白跑一趟了，纳福村的人呢？"

屋里的人悲伤地说，死了，没死的人都往纳寿村跑了，因为听说纳寿村宰牛。

父亲说，难道你不相信纳寿村宰牛？

屋里的声音说，我走不动了，我在等儿子拎牛骨汤回来，可是，我撑不到明天了。

父亲显得很失望，腰身一下子蔫萎了。我们身上挂的竹筒像巨大的讥讽。我开始怨恨那个到我家骗吃了半碗红薯粥的男人。

屋里的人说，你们去纳寿村吧，我闻到从那里飘过来的牛骨汤气味，汤里有八角、薄荷、柚子叶，你们闻到了吗？

父亲看了看我，我摇摇头。可是，父亲说他闻到了远处传来的牛骨汤的气味。汤里除了八角、薄荷、柚子叶，还有……桂皮。屋子里的人争辩说，那不是桂皮，是草果，你怎么连桂皮和草果的气味都分不清楚呢？父亲用力地猛嗅，似乎怀疑自己。屋子里的人突然哭了，低声地呜呜地痛哭，好像充满了懊悔和自责。

父亲轻声地问："你哭什么？"

屋里的人说："我快饿死了，我恨自己不能像你们一样死在觅食的路上。"

这个人真可怜。我安慰他："你等着，我带回牛骨汤，会分你一口。"

屋里的人停止了哭泣。父亲狠狠地瞪了我一眼，这让我觉醒：一路上我做的承诺太多了。如果给别人的承诺实现不了，舌头会一块块腐烂掉的。

父亲似乎害怕屋子里的人跟随着我们，蹑手蹑脚地离开。

父亲要去纳寿村，可是我们是强弩之末了。我实在是太饿了。肠子打结了，肚子里多余无用的水要吐出来了。我建议在村子里找点东西填一下肚子，补充体力。

"整个纳福村都是尸臭味，哪有吃的东西！"父亲对我恨铁不成钢，咬牙切齿地吼道，"估计是我们听错了，杀牛的不是纳福村，是纳寿村，我们只不过是要多走一段路。"

我嘀咕道：我饿得要死了。我能一口吃掉一头牛。

父亲说，你不是饿，你是太焦急了，耐心没有废话多，一心想着马上吃上牛骨汤。世间早已经没有那么容易的事情了。

我们离开纳福村，沿着河边走。我不断被杂草绊倒，要花很长的时间才能爬起来。父亲责骂我像一只软脚的牛犊，无法指望我养家糊口。但他终于意识到饥饿已经打垮了我。

"饿了，你可以大口大口地吸气。空气中的杂质和气味也有营养。多少年来，我经常靠吸食空气填饱肚子，养活自己。哪家哪户煮饭了、烹肉了，你靠近去吸食它的气味，你会比主人还先填饱肚子。这不能算偷，光明正大。"父亲语气柔软地说，"只要你掌握了吸食空气的技能，像鱼学会从清水中觅食，永远也不会挨饿。"

我把注意力转到拼命吸食空气上，但此时的空气洁净得连一点儿杂质和气味也没有。我捕捉不住空气，肚子里也装不住空气，因此，世界根本就不需要空气！

从纳福村到纳寿村到底有多远，往哪个方向走，父亲也说不清楚，只是一味说：朝着有牛骨汤气味的地方走。

可是，离开纳福村，我再也闻不到牛骨汤的气味。它像鬼魂一样消失了。只有父亲，老马识途，胸有成竹地往前走。暮色从四面八方奔涌过来，很快将我们紧紧地包裹着，拖着我们的双腿，使得我们举步维艰。这是一段孤寂的旅程。山河寡言，田野荒芜，渺无人烟，连蛙鸣虫叫也没有，甚至听不到自己的脚步声。父亲再也不喋喋不休地鼓励我、催促我，我们保持了默契，不说话，只顾往前走。虽然走得越来越吃力，越来越缓慢，但我老觉得到了世界的另一头，离家越来越远。

跨过两条狭窄的河流，翻过三个陡长的山坳，在道路变得漆黑之前，我们终于抵达了一条峡谷的尽头。

这个村庄在开阔地带，远远看去，房子密密麻麻的，夜幕很快便要吞噬它们。村口的一堵断墙下，坐着一个妇人。骨瘦如柴，披头散发，肚皮却腆得老高，昏暗中像一个丑陋的鬼魂，仿佛在此等待我们好久了。

父亲迈步上前，刚要开口说话，那妇人抢先说了："欢迎来到纳寿村，但这里没有杀牛。"

父亲坚定地说，我们是循着牛骨汤的气味一路跟过来的，我明明闻到了牛骨汤的气味。

那妇人说，你没有错，很多人都说闻到了牛骨汤的气味，我也闻到了，但这里并没有杀牛。两年前，这里就没有牛了，我都忘记牛到底长什么样子。这两年，连老鼠、蟑螂都被他们吃光了。不过，听说纳禄村杀牛，我们纳寿村的人都走光了，空空荡荡的，都往纳禄村走了。你们赶快往那边去，说不定还能赶上喝最后一碗牛骨汤，要不是我今晚就要生孩子（指着肚皮说，里面的孩儿昨天便饿死了，但我不能把他当食物消化掉，我要把他生下来，看看他的样子），我也要往那边跑，谁愿意错过牛骨汤呢？我生孩子就差一口牛骨汤的气力了。

父亲显然不轻信这个妇人的话，伸长脖子，踮起脚，侧着耳倾听了一会儿，似乎发现了纳寿村深处的秘密，轻蔑地对妇人说，你们村子里人声鼎沸，鸡飞狗跳，锅勺碗盘碰得贼响，喝汤的嘴巴发出嘟嘟啪啪的声音，他们分明是在分食牛骨汤——我听到有人一口气喝了三大碗，滚烫的，有厚厚一层骨髓油的牛骨汤把他的舌头都烫熟了，还一边呼天抢地地喊叫，一边跟别人抢锅里的牛骨汤。牛骨汤的气味是活的，会满世界跑，你们瞒藏不了，也不能阻止别人分食。

我也预想到了：本来纳寿村是不宰牛的，但来到纳寿村的人越来越多，他们都为牛骨汤而来，为延续亲人的性命而来，村民们终于大发慈悲，冒着坐牢甚至杀头的危险，把最后的一头牛宰杀了，煮了三大锅热腾腾、香喷喷的牛骨汤，把纳寿村的天都欢喜翻了，来自四面八方的人正争相往自己的竹筒里装牛骨汤。我们来得正是时候，我们身上的竹筒兴奋地晃动起来，迫不及待地要挣脱我们扑向牛骨汤。但愿他们没有像剃头那样，将牛骨刮得寸肉不剩。一路的艰辛没有白搭。父亲是对的，要得到牛骨汤，必须有足够的耐心。将来，父亲跑不动了，轮到我撑起这个家，我肯定比不上父亲，我得向父亲学习的东西还有很多。

但我还是闻不到牛骨汤的气味。是我的鼻子出了问题。

那妇人生气了，斥责父亲说，你不相信我！你竟然说我欺骗你！不错，你听到了喧哗嘈杂的人声，其实那是鬼魂的声音——一群饿鬼在吵闹，声音最大，舌头被烫熟的那个馋吃鬼是我丈夫，刚刚死的，尸骨未寒，但他未必知道自己已经死了。三个钟头前，他刚回来，给我带回来了一小块黑面包，发霉了，发臭了。我不需要什么面包，我要喝牛骨汤。几天前，听说凤尾县丹麦村杀牛，他连夜出发，结果跑了三个县，找不到牛骨汤。外面有人悄悄告诉他，用不着大老远地跑那么远，你们县的纳福村就杀牛（可能是他听错了）。他便掉头往回赶，日夜兼程，三四天不吃一口粥了，本来要饿死在路上的，幸好在一个叫米庄的地方，有人给了他一口红薯粥，让他有力气继续赶路。但纳福村根本就没有杀牛，没有牛骨汤呀，傻瓜。纳福村的人告诉他，傻瓜，是你们纳寿村杀牛，怎么跑到别人家里来要牛骨汤呢？他耗尽那一口粥的力气，回到纳寿村，便一头倒地，死在我跟前。我守在这里，就是等待给了他一口粥的人，我得好好感谢他，好歹让我丈夫回到了家。真是谢天谢地！我丈夫现在很神气了，红光满面，油头滑舌，欢奔乱跳，像我嫁给他那天的样子。你们去跟他聊天，他会告诉你们，世间什么东西可以吃，什么东西不可以吃。他是一个长舌男、话痨子，跟你们谈牛骨汤，可以没日没夜谈上几天几宿。

父亲沉默了半晌才说，我们从米庄来，走了那么远的路，谁也别想拦我们，我们得把所有的竹筒都灌满牛骨汤才离开。

妇人说，一口牛骨汤可以救活一个人，你们带走那么多的牛骨汤，是不是要救活一村子一镇子的人啊？

　　父亲慷慨而心安理得地说：当然，一路上，我们做了很多承诺，都得一一兑现，他们都等着我们的牛骨汤，回去晚了，他们会不高兴的。

　　妇人相信了父亲的话，缩回她的脚，示意我们进去。

　　父亲犹豫了一下，要进去。妇人说，你们要点着火把，否则会被他们吓死的。

　　妇人身边准备了火把，父亲点燃了。火把照亮了妇人死灰的脸，因为瘦，她的凸出的眼睛显得很狰狞。

　　"是我丈夫欺骗了你们。"妇人叹息说，"这不是他第一次骗人。但我不能骗你们，我还得好好感谢你们。你们给他的那一口粥，不能白给了，总有一天我会替他加倍还给你们。"

　　父亲说，你丈夫没有欺骗我们，他提供的消息值得一碗粥。

　　妇人说，你这样说，我很高兴，我是真的高兴，欢迎你们来到纳寿村，趁我丈夫还没有魂飞魄散，你去找他聊聊，他是一个长舌男、话痨子，跟你们谈牛骨汤，可以没日没夜谈上几天几宿。

　　这个妇人才是长舌妇、话痨子。父亲没空跟她啰唆，挈着火把往前走，毫不犹豫，争分夺秒，往人声鼎沸的地方去。

　　妇人突然拉住我的脚，恳求说："你不要再跟着你爸走了。"

　　我愕然问："为什么？"

　　妇人说："你爸已经死了。难道连你也看不出来？"

我大骇。忽然醒悟过来，从纳福村出来，父亲的举止神态就变得不一样了，手脚迟钝，眼神无光，走路摇晃，说话的声音虚无缥缈，挂在胸前的竹筒再也不发出声响；关键是，他并不叫饿，一路上连水也不喝一口，浮肿的双脚腐烂了也毫无知觉。现在他举火把的样子有些怪异，他的手伸进火把燃烧的柴中，脊背冒烟，双脚仿佛离开了地面，头顶长出了一副弯曲的牛角。他正兴致勃勃地奔赴沸腾的大铁锅。

妇人说："孩子，你不要相信任何人，包括你父亲。纳福村不杀牛，纳寿村不杀牛。到了纳禄村，还会有人告诉你，纳禄村也不杀牛，杀牛的是下一个村庄，下一个村庄的人告诉你，是另一个村庄杀牛……谣言像瘟疫一样在风里传播，越传越不靠谱。实际上，世界上根本就没有哪个村庄杀牛，哪来牛骨汤啊？"

我惘然不知所措。父亲在夜色中转过身来对我说："快跟我来，慢半步，他们便要抢光牛骨汤了。"

我犹豫不决。父亲一次又一次催促我，语气越来越严厉：

"快去吃几碗牛骨汤，吃饱了，我们还要急行军，连夜赶往纳禄村，甚至更远的村，因为还有更多的牛骨汤等着我们……"

我想到了在遥远的家乡，祖父、弟弟、母亲，他们应该知道我们终于来到了牛骨汤的旁边，激动地守在家门口，翘首以盼。我要用散发浓香的牛骨汤向他们证明我有多能干。然而，父亲似乎已经忘记回家，他要一直走到世界的尽头。

此时，晚风吹拂，似乎有一股牛骨汤的气味扑鼻而来。我身上的每个毛孔都全力以赴地张开，互相挤压、推扯、碰撞，争先恐后，像溃逃的士兵。我控制不了它们了，放任它们吸食这人间美味。妇人不肯松开她树枝一样枯瘦冰冷的手，但她根本不知道自己毫无捕风之力。我轻轻抖了抖脚，便挣脱了她，咬咬牙，迈开步伐，追随父亲走向黑夜深处。

二〇一六年九月二十七日初稿于台北，时值台风"梅姬"

（"鲇鱼"）

二〇一六年十月十五日定稿于南宁

牛骨汤

革命者

一

黄昏，家门外突然传来马的嘶鸣。我打开门，看见一匹枣红色的高头大马，朝着我家张望。只有一匹马。没见人影。我兴奋地往屋子里喊：

"祖父回来了。"

祖母几乎是小跑着从屋子里走出来，欣喜得像一匹刚挣脱缰绳的小马驹。我们对这匹马都很陌生。而马却像一匹对我家熟门熟路的老马，用嘴巴亲热地舔我们的脸。虽然浑身是泥水，却无法遮掩它的健硕和娇美。是一匹年轻的母马。马背上驮着两袋子沉重的物品，快要把马压垮了。仔细一瞧，两袋子上都用炭黑墨水写着一个人的名字：银兴邦。尽管字迹模糊，但也足以让我们知道是大伯回来了，而非祖父。

他在井那边给马打水，向我们招手。井太深了，大伯够不着。其实是大伯太矮小了，连提一桶水的力气都凑不够。我跑过去帮他。折腾了半天终于把半桶水打上来。

"这不是你的功劳。"大伯提着水对我说，"你还小，革命，你不配。"

马一口气便把一桶水吸干。大伯要祖母帮忙把物件卸下来。祖母警惕地问，这是什么？

"你放心，不是军火，是书。"大伯说。马比他高出一大截。他拍拍马背上的鞍子，意思是说他是骑马从省城回来的。我不知道他是如何骑上去的。平时，去往省城，人们都是乘船。

祖母说："书比军火更危险。让它离家远一点。"

祖母从没出过远门，近年患胃疾，更是足不出户，但她似乎知道世界上所有的事情。比如，每隔一段时间，省城里总要枪杀一些不听话的读书人。那些读书人被押到大学的北面，一堵著名的"南墙"前，面朝墙壁，士兵们端起枪，朝他们的脑袋开枪。血就顺着排水沟绕过孔庙，往东流过灯笼巷、潘家祠、旧戏院，最后跟江水汇集在一起。枪决前，那些读书人可以提要求，但几年来，他们只有一个要求，就是不要让他们跟土匪、杀人犯、盗窃犯、贩夫走卒一起共赴黄泉。如果不是枪决，而是斩首示众，请政府同意将他们的下半身都标贴上名字，好让亲友辨认，收一个全尸，而不至于张冠李戴……这些传闻，祖母都知道。祖父每半月一封信，核心内容便是让祖母提防大伯，不要让他跟那些所谓的革命者有染。祖父在广州做生意，很少回来。这个家由祖母做主，事无巨细，她都打理得井井有条，却无法掌控大伯。

大伯在省立大学里教政治学，三年前竟然也开始迷醉上画画，是西洋画，人体肖像，而且竟然在政治课上讲授西洋美术，教学生画油画。学校无法容忍他教授学生画男女裸体，三番五次警告他。大伯说，政治学并不能救国，画裸体也是革命。后来，大伯被学校驱逐，很快又在一家报社谋到了一份差事。但他激愤的文风并不适合待在那里。

这些年，大伯经常出现在某些游行、集会上，用夹杂着浓郁客家口音的国语发表慷慨激昂的演说。演说的时候，摇头晃脑，手舞足蹈，疯疯癫癫的，却文采飞扬，排山倒海，气势如虹。小个子大伯是天生的演说家。本来，画裸体和这些疯癫举止尚不足以将他驱逐出大学校门，但是有一次，他咬牙切齿地对着莅临学校视察的省政府主席大声说：

"你们得意不了多长时间了，革命的烈火将把你们化为灰烬。"

喊完这话的第二天，学校便将他驱逐。有一千条理由让人相信，他被警察局的人盯上了，没有人敢收留他。善意的朋友劝他离开省城，躲避一阵子。但固执的大伯哪儿也不去，就留在省城。被禁止在公众场合演讲。有人恶狠狠地警告他，再妖言惑众，煽动民意，便割下他的舌头。他后来改写文章，但很快连文章也不写了，他的文章写得不好，激烈有余，理据不足，满嘴跑火车，招人厌烦。那就改行画画。画得也不好，充其量，就一个三、四流画家。但有人从他的画里看到了反意，告他的密。警察一次又一次上门，将他的画当场付之一炬，并将他驱逐。大伯露面的次数便越来越少，越来越隐蔽。他不断地换地方，最后连祖母也搞不清楚他到底在干什么，究竟要干什么。有一次，让我父亲去找他，让他回来跟伯母圆房，做一个正常的人。伯母是高州一个药商的女儿，八岁就跟大伯订了婚，进我们家门已经有五年了，结婚时，是按大伯的要求，只搞了一个简单的新式婚礼。然而，大伯从来就没有要跟伯母圆房的意思。结婚仪式一结束，便趁祖母不注意，一个人乘船离开了，留下伯母一个人张灯结彩。从此，大伯和伯母再也没有见面。伯母孤独地守着婚房，还帮着祖母经营这个家。她最大的愿望便是跟大伯圆一次房，生一个儿子，把大伯这一脉香火传下去。伯母长得白净，不胖不瘦，眉清目秀，知情达理，从不抱怨，不发脾气，深得祖母喜欢。伯母也喜欢我。五年前，我母亲突然染上恶疾去世，伯母几乎代替了我的母亲。她每晚都从祖母怀里"抢"过我，让我睡在她的怀里。直到有一天，她察觉我长大了，才让我回到祖母的身边。一年前，祖母曾让伯母去省城找大伯，但伯母坚决不去。她不愿意给大伯增添任何不快。

我父亲在城北离大学不远的一家破落妓院找到了大伯。正值黄昏，妓院门前冷落鞍马稀。在昏暗的灯光中，大伯正在给七个妓女画裸体画，以此抵偿嫖资。父亲抬头便看到七个妓女一丝不挂地坐在各自的躺椅上，错落有致，神态慵懒、闲散而淫荡。她们应该是刚刚吃过晚饭，每一个肚皮都微微鼓着，腰身上多余的肉无处安放，要挣脱她们往躺椅两边逃逸。毫无疑问，这是父亲生平第一次看到的如此不堪入目的一幕。父亲不敢抬头，侧着身，压着声音对大伯说："母亲令你回家……"七个妓女若无其事，只是眼皮轻轻地动了一下，身子依然牢牢地保持原来的姿态——那是最合适的姿态。她们不愿意为了招揽客人而错过成为画布上最美的风景。

大伯根本不抬眼看一下他的弟弟，背对着我父亲，责备道："你没看见我正忙吗？"

父亲回来向祖母汇报，说大伯虽然声名狼藉，身无分文，走投无路，但不可能回家了，因为他满脑子都是革命，连妓女都相信了他，要加入他的革命队伍。

"妓女造反不是什么稀奇事，历朝历代都有。"我父亲补充说。

祖母满脸不屑，但很紧张，她意识到了危险，让我父亲再次进省城催促大伯："母亲病危，速归。"我父亲对自己的谎言没有一点儿底，知道肯定欺骗不了大伯，对大伯的回家也不抱任何希望，但仍得去劝。大伯仍然热衷于跟政府对着干，他的画张贴到大街小巷，他的美名或臭名随着车流和人流带向了每一个角落，他放荡不羁的照片和不堪入目的画作上了各种小报的八卦新闻。我父亲恨不得马上离开让他丢脸的省城。大伯对他说："我是随时准备死于南墙的。我的背上写上了我的名字。"大伯脱掉上衣，果然看到他的背上文着"银兴邦"三个字，当他身首异处时，凭此三个字便可以将他重新组合成一个原来的模样。

我父亲再次从省城里回来对祖母说："你当他死了吧。"

祖母对大伯的归来越来越不抱希望，在给祖父的去信中，她甚至激愤地写道："兴邦或许已经死了吧。我们就认命吧。"

伯母经常对着大伯睡过的床哭泣。祖母劝慰她，如果他真死了，我替你张罗改嫁。但伯母是不会离开我们银家的，哪怕守寡一辈子。即便是为了我，她也会留下来。

然而，四个月后，大伯回来了。身上散发着西洋画颜料的气味，似乎，还有廉价胭脂的残香。他回家唯一的理由可能是：要跟伯母圆房。

伯母远远地躲在屋子里，从窗户眺望。高头大马挡住了她的视线。她还像新婚姑娘那样羞涩、胆怯。

大伯搬不动书，只好央求我帮忙。我和他合力把两袋子书从马背上卸下来。祖母仿佛闻到了那些书散发出来的邪气和危险，坚决不让这些书进家门。我们只好把书抬进小粉河畔一间废弃的猪舍。马也安顿在那里。

猪舍是草房子，长满了荒草，屋顶上的蘑菇和野花生机勃勃，干稻草散发出来的霉臭夹带着残留猪粪的气味。猪舍落在山坡上，对着弯曲的河流。时值汛期，河面开阔，停靠的唯一的一条船好久没有离开过码头了，它肯定已经长出了根，稳稳地扎在河里。

"母亲病危"，这个幌子的虚假性果然已经被大伯看穿。因此他一点儿也不慌张，更犯不着担心，也不准备郑重地向他母亲请安。伯母刻意躲开大伯，亲自下厨和下人一起重新准备了一桌丰盛而精致的饭菜，准备一家人坐下来好好地吃一顿晚饭。但大伯在院子里转了一圈，对着厨房里的人说："把晚饭送到猪舍来，顺便把被铺也搬过来。"他要在猪舍生活。

大伯没有为自己的行为给出一个合适的理由。祖母好像受到了天大的冒犯，很生气，也对着厨房发泄愤怒：什么也别给他吃，让他吃猪屎去。院子里弥漫着一股剑拔弩张之气，下人们无所适从，战战兢兢。大伯让伯母转告祖母，如果他自由选择的权利受到干扰和阻挠，他将连夜返回省城。

我父亲脸有惊慌之色，赶紧调和一触即发的战争，一面让我把饭和被铺送到猪舍去，一面悄声告诉祖母一个关于伯父的惊天秘密："省城里的刽子手已经磨好刀等着他。"

二

关于游击队的传闻由来已久。但我们从来就没有见过游击队。听说就在附近，最远也就隔着两座山，也许涉过小粉河，穿过一大片树林，越过一个山坳，就能找到游击队。村里有人说在乌鸦岭见过游击队，个个蒙着面，肩扛长枪，背驮大刀，行走如飞，像传说中的土匪。他们不扰民，只打官府，去年趁着洪水袭击了县衙，取走了县长张仁和的首级，轰动全省。他们还扬言要占领省衙门，解放全中国。尽管这支游击队行踪不定，神秘莫测，没有谁见过他们的真面目，但还是不时传来游击队员被捕杀的噩耗。好几次官方刚说游击队全部被剿灭，却哪里又传来游击队袭击衙门的消息。外村有憎恶我们的人，尤其是那些赖租的佃户，谣传我们银村有游击队员，指望有一天官府来围剿。这是不可能的，银村只有两百来口人，人人安分守己，连抗捐税的事情都没有发生过，更没有人参与暴力活动。但有人坚称，他们亲眼看见过有游击队员走进银村。这是危言耸听。对银村的恶意揣测和诬蔑，使祖母怒火中生，令我父亲加紧催促那些有意拖欠田租的佃户交租，给他们最后通牒。

"这世道越来越不像话了！"祖母说，"难道地主就不用吃饭了？"

　　在我父亲的帮忙下，大伯很快将猪舍修葺得焕然一新。除了屋顶加了一层稻草，将四周封闭起来，还清理了杂草，地面填上了沙土，平整干净，看上去不再像是猪舍。大伯把那些书摆到用木板临时搭起来的书架上。除了一些西方哲学书，还有美术和建筑方面的书籍。还有一些没有完成的画作。依然是裸体女人。有的才画了半边乳房，有的已经画到了下半身。有的画的是年轻女人，也有的画的是老妇。大伯开始架起支架，调配颜料，继续完成他的作品。大伯并不忌讳，专心致志地作他的画，不刻意让我躲避。我父亲说那些粗陋之作低级下流，有损斯文，呵斥我不要窥视，把饭菜送到门外便离开。开始时，我不敢直视那些画作，后来有意无意地观看，最后习以为常了。每次送饭菜时，我都趁机远远地驻足张望，偷看大伯作画。我父亲也懒得阻拦。画累了，大伯便坐在门槛之内，看书，或对着小粉河发呆，心事重重的样子。有时候，我想恳求他说说省城的新鲜事，比如说"南墙"杀头的事，但我脑子里马上涌现出来的无非是他在集会上声嘶力竭的演讲，或在妓院里乱七八糟的画面，除了这些，他还能给我说什么呢？罢了。有一次，他竟然向我提出了一个过分的要求："去把你伯母请过来，我要她给我当模特儿——即使是画一头母猪，我也不能凭空想象。"

　　一想到要画伯母的裸体，我断然拒绝了他的要求，并将他的一顿饭菜倒进了水沟以示惩罚。我想，这个我称之为大伯的人，真的是一个疯子，读书读坏了脑子。

有一次，伯母来到大伯的猪舍，要把他的衣服拿到河里洗。大伯却紧张而尖刻地说，你不要碰我的衣服，你不要管我。他粗野地扔掉手中的画笔，脸上有愠色，是认真的，不容抗拒的。伯母并不觉得受到了伤害，眼里依然充满了温柔和羞涩之色。伯母要离开，大伯突然用恳求的语气对伯母说："你应该给我当一次模特儿。"

伯母听明白了，脸红得像火，犹豫了一下说，我没有空，我得回去做饭了。实际上，婉拒了大伯的无理要求。

我不能白白每天给他送饭。我请他给我画一幅画像，当然不是裸体画，是肖像。祖父有一幅炭画肖像，挂在祖母的房间里，很好看。大伯抬眼瞄了我一眼："你还不配。"

我顿时有些生气。但当他每隔一段时间便把寄往省城的信件交到我的手上时，我愿意替他效劳，踏着泥泞的道路跑一趟镇邮政局。尽管我知道，信封里装的并不是什么信函，而是他刚好完成的裸体女人。一路上，我觉得手里的东西有点脏，有点龌龊，且毫无价值，甚至觉得手上拿的不是什么画，而是下流的女人，玷污了我的手。但有时候也想着拆开信封，仔细看看女人的每一个部位。

祖母牢牢地控制着这个家。她要对家里的一切明察秋毫，了如指掌。连千里之外的祖父，她也自认为了然于胸。家里三百多亩的良田，佃户的一举一动，甚至每一个短工的言行，她都掌握。祖母对我父亲一直不满意，认为他胆小如鼠、畏首畏尾，对人唯唯诺诺，好行妇人之仁，在佃户面前一副奴颜，颠倒了位置，经常无法把田租收上来。此等性情难以继承祖业，幸好，有大伯垫底，祖母对我父亲的窝囊、懦弱才无比宽容。我父亲除了外出去催收田租，几乎什么也干不了，聪颖肯干的伯母逐渐成了祖母的左膀右臂。

祖母常常向我打听大伯的动静。当她知道大伯还在画裸体，特别是提出要伯母给他当模特儿时，气得直跺脚。

"背经离道，伤风败俗，他永远不要踏进银府半步！"祖母骂道，"允许他待在猪舍都是纵容了他。他父亲不在，我能拿他怎么样呢？"

祖母是不会靠近猪舍半步的。似乎是，她对大伯的恨超出了对他的爱。但只要大伯在，她便放心了。令祖母担心的是祖父。

已经一个月不见祖父的信了。

三

大伯瘦小单薄的身躯很不显眼，以至过了不短的一段时间了，银村的乡亲还没有注意到他的存在。倒是那匹马，引起了人们的惊奇。他们纷纷围观，并不吝用最好的言辞表达了对马的赞美。伯母对那匹高头大马也颇感兴趣，她每天都要把马喂得饱饱的，把马的身子洗刷得干干净净，皮毛闪烁着柔和的光泽。我想骑马，伯母俯下身子，让我踩在她的肩膀上跨上马背，然后小心地牵着马的缰绳，抚慰着马，让它缓缓地行走在路上。我父亲看到我在马背上会骂我。我知道他是假骂。伯母反复向他保证，我是不会从马背上摔下来的。但远远看到祖母，伯母会紧张地把我从马背上劝下来。然而，过了不到半个月的时间，我就能熟练地单独驾驭这匹马了。骑在马背上看大伯，他显得更矮小。

我父亲去见大伯的次数越来越多。每次从猪舍走出来，我父亲的脸色都很凝重。有时候，我能听到他们的争吵。有一次，他们的争吵与伯母有关。

"我早就预想到你们总有一天会睡到同一张床上。但应该是我死后。我没想到你们那么迫不及待。"大伯用嘲笑的语调怒斥我父亲。

我父亲当然不接受大伯的指责。村里早有过关于我父亲和伯母的风言风语，甚至祖母对此也没有激烈的抗拒。然而，我敢担保，所有的猜测都是空穴来风，毫无实据。伯母和我父亲向来规规矩矩，从无半点越礼之举。

我父亲不知道用什么语言来表达自己的委屈和愤怒，只是用足够响亮的吼叫回应了大伯："你就是一只猪！"

大伯一拳头将画架上的裸女砸成了两半。

我以为他们从此分道扬镳，反目成仇，至少冷战上半个月。但他们并没有因此翻脸，第二天又在一起聊天了，好像争吵从没发生过。他们有时候坐在一起，各看各的书，半天也不说一句话。大伯嫌猪舍夜里诸多蚊虫侵扰，我父亲找来好几种草药，制作一种香囊，放在他的床头。没有了蚊虫，大伯对夜晚山野里传来的蛙叫鸟鸣不胜其烦，难以入眠。我父亲对此一筹莫展。伯母却想出了一个好办法。她让我父亲在猪舍屋顶上放一桶水，屋檐下放一个铜盆。有了水滴的声音，大伯便可以安然入睡了。后来，我看见我父亲带着不同的人穿过夜色，涉过小粉桥来见大伯。我看不清楚他们的面容，有胖的，有瘦的，有高的，有矮的，戴着大草帽，来去匆匆，鬼鬼祟祟，神神秘秘的。有时候大伯对他们的大声呵斥会引发一阵阵犬吠。

四

有一天，一个陌生男人急匆匆闪进我家，拔掉嘴上的假胡子，露出一张年轻而白净的脸。他从广州带回来一条让我们震惊的消息：祖父被杀头了！

那人说，祖父是共产党，跟他一起被杀头的有十六人，他是年纪最大、官阶最高的一个。祖母惊愕地张开嘴巴，断然否认来人所言，恨不得马上赶到广州为祖父申辩，并且怀疑来人是来欺骗的。但那人从怀里掏出一封祖父留下的亲笔信，祖母看后才慢慢安静下来。

"一个老傻瓜！"祖母将信揉成一团，塞进口袋里，朝着我父亲和大伯说，"你们告诉我，天底下究竟有多少我不知道的秘密！"

伯母在低声哭泣。那些不明真相的下人也跟着伯母啜泣。祖母瞪了我父亲和大伯一眼，转身回房间里去了。

当天夜里下了一场大暴雨，我能感觉得到屋顶上水流成河。有雷鸣声滚过天际，彻夜不绝。下人们在外面喧嚷着收拾东西，疏浚下水道。祖母房间灯火通明，人来人往。祖母的苍老的怒骂声和悲叹声穿透窗户和雨幕震动着我的耳膜。我家从没有过如此紧张得让人揪心的气氛，仿佛祖父的头颅就悬挂在大门外。

天还没有亮，伯母将我从床上拎起来，令我马上到大伯那里去，帮他办一件大事。

“马上，来不及穿鞋了。”这是伯母第一次如此粗暴地对我。

我有点迷糊。我要找我父亲。因为我昨晚梦见他远走高飞了。我父亲不在。伯母悄声告诉我，他昨晚连夜过小粉河逃跑去了。

为什么要逃跑？我睁大眼睛。

“你爸爸是共产党游击队队长！”伯母说，“贪官县长就是他们杀的……事情败露了。宪兵马上就要到了！”

这是天下最不可思议的事情。没有任何蛛丝马迹表明我父亲跟游击队有瓜葛。但伯母这时候不可能说假话。她从不会说谎。

“你大伯也是共产党。还是一个大官……像你祖父那样。”伯母此时倒显得很平静，“如果他真是共产党，我也愿意加入。”

我懵了。伯母摸了摸我的头，脸上有笑容。我推开她的手：“革命是要杀头的！”

“一定不要告诉祖母！”伯母叮嘱我，“她什么都不知道。不能连累她。”

外面雨停了。黑暗中有了曙光。一切都安静下来。小粉河涨水。那条船高出了河面，颠簸着，挣扎着。迅猛而慌乱的河水冲击河床，发出“轰轰”的声响。

大伯在猪舍里淡定地收拾东西，烧毁书籍和信笺，还有没有完成的裸体画，屋子里弥漫着呛人的气味。

我咳嗽一声，让大伯知道我在静候他的吩咐。他直起身，拍掉身上的尘土，命令我去一趟省城，十万火急。

"把画送给'南墙'对面的宏远火锅店老板，一个叫屠三的人。"大伯说。

画还在架上。还没完全干。还是一幅裸体画。尽管脸部面目模糊，但一眼便能看出，画布上的主人是伯母。很小的时候，我看见过她的裸体，跟画布上的一模一样。

"四十八个人的生命安危全靠这幅画了。"大伯说，"我所有的画都隐藏着生死攸关的秘密。"

大伯将画布卷起来，装进一只信封里，郑重地交给我说："这是四十八条革命者的命。"

伯母牵着马在门外等候。

乘船和乘车都来不及了。大伯让我骑马去。马上就走。

"你怎么办？"我问。

大伯遥指小粉河上那条船："我跟你伯母一起从水路逃跑。"

但那条船多少年没有离开过河湾了！小粉河多少年不行船了！又遇上洪水，连鱼都无法逃跑，何况一条废弃多年的船？

伯母含着惶恐的泪慈爱地拥抱了我一下，在我耳边轻声说："你的骑术比你大伯好太多了。去吧，孩子！"

我既兴奋，又害怕。天色越来越明亮。远处的群山像刚睡醒的巨人艰难地蠕动，那里好像藏着千军万马。

"不能走大道。宪兵已经沿着大道朝这里来了。"大伯说，"我已经听得见他们杀气腾腾的马蹄声——你尽管跑，不要管那些蠢驴。"

我从没有出过远门。不知道省城离此有多远，甚至搞不清楚省城到底往哪个方向走。

"朝着血腥味最浓的方向走！"大伯厉声提醒我。

我记住了。我拼命张开鼻子，仿佛闻到了从遥远的"南墙"飘过来的血腥味，那是来给我引路的。

"你已经配得上革命了。现在你已经是一个革命者。好好干！"大伯鼓励我说。他眼里满是哀求。现在他真的是需要我。

伯母和大伯合力将我扶到马背上去。我抬头看到祖母远远地站在家门口，拄着拐杖朝这边张望。一宿没眠，她突然臃肿、衰老了许多。我要沿着河畔泥泞的小道，出发往省城去了。在离开前，我希望祖母能跟我说些什么。至少，我得向她告别。她是世界上最善良、最疼爱我的人。

像生离死别。我朝她招了招手。晨光中，祖母一手扶着墙，一手举起了拐杖，颤巍巍地朝我做出了一个果断的"快走"的动作。

我双腿一夹，缰绳一拉，这匹枣红色的高头大马扬起蹄脚，驯顺地奔跑起来。

二〇一六年七月七日

骑手的最后一战

父亲骑着马追随火车消失在漫长而黑暗的隧道里，再也没有回来。

这是他弥留之际的最后时刻，饱含着激情、隐喻和诗意。很久以前，我便告诉他，铁路经过了家乡，隧道从雄壮的槐山底部穿过，一眼望不到尽头。父亲对此充满了向往，回家那天，我、哥哥和妹妹挟扶着他从火车上下来，然后从镇上租了一辆微型面包车把他送回了家。哥哥把他从面包车上背下来，让他坐在轮椅上，好一会儿，他耷拉着的头才缓缓地抬起来。

"这就是槐庄呀。"看着到处的残墙断壁和破破烂烂的瓦房，父亲仿佛不相信自己已经回到了老家。当然，他已经十二年甚至更久没回来了。

这是旧槐庄。母亲说，只有我们家还住在这里，其他的人都搬到那边去了。母亲说的那边，是指离此几里外的渡口。自从火车从槐庄中间经过，噪声便将乡亲们赶跑了。火车从遥远的北面呼啸而来，村庄便处在惊惶的地动山摇之中，连狗都抱头鼠窜。那些没有拆除的破房子空无一人，比时间还荒芜。

母亲将一张蓝色的毛毯盖到父亲的腿上，然后和哥哥一起将他推进了屋。

黄昏的屋子有点暗了。这是一座普通的院子，中间一排瓦房，两侧各有两间附属房，前面一堵围墙，围墙外是荒废的庄稼地。院子里长满了青草。屋顶上的狗毛草也在迎风飘扬。屋子里有点紊乱，主要是因为堆放皮革的缘故。母亲靠着给皮革厂针织手套赚钱，她早已经拒绝我们的接济，能自给自足了，甚至还经常询问我们兄妹有没有经济上的困难。母亲已经六十岁了，比父亲小九岁。

我们抬头，便看到对面的一条明亮的铁轨和铁轨下面铺满石子的路基，还有沿着铁轨延伸的笔直整齐的澳大利亚桉树。村前原来有一条河，河水泛滥时整个槐庄及附近的农田都成为泽国，现在河不见了，农田也支零破碎，没有了茂密的蕉林，与许多记忆一样，被黑洞吞噬了，因此我对这里感到了陌生和孤独。

妹妹的智力并不好，因为她猜不出父亲到底还能活多久，甚至不知道我们家还有这座房子，尽管她也出生在这里，童年的时候掉到塘里差点淹死。因此，她充满了好奇，除了四处张望，还兴致勃勃地动手拔院子里的杂草。哥哥首先听到了马的响声，我也闻到了马的气味。

妈妈，你没告诉过我家里有一匹马。哥哥说。马在右边尽头的一间房里。这是一间后来加堆上去的房子，原来是一间柴房，也养过猪。现在一匹又老又瘦的马住在这里。它不停地用舌头舔着嘴唇上的两三个疮，身上长满了癣，苍蝇肆无忌惮地在它的身上安营扎寨，强盗一般吸着这具干瘪的肌体。妹妹说，妈妈，这匹马快死了。

"是我从一个屠户手上买回来的。眼看它就要挨刀子了。"母亲欣慰地说，"我也不知道买它回来干什么，它身上没有干活儿的力气，但我还得天天伺候它，唠叨它。"

"是一匹公马。"妹妹兴奋地叫着。

"是的，"母亲说，"三年了。算是奇迹。"

看上去母亲比这匹马还要苍老得多。从城里回来后，母亲已经在乡下生活十二年了，正好跟父亲在狱里的时间一样长。

"让我看看。"父亲在屋子里喊。

父亲是想看马。母亲生疏地走近父亲，抓住轮椅，试图推动它。但她推不动。我跑过来帮忙。

"让我再试试。"母亲轻轻地推开我的手。

母亲憋足了气，手腕上的青筋像脸上的皱纹一样争先恐后地跳出来，她的右腿顶住地上的一个泥坑，咬紧牙关，使尽了力气，轮椅终于动了。

那匹马将嘴伸向父亲。父亲本能地往后退了退，然后才缓缓地抬起右手，抚摸了一下马的嘴巴。

"这是我的马。老朋友又重逢了。"父亲说。他试着从轮椅上站起来，我和哥哥想帮他，被母亲制止了。

父亲努力了几次，终于依靠双手的支撑，颤巍巍地站住了。看得出来，他的内心有一匹马在奔腾。

"你本来就应该站起来的。"母亲说。这是十二年甚至更长时间以后母亲第一次跟父亲说话。我们都不适应这种状况了。父亲也不知所措，双腿挺起来，双手离开了轮椅，沿着走廊往前走了两三步，在走廊的尽头停下来。这是半年多来父亲第一次离开轮椅行走。

父亲只是虚弱。他做了第三次化疗。肺部出了问题，他却提前获得了自由。

"幸好得了肺癌。"父亲对我们说。

他甚至不愿意继续待在医院里了。与其被医院医死，倒不如回到老家等死。那么多年了，自从母亲离开他回到这里，父亲就已经再也没有回来过。几乎已经忘记这里是他的老家，十九岁前，他仍在这里种地，因为懒惰和不谙农活被祖父骂得狗血喷头。

父亲不知道怎样回答母亲。她与父亲已经没有感情。他伤透了她的心。他们离婚好多年了。他们早已经形同陌路。顺便要说的是，父亲的第二个妻子在父亲入狱的第二年便去向不明，有人说去了北京，也有人在成都见过她。她与我们已经毫无瓜葛。

父亲往走廊的尽头望去，努力寻找昔日的熟悉的东西。

走廊的尽头是一畦荒地。荒地之外是一片废墟，堆放着杂乱的腐梁和瓦砾，一只鸟巢筑在两棵橄榄树中间的枇杷树上。

"好大的废墟。"父亲说。

妹妹在给马喂草。母亲面无表情，随时准备扶住摇摇欲坠的父亲。

暮色骤降。突然一阵急促而巨大的呼啸声往背面扑来，父亲措手不及，被一股并不存在的风带倒，母亲刚好将他的屁股送到轮椅上。

火车经过。一节又一节蓝色的车厢，一张又一张模糊的面孔，快速地驶向南面，很快它将被漫长的隧道吞没，像进入了地狱之门。

"火车不知带走了多少魂魄。"母亲说。

哥哥在一家企业供职，虽然收入不高，却是一个大忙人。第二天他便回城里去了，留下我和妹妹。我刚刚失业，又不愿意马上重新找工作。妹妹是不用工作的人，因为她的智力达不到哪怕最简单的工作的要求。在此之前，哥哥照顾着她，母亲急切地希望她嫁出去，哪怕找一个在农村种地的丈夫，只要待她好就成。如果在十二年前，妹妹的婚事一点儿也不成问题，不用担心她找不到一家好人家。现在景况有点不同。父亲什么事情也不担心，甚至连自己的性命也不在乎了。他知道死神在不远处向他招手。从狱中，到医院，火车上，然后到槐庄，它就在我们的身后。我听得到它断断续续的脚步声，像跟踪而来的密探。父亲也听到了，他经常要回过头去瞪着它的影子啐口水。

休整后的父亲慢慢恢复了力气，看上去显得精神焕发。每天他总起得很早，似乎是，比马还早。他坐在轮椅上看母亲忙碌。母亲像平常一样，择菜，喂马，洗衣，生火做饭，将绿豆和咸菜放在墙头上见太阳。父亲好几次想出手相助，都被母亲刻意避开。我从母亲久经风霜的脸上看到了怜惜、悲伤和埋怨。没有合适的事情可做，一天显得异常漫长，父亲能做的便是等待黄昏的来临。

每天黄昏，总有一趟列车经过。每天只有一趟。

黄昏将至，嵯峨的群山披满了金光。开始是我给他注射吗啡，后来是母亲。注射的时候，父亲总要握住母亲颤抖的手，害怕她下手太重。注射后，父亲轻轻地抚慰一下母亲又黑又瘦的手臂，然后说，好了，可以走路了。父亲迫不及待地沿着屋前杂草丛生的小路往铁路那边走去，尽管每走一步都很吃力，磕磕绊绊，气喘吁吁，甚至随时随地都可能摔跟头。旺盛的草帮了他的忙，抓住草，他可以独自爬上小坡。

然后沿着铁轨旁边的一条小路往南走。我和妹妹跟随在后面。母亲站在围墙里面踮脚远眺，表情紧张，但一言不发。妹妹，有时候跟不上我们的步伐，或者她会停下来等待火车的到来。她似乎比我们更早地听到火车的声音。铁轨首先传来火车发动机和车厢跑动的轰响，妹妹过早地捂住耳朵，我喊她，她已经陷入惊恐中听不到了，丰满的胸脯耸得更高。父亲没有像我想象那样回过头来，而是一直往前走，比刚才还要急促，仿佛是跟火车赛跑。尽管打了几个趔趄，他还是能撑着铁轨站直了。我担心的是，他会掉到铁轨里去。但父亲并不觉得有多危险。

火车首先从妹妹身边经过，然后离着我的身子十公分之距往前狂奔。火车与父亲擦身而过，火车带起的风差点将他吹倒——他的黑色小帽子被风扔到了杂草丛里，父亲无暇顾及这些，全力以赴地站稳。四十二节的火车对他而说过于漫长了。他向火车招了招手，火车上的乘客对他根本不屑一顾，甚至没有谁看他一眼。他觉得火车以及火车里的人太过于傲慢、轻视他了，他朝火车嚷了一声：

"去死吧！"

这是我们从父亲口中听到的最粗野的一句。火车消失在隧道尽头。一切恢复了宁静。妹妹终于愿意放下捂耳朵的双手，向我们跑来。妹妹脸色蜡黄，显然是受了惊吓的后遗症。父亲向她吼叫："你害怕什么？"实际上，父亲的双腿也还在微微颤抖。妹妹可怜而茫然地站住了，不知所措，像一头无知的母驴。

"你们站着干什么？"父亲对我们吼道，"你们去把马给我牵来！"

我也不知所措。三个人在铁轨的边上僵持着。暮色从天而降。

第二天黄昏。父亲牵着马来到铁轨旁边。马并不愿意靠近铁轨。妹妹在马屁股后面拍打并吆喝着，让马知道没有退路。父亲让马站住，然后绕着它端详着。父亲是在掂量着是否能骑到马的身上去。他犹豫不决。火车却如期而至。排山倒海的轰鸣使马感到惊惧，在火车经过身边之前它便从斜坡逃之夭夭。

"它哪里是马？简直就是一只老鼠。"父亲失望地说，"你妈怎么养了一只老鼠！"

妹妹去追赶逃跑的马。马逃进一座荒废的房子里去。我记得原来这是地主庞四住过的大房子，后来分给了十几户人家，现在已经崩塌得像经历了一场震灾。

父亲还在嘟囔着，既埋怨又懊悔。火车要第二天才来。第二天比一年还要漫长。

此时从铁路那边过来一个妇人。我几乎认不出她来了。

"市长。"她谦恭地问候父亲。

父亲错愕地看着她。

"我是桂芳。"她自我介绍说。父亲恍然大悟，拍了拍自己光秃秃的头颅说，记起来了，我离开槐庄那年，你刚嫁过来，现在住哪儿啦？

桂芳说，我原来住庞四的房子，前几年搬到渡口去了，新建的楼房。

挺好。父亲说。

"泽秀让我给你们的女儿介绍对象，我物色了一个，很匹配的。"桂芳说，"我正好要去告诉泽秀。"

泽秀是我母亲。父亲说，挺好！

说话间，庞四旧居那边传来一声沉闷的巨响，仿佛是一堵墙倒塌了。

然后是一匹马从一个缺口跑出来，往我家跑回去。

桂芳说，市长，我就不过去了，说好了，明天我把对象带过来让你们过眼，如果没有意见，男方要求月底就结婚。

父亲说，挺好！

桂芳依然谦恭地转身越过铁轨，消失在另一边。

我担心妹妹，赶忙跑过去。妹妹被倒下的墙压在下面，只露出一双白嫩的脚。母亲号叫着跑过来狂扒泥土，她本想唤来更多的人，但呼救声只在废墟上空回旋，像一朵要下雨的云。

妹妹已经死了。她是一个对生与死一无所知的人。

父亲惘然不知所措，惨白的脸上看不到哀伤。

那匹该死的马回过头来嘶叫了几声，似乎是，它与此无关。

没有了妹妹，我感到痛苦和孤独。虽然是那匹马害了妹妹，但我对它毫无恨意。父亲每天都要将它牵到铁轨旁边，然后模拟火车通过的轰鸣，以此考验和训练马的勇气，让它跟自己一样，对火车充满蔑视。但我的理解完全不同，我认为那是父亲对马的报复和折磨，因此，我也乐此不疲地追随着父亲。马取代了妹妹的位置，陪我度过孤寂、宁静和无聊的下午。父亲的努力没有白费，真的火车经过，马再也不像过去那样惊恐万状，它镇静地抬头看着火车与它擦身而过。火车带来的风将它稀疏的鬃毛掀起，它岿然不动，眼神充满了轻蔑和傲慢。父亲非常得意。这是他最后的成功。

但显而易见的是，父亲并不满足于此。他开始训练马沿着铁轨奔跑。他跑不动，他只是指挥，我来执行他的意图。我骑上马背，挥鞭向南。马沿着小路奔跑起来，一直朝着隧道方向。

"还可以快一点儿。"父亲在身后喊道。他希望马跑得比火车还快。

但马不可以再快了。因为路太窄小，而且石子和杂草太多。

父亲唯一不满意的是速度。他汗流浃背，由于疼痛，他的脸变得扭曲。但他忍着。

我感觉得到母亲在背后的遥望和责备。在离隧道还很远的地方，父亲便呼喊我回来。

我骑着马回来。父亲试图要爬到马背上去。但努力了几次，没有成功。不是马太高大，也不是马不配合，而是他太虚弱了，如果火车经过，一阵风会将他带走。父亲对自己很失望，一下子蔫了。

那时候，我和母亲都知道，父亲离生命的结束已经不远。

有一天晚上，父亲疼痛得实在无法安睡，竟像挨了刀的猪惨叫起来。母亲给他打了大剂量的吗啡，又服了止痛酊，他才稍微安静。我摸黑去镇上请来一个医生。医生检查了一遍，摇摇头，没收我们的诊费，赶紧走了。

第二天，来了几个乡亲。有我认识的，也有不认识的。他们都恭敬地叫父亲"市长"。其实，父亲早已经什么也不是了，一无所有，在城里几乎无家可归，医药费也无法解决，我和哥哥的生活都比较艰难，加上他的性格固执、怪僻、刚愎自用，他不愿意跟随我们。早在十二年前，父亲已经声名狼藉，乃至锒铛入狱。我们整个家族一下子掉到了深渊，像现在的院子一样凋零、破败。乡亲们从渡口那边过来，似乎是，出于礼仪来见父亲最后一面。他们当中，有受惠过父亲的，也有父亲没施过恩的，还有给母亲的面子而来的，其中有两三个是我家的亲戚。父亲疲惫不堪，坐在轮椅上，用和善的面容向看望者报以谢意。我觉察到了他的眼角闪烁着泪水。母亲给他披上一件薄外套，并在他耳边低语了什么。父亲谦卑地对乡亲们说，打扰你们了，给你们添麻烦了。

父亲的衣着很干净，脸也很白净。他坐在堂屋的中央，正对着铁轨。稻香飘来，满眼绿色，让人忽视了桉树树干的白。看望者纷纷安慰父亲。谁都明白，那是客套话。也有安慰母亲的。母亲没有过多的表情，她似乎不需要安慰。她将看望者送走了。炎热的午后，父亲呼吸开始出现困难。母亲用湿毛巾擦拭他的身体。他发出哎哟哎哟的呻吟。我不知所措。

对父亲进入生命的倒计时，母亲也无法镇静，手忙脚乱，她知道擦拭无法减轻父亲的疼痛，但仍全力以赴。

"打扰你了，给你添麻烦了。"父亲抓住母亲的手诚恳地说。

母亲不知道如何回答，默认了这是父亲对她的道歉，轻轻地俯下身来，抱了抱父亲，抬起头时，她的眼里饱含了泪水。

"我没有其他事情要做了。"父亲哀求说，"黄昏到来前，你们让我骑到马上去。我要跟你们告别了。"

父亲是认真的。他一辈子都是这样，刚愎自用，想干就干。母亲同意了。父亲为最后的告别做准备。他嘱咐我整理了他的个人物品，一些旧书信、笔记本和狱中的忏悔书。在忏悔书中，他不忘对自己的贡献和成就大书一笔：十九岁参加革命，打过三年游击，当过"红色哥萨克骑兵团"团长，在淮海战役中受过重伤，指挥修筑枝柳铁路，先后把两个城市治理得井井有条……而对自己所犯的错误轻描淡写，好像那些错误与他的功劳相比，根本不值得一提。他让我把这些物品捆绑在一起，将来将它烧了。从他的一件大衣的衣兜里，找到了他跟母亲的结婚照。发黄了，破损了，模糊了。

"将它也烧了吧。"父亲一挥手。

处理好父亲交代的一切，黄昏刹那间便迫近。我将马牵出马厩。母亲搀扶着父亲，从屋门口走向铁路。这一段路过于漫长和坎坷，高高的杂草和灌木几乎将父亲和母亲淹没。我和马提前在铁轨边上等候着。我心情异常焦急，因为火车马上就要来到，而我们还没有准备就绪。

父亲艰难地爬上斜坡，颤巍巍地走近马，无助地端详着这匹在他看来是巨无霸的老马。他试了一下，但根本骑不上去。我和母亲合力将他送上了马背，但他无力坐稳马鞍和抓牢缰绳，摇摇晃晃地要坠下来。母亲无计可施，扶着父亲的腿。

"这样吧，"父亲伏在马背上，命令道，"你们将我绑牢！"

我们照做了。将父亲与马严严实实地绑在一起，使他成为马的一部分。我们确信父亲不会从马背上掉下来了。马也做好了准备，随时可以奋蹄飞奔。这时候，铁轨在颤动，火车的汽笛由远而近，轰隆的声音像滚雷呼啸而来。

"再见了。"父亲信心满怀而又知足地说，"我这一辈子终于圆满。"

火车风驰电掣，比往日更迅猛。父亲腾出双手，拼命拍打着马："驾！该死的，快跑！"

马狂奔起来，沿着小路，与火车赛跑。我们对马的速度很满意，但估计它很快就会散架。

父亲向我们挥手。

我也向父亲挥手。母亲突然撒开双腿，追赶着父亲。我来不及犹豫，也跟着母亲奔跑。

马使尽了最后的力气，它的争强好胜使它并没有落后火车多少，临近隧道时，它甚至使得三节车厢落在自己的身后。真了不起。

马、父亲和火车一起冲进了漫长而黑暗的隧道。

我不知道隧道的尽头是什么，也不知道火车将把父亲带向何处。

但可以肯定的是，第二天黄昏，火车还会回来，而父亲永远不会回来了。

捕鳝记

有月光更好，没有月光也成。沿着弯曲窄小的河流一直往上走，一个夜晚下来，总能捕到半箩筐的鳝鱼。

当然，这是好多年前的事情了。父亲说，那时候，每到夏天，直至初秋，他总跟他的父亲，也就是我的祖父一起，打着火把，拿着长长的竹夹子，那些肥胖得像蛇一样的黄鳝从淤泥里钻出来，静静地躺在泥面上，等待他们的捕捉。有时候，蛇和鳝分不清楚，往往误将蛇放进箩筐里。但无论如何，鳝鱼总会比蛇多得多。现在不一样了，鳝鱼越来越少，像冬天的蛇，几乎找不着它们的踪迹了。它们往哪里去了呢？它们会不会宁愿闷死在泥里也不出来？但我们仍然得像村子里的其他人一样，捕捉鳝鱼到镇上换取粮食充饥，否则挨不到冬天便会饿死。

母亲好几天不见踪影了。我和弟弟都不知道她究竟去了哪里。父亲也不肯告诉我，他说他也不知道。他肯定知道。我们猜测母亲肯定是丢下我们逃荒去了。但我们又否定了自己的瞎扯，因为母亲瘫痪一年多了，从未离开过床，她都快变成床的一部分了。父亲说，等到我们捕获一箩筐的鳝鱼，母亲便会出现在我们的面前。因为母亲早就想吃一顿鲜美的鳝鱼粥，满满的一锅，里面除了米，全是肥腻的鳝鱼片，黄澄澄的，粥面上撒上零星的葱花，馥郁的鱼香能引来很多蝗虫、飞蛾、蟾蜍和蚯蚓。母亲说，能吃上这样的一顿，死也瞑目了。可是，母亲躲起来有好多天了。

入夜，我便迫不及待地跟随父亲出发。我们要走在其他人的前头。出发前，父亲依照习俗，双手抓着点燃的三根香对着东方喃喃说了一些我听不懂的话，大概是请众神保佑今夜此行的路上顺顺利利，不要碰上鬼魂。我们的口袋里有神符，能避邪气。但这并非绝对保险，村里曾经有人在捕鳝的时候被鬼魂缠上了，迷失了方向，在方寸之地徘徊了整整一晚，画地为牢，步履杂乱，直到第二天有人扇他耳光才清醒过来。这还是幸运的，李清福父子入夜出发捕鳝，直到第二天中午还不见回来，傍晚有人在一个水潭里找到他们的尸体。那个水潭哪能淹死人啊？连狗也淹不死。听人说，他们是中了邪气。黑夜一降临，邪气便跟随而来。你别看夜晚里什么也没有啊，其实什么都有，只是你看不见。三个弟弟被拒绝参与，因为他们面黄肌瘦，在夜晚里像鬼影一样，父亲把他们锁在家里，饿得像三只鹅在叫。夜色浓郁，甚少月光。我拿着火把。火把的残烬落在我的手上，我感觉不到灼疼。火把的热浪把我烤得汗流满面。父亲沿着河流，猫着腰，盯着浅水的河面。我的火把足够把河流照亮，并且能恰当地照到父亲希望照到的点上。父亲对我很满意。我们走得很快，因为对河床一目了然，河床上没有鳝鱼。最让人激动的是我们把一根弯曲的树枝当成了鳝鱼，父亲的夹子慢慢伸过去，它没有察觉，父亲猛地一夹，发出一声咔嚓，树枝断成两截。父亲沮丧地说，这年头，连鳝鱼也善变了。

没有谁知道这条河流有多长。我们转了几道河湾，穿过了几片辽阔的原野，翻越了两三座山坡，离家越来越远了。猫头鹰在附近的树林里发出哀鸣，把那些蛙、虫吓得不敢发出声音。我听得见父亲沉重的脚步声和喘息，以及自己饥肠辘辘的咕噜声。我喝了口干净的河水。父亲知道我是饿了。如果能捕到一条鳝，哪怕是一条蛇，他肯定也会就地烤给我吃。可是，我们仍然继续行走，清澈见底的河床除了沙石和泥土，什么也没有。火把的薪料换了一次又一次。夜深了。山峦和树林遮挡了暗淡的月光。父亲的耐性不断流失，像河水一样。他的脚步越来越快，以至于我跟不上了。父亲走到了黑暗的前面。我看不到他。

"爸爸。"我喊。

父亲在黑暗中回答："你慢一点，前面肯定有鳝鱼，它们搬迁到前面去了。"

"爸爸。"

"它们就躲藏在河的上头，它们以为我们不知道。"

我加紧了脚步。可是我的腿太沉重，像陷入泥潭里拔不出来。火把也变得沉重了，好像我举的不是火把，而是擎天之柱，一松手，天便要塌下来。一松手，火把熄灭，黑暗会瞬间把我吞噬，像一只蚂蚁消失在旋涡里。

"爸爸。"

"我到前面等你。"

"你要走到河的尽头吗？"

"也许吧，谁让鳝鱼都跑到那里去了呢。"

"可是……火把。"

"那些狡诈的鳝鱼以为自己很聪明，可是魔高一尺，道高一丈，即使没有火把，我也能抓住它们。"

父亲曾吹嘘说，他能听得到鳝鱼打呼噜的声音，循着声音能轻易抓到梦中的鳝鱼。太神奇了，我不相信父亲真能够做到。

黑暗将我围困。黑暗里藏着无数把砍刀。前面永远是最危险最恐怖的，父亲走在最前面。我不知道又转了多少道河湾，河越来越陌生，我们离家很远了。树丛、草丛和底细不明的黑团像鬼影一样在前头等待。父亲的声音越去越远，我都听不到了。我叫了几声，也没见回答。他彻底消失在黑暗里。

我想，父亲肯定在河的尽头等我。我必须尽快赶到那里去。

恐惧让我的双腿瞬间充满了力量，像骑上了一只捕食的幼豹，沿着河岸一直往前奔跑。摔了跟头又爬起来。火把的残烬散落在我的身上，火把越来越短，要把我的手烤焦了。但我顾不上那么多，奔跑让我忘记了疼痛。在孤独中，我想母亲了，想弟弟们。幸好弟弟们没有跟随我们，否则他们会成为父亲和我的累赘，哭闹声会惊醒陌生和寂静的原野。他们应该睡着了，就睡在平时我们拥在一起睡的小木板床上，没有席子，没有蚊帐，没有窗户，只有一张薄薄的千疮百孔的被单。冬天，我们也是这样过。当然，冬天的时候，我们的身上会盖上一层厚厚的稻草，把自己埋藏起来，不让寒风找到。只是我们生不逢时，遭遇了自太平天国兵祸以来最严重的饥荒。生产队的粮仓空荡荡的，村民把树皮、芭蕉芯、黑色的泥巴塞进嘴巴，咽进肚子里，经常能看到他们脸上挂着消化不良导致的苦楚。不知道村里谁放出来的风声，"再这样下去，要学老祖宗易子而食了"，吓得小孩子惶惶不可终日，即使躲在家里也不放心。弟弟们甚至开始怀疑父亲，因为父亲眼里对我们流露出了比过去更多的眷恋和怜悯，同时不经意间也流露出阴冷的决绝。但我不相信父亲忍心把我们推到别人的刀俎之下，当然，仁慈的父亲也不会忍心吞食别人的孩子。因此，我对弟弟们说，放心，我们是安全的，不仅仅因为我们身上只剩下骨头。

在火把将燃尽的时候，我被一个山洞挡住了去路。山洞很小，只允许河流从它的底下经过。山洞的岩石很低，把河流压得很扁。但山洞很长，有河流那么长，猜不到尽头。我喊了一声：

"爸爸。"

可是听不到父亲的回答，我的声音又回到自己的耳朵里了。

又喊了一声，两声，三声，数声。

父亲肯定躲在黑暗里，而且听到我的呼喊了，他不回答是因为要考验我的胆识和耐性。

火把缓缓熄灭。手上只留下不能燃烧的残薪和被火把灼伤的余痛。世界陷入无边无际的漆黑和前所未有的孤寂。黑暗把我堵住，无路可走。我屏住呼吸，只能听见流水轻微的声音和自己急促的呼吸声。我害怕极了，极力呼喊父亲，要让他感受到我的恐惧——我的恐惧随着河流传送到了山洞深处和世界的背后。河水变得颤抖和冰冷。

然而，我听不到父亲的回应。我彻底绝望。我要放声痛哭了。

"老大，我在这里。"突然传来我最为熟悉的声音，是母亲。是的，她就在身边。我闻到她的气味了。

"妈妈。"我张开双手寻找母亲。

"我在这里。"母亲的声音是从地上传来的，像一股温暖的涌泉。我俯下身去，终于摸到了母亲，她身上散发出浓烈的腐味，臭不可闻。

"妈，你怎么躲到这里来了？"我摸着母亲的脸，她的肉开始腐烂了，脖子、肩膀、臂膊、手掌，全身的肉都腐烂了，像墙上的烂泥巴，一块一块地掉。她身上有蛆虫，像幼小的鳝鱼在蠕动，在茁壮成长……

"妈，你怎么啦？"我惊慌地问母亲。

"没什么呀，我很好。"母亲若无其事地说。

"妈，你是不是已经死了？"我哭喊起来。

"你说什么呢，老大。你不是看见了吗？我很好。"母亲平静地说，就像在家里一样。但我看不见她。

"我叫爸爸来救你……"我要松开母亲去寻找父亲。母亲却抓住了我的手："你爸就在前面，我看到他了。他也看得见我们。"

我惊讶地往岩洞里看，可是深不可测，漆黑一团，什么也看不见。

"富汉、英群、树春、玉芬、兴强、小娟、阙刚……都在这里。"母亲轻描淡写地说出了一串已经失踪了多时的人的名字。他们都是在夜里悄然无声地离开村子的，我以为他们丢下亲人逃荒去了，原来不是我想的那样。母亲说："他们饿着肚子来到这里，现在他们都很好。他们再也不会分食亲人的粮食了，他们的孩子也不会饿死了。"

我四处摸了摸，全是骨头架子，大的，小的，高的，矮的；一副，两副，三副……原来他们都在这里。

"爸爸呢？"

"他就在前面，在河的尽头。"

"爸爸怎么啦？"

"没什么呀，他也很好。"

"弟弟呢？家里的弟弟怎么办？"

"他们睡着了。老二、老三、老四都睡得很安逸，像三只吃饱了的小兔子。家里的粮食够他们挨过冬天的……"

"妈，我呢？我怎么办？"

"你也会很好的，老大。"

"我饿。我好像一辈子从没吃过饭。我快要饿死了。妈。"

"那你早一点儿躺下来吧。躺下来就好了，来，快躺到妈妈的身边。"

我顺从地躺到了母亲的身边。母亲搂抱着我，河水从我们的身底下流过，抚摸着我的躯体，滑滑的，凉凉的，痒痒的，像一万条鳝鱼在嬉戏、挑逗。

"爸爸，快来，鳝鱼都藏在这里了。"我兴奋地喊了一声。母亲慈爱地笑了笑，轻轻地把我搂得更紧。

旅　途

　　父亲永远是这个世界上最欢呼技术进步的人。当电第一次通到米庄的时候，他懂得用电杀死耗子，兵不血刃，耗子尸横遍野。兔死狗烹，他声称要将所有的猫统统放进锅里，结果村里的猫纷纷连夜潜逃，不知所终，引起了极大公愤。村公所装上电话的第一天，便接到了柳州公安局的电话，是找我父亲的。父亲只需要跑三里地的路程，便能听到千里之外的声音。当然不是什么好消息。我叔叔被捕了，车匪路霸，杀人越货，将被从严从快惩处，因担心正式文书寄达之前便被枪决，出于人道主义的考虑，先电话告知。父亲根本不相信，以为是一墙之隔的人跟他开玩笑，并不当一回事。或者压根儿就没有听懂，甚至是装作没听懂的样子，在电话里大声嚷嚷：

　　"去你妈的，你说什么？说清楚一点会死吗？"

　　但是父亲还是佩服电话这个玩意儿，放下电话对旁人说：电话就是科技，科技进步能解决一切问题！旁人无法理解他的寓意，但觉得此时不适宜反驳。父亲若无其事地在村公所转了个圈，又回到电话机前，抓起话筒，然后恶狠狠地砸下去，对着里面空荡荡的屋子吼叫：科技进步能解决一切问题！

父亲在洪村郭胖子家第一次看到电视的时候，拍着桌子提醒电视机前密密麻麻像马蜂窝一般的巨大人群：要是美国被人操了，我们当天就能知道，但是，要是我们被操了，美国一百年后才知道——我们不相信美国，但要相信科技进步！

父亲积极推动科技进步。他钻研地质知识，找到别人找不到的水源，打了米庄的第一口能涌出活水的井。他甚至学会了嫁接技术，能让一棵梨树长出桃子，还能让橙树一年四季都开花结果。他搞发明创造，长明灯、抽水机、老鼠夹、防盗装置、黄鳝捕捉器、会飞翔的帽子……但这些都算不了什么，最惊世骇俗的科技进步无疑是人工授精了。

今年夏天，父亲跟驾驭种猪的老范闹翻了。原因是我家的母猪没有生满窝，只生了十二只猪崽，后来父亲到镇上花了四元钱买回来两只一样大的，才凑满一窝。父亲责怪老范偷工减料，老范说，功夫都已经做足了，生不满窝不能全怪种猪。两人在酒桌上争吵起来。父亲掀翻了桌子，说从此以后不靠你老范了。老范从容地站起来，哼哧一声嘲讽道："整个谷镇，就我有一头种猪，有本事你不求我。"老范扬长而去。酒醒后，父亲后悔说错了话，但错就错了，宁愿母猪从此不产崽，他也不会再求老范了。

有一天，来了一个兽医站的人，左手举着一只白色的小瓶子，右手晃着一条细长的软管子，信誓旦旦地告诉我们，有了这两样东西，不用性交，母猪也能正常生一窝。这对所有人来说都是骇人听闻的事，无论如何，科技进步的步伐也不可能如此神速。米庄的人半信半疑，妇女掩面窃笑，男人嗤之以鼻。只有我父亲凝视着兽医手里那两样东西，相信科技无所不能。他从兽医手里要过了那两样东西，领着他走进了我家的猪圈，然后关上门，两个男人在猪栏里鼓捣了一个下午，走出来的时候，他们都已经筋疲力竭。父亲意味深长地对守在门外的母亲说："去他妈的老范！"

关于给母猪人工授精的细节无从说起，因为小孩子禁止观看，但后来从大人的只言片语中，我似懂非懂地知道了。父亲是米庄掌握此项技术的第一人，他四处游说，给母猪人工授精，但别人并不相信他，并讥笑他，等待看他的笑话。

"兽医给你家母猪错配狗精子了，生下的将是一窝狗崽子。"

母亲也担心，万一母猪生下一窝狗崽多丢人呀。父亲斥责道，瞎操心！如果真能那样，明年给母猪配上我的精子！母亲觉得受辱了，在猪栏里哭哭啼啼的，说悔不该让别人拿自己的母猪当试验。父亲本来并不在乎别人说什么，但此后心里变得忐忑不安，害怕出现不怕一万就怕万一的事情。这年冬天的一个夜里，我家母猪生下了一窝崽猪，而不是狗崽。父亲兴奋坏了，对母亲说，科技多了不起，总有一天，女人不需要男人的帮忙也能怀孕。父亲得意扬扬，逢人便说人工授精的好处。

"我告诉你们，人工授精生下的猪崽要比交配出来的猪崽聪明、强壮得多，这是科技进步，交配这种方式太古老、太愚昧、太难看，还费力气……"父亲摆出一副真理在握的样子，试图让所有的人接受他的理念，虚心向他请教人工授精的窍门。

但那些永远对科技进步持怀疑态度的男人对父亲说，你这一窝猪崽都不知道自己的父亲是谁，活着又有什么意思呢？

　　父亲知道这是对科技进步一无所知的人在吹毛求疵，对母亲说，把这窝猪崽好好养大，像对待自己的孩子一样，让那些嫉恨的人心服口服。而面对这项科技进步新成果，母亲并没有那么激动，反而忧心忡忡，叫去父亲，让他数数猪栏里的小猪。父亲数了，十六只，平生第一次碰到母猪一次产那么多的猪崽。

　　"再次证明科技进步的威力。"父亲并没感觉到有什么不妥，相反满怀喜悦，"猪崽多了，不是可以卖更多的钱吗？"

　　"问题是我家的母猪只有十四只奶头，怎么能喂养十六只猪崽？"

　　果然，两只孱弱的猪崽总是受到强壮的猪崽粗暴的排挤，无法抢到母猪的奶头。等待它们吃饱喝足，离开了奶头，那两只猪崽才有机会凑过去，但此时十四只奶头都已经被吸干，它们饿得连站都站不稳。而更多的时候，那十四只强壮的猪崽整天霸占着奶头，约定俗成地成为各自的专属，别人根本不能染指。母亲曾不止一次地干预它们，让两只孱弱的猪崽也能吃了几口奶。结果那两只猪崽很快被咬得遍体鳞伤，连它们自己也不敢靠近母猪。父亲气急败坏，动用武力，试图维护猪栏里的公平正义，但根本无法改变猪世界的丛林法则，反而引起了母猪的不满，用尖牙利齿向父亲表达它的愤怒。那两只孱弱的猪崽像孤儿一样瑟缩在角落里。

　　"科技进步带来的问题必须用科技进步来解决。"父亲胸有成竹地说。

父亲用一块门板将母猪与十四只强壮的猪崽分开，让两只孱弱的猪崽从容奢侈地选择十四只饱含乳汁的奶头。但是，被分开的猪崽集体发出嘈杂和愤怒的抗议，甚至互相撕咬，惨叫声使母猪躁乱不安，在猪栏里蛮横地转圈，那两只猪崽跟着转，嘴巴无法咬紧晃动的奶头，才一会儿便因力气用尽而放弃。父亲另想出来一个办法，从母猪身上挤出一碗奶，给两只孱弱的猪崽开小灶。此办法总算让那两只猪崽没有过早地饿死，但由于缺乏吸奶的锻炼，缺少母爱，它们越来越孱弱，明显比那十四只猪崽瘦小。

"它们是多余的。"母亲说。

父亲罕见地轻易认同了母亲的判断。

母亲说，它们俩迟早会饿死，或冻死，不如送人吧。常常有母猪生下的一窝猪崽只有八九只的，俗话说，生不满窝。

"我们把去年花在买猪崽身上的钱赚回来。"父亲说，"总不能让我们一直吃亏。"

但父亲是没有勇气当街吆喝的。作为母亲，她理解母猪的感受，因此母亲更不愿意把猪崽拿到镇上叫卖。那就只有我去了。这肯定不是一件好差事。我咬咬牙，答应了父亲，但他必须满足我一个要求。

"我要用卖猪崽得到的钱做去一趟柳州的盘缠。"我的唯一条款不容拒绝。

我不是讨价还价，而是第一次如此强悍地要求父亲必须无条件地签署一个协议。

年关将至，我要去看看叔叔。听说他被判了死刑。父亲早知道这件事，连数年来从没下床的祖父都知道了，擂着床板对父亲说："年关前，老二就要推出午门斩首了，你还愣在这里干什么！"父亲爽快地答应祖父，马上去柳州拯救叔叔，就算劫法场也要把他带回来。父亲走出祖父的房间，去村尾转了一个圈子，便回来了。第四天，他走到祖父的床前，既兴奋又谨慎地报告：老二已经救出来了，但是我暂时还不能带他回来，我托一个战友把他秘密送到缅甸躲避了，等几年风头过去，天下太平了就回来——缅甸也不错，你不也有老战友几十年过去了还在那里待着吗？

说到缅甸，祖父的眼睛总会变得雪亮。只要他的眼睛还能变得雪亮，父亲便放心了。

父亲参加过对越战争。他胆小如鼠，在战场上简直就是一只缩头乌龟，不曾放过一枪一炮，还装伤诈死，逃避冲锋，后来差点被送上军事法庭。但这些难以启齿的往事并不影响他经常自我吹嘘，在战场上如何骁勇善战，九死一生。

祖父怀疑父亲："告诉我，你怎样把老二救出来的？"

父亲迟疑了一会儿，高深莫测，又大言不惭地说："细节问题你不必知道——科技进步能解决一切问题。"

祖父将信将疑，又无可奈何："让他出去躲躲也好。"

为了让祖父更宽心，父亲断然否认叔叔杀人的可能。

"老二怎么可能杀人？要杀早杀了。冤假错案自古就有，现在有，将来还会有。"父亲信誓旦旦地向祖父保证，"请你一百个放心。将来一旦查明老二是被冤枉的，我就可以让他光明正大、敲锣打鼓地回来了。"

父亲向祖父列举了很多类似的例子，比如镇反，比如右派，比如反革命分子，有多少都是冤假错案。当然，他也没忘标榜自己："过去他们都说我是一个逃兵，现在不也平反为英雄了吗？"

被"平反"为英雄的事情，彻头彻尾是父亲的杜撰。早已经没有谁有兴趣甄别他的真伪了。

"你说的都是真的吗？"祖父说。

父亲指着天发誓说，全是真的。

祖父如释重负，舒展地躺在床上，似乎可以瞑目了。

"他是你的亲弟弟啊，怎么一点儿也不紧张？你是不是长着一颗猪脑袋！"母亲不止一次怒骂父亲。

"科技进步能解决一切问题。"父亲依然说。

母亲知道父亲是束手无策，又死爱面子。

"至少你得去看看他。"母亲说得很严肃。

父亲突然沮丧地说："看看有用吗？科技进步都解决不了这个问题，我能解决吗？"

我也相信叔叔不会杀人。叔叔只是游手好闲，喜欢占人便宜，甚至趁人不备，把一些不属于自己的东西据为己有。当然，他也喜欢动刀子，伤过米庄的几个人。这算得了什么？他曾一刀子扎进我祖父的左腿，旋即拨出来，又迅猛扎进了我父亲的右腿。这都是他到外面捞世界前的事情了。我都三年没见过他了。他对我也不好，常常骂我"猪杂种"，还扬言将我卸成几块喂狗。他甚至还骂过我母亲是"世界上最淫荡的一个婊子"。这本来是最不可宽恕的事情，但我还是决定不跟他计较。因为他是我亲叔叔。唯一的叔叔。而且，我相信他并非故意伤害我们。他的脑子肯定是被一群疯狗占领了，他所做的恶，全不是他的本意。他是世界上最孤独、最可怜的人。我不搭理他，就没有人搭理他了。现在他被判处死刑，不管是不是他的错，我都得去看看他。

但我没有盘缠。除了必要的开支，家里的钱大多被父亲用于科技创新上去了。没有多余的钱，也没有多余的爱。抠门的父亲甚至不愿意给我四元钱买一张去柳州的火车票。

四元钱，不是一笔小数目，够给母猪人工授精一次的费用了。

"你去一趟柳州，能改变什么？解决世界上所有的问题只能依靠科技进步。"父亲用树枝在地上画了一条粗大的长长的线条，说这是火车，它能带你到达世界上任何一个地方，但你还得回来，因为你会发现，到了那里，你却什么卵毛也改变不了。

但是父亲还是同意了我们的协议。也就是说，这两只孱弱的猪崽即将变成一张去柳州的火车票。

我从没有到镇上叫卖过。母亲担心我，反复交代要拿到禽畜市场，要找到贩卖狗肉的二舅，要一口咬定每只猪崽卖两元，两只猪崽四元钱，少一分钱都不够买去柳州的火车票了。母亲另外给了我五毛钱，那是从谷镇到陆川火车站的班车费。每天傍晚，都有一趟去陆川火车站的班车。每周二的八点，有一趟从湛江开往上海的火车经停陆川火车站，第二天早晨到达柳州，在柳州站停留二十分钟。这二十分钟内，你必须离开火车，否则它将把你带到上海。从柳州火车站到柳州第三看守所，走路也就一个小时的路程。今天正好是星期二。父亲一点儿也不担心我会走丢，相信我一定会回到米庄。

"你一定要相信科技进步！"父亲叮嘱我，"你要告诉他们，这两只猪崽是人工授精生下来的，跟老范一点儿关系也没有。"

我提着猪笼，迎着刺骨的寒风往镇上去。猪笼里塞满了稻草，两只猪崽惊恐万状，瑟缩着，紧紧依靠在一起。从米庄到镇上要走很长的沙石路，猪笼将我的双手勒得红肿，我也顾不上鼻涕横流，马不停蹄地赶路。虽然出发得早，途中也没有耽误，但到了镇禽畜市场已经是晌午，阴晦的天气模糊了时间的概念。熙熙攘攘的人流正慢慢消退。禽畜市场与肉行只有一街之隔，卖肉的脸上有了倦意，禽畜市场比农忙时分还要萧条。我找到二舅固定的摊点，但旁边的摊贩告诉我，你二舅昨天被狗咬掉了鼻子，没来。我相信了他们的话。我就在二舅的摊位摆放猪笼。他们以为我摆放的是一只空竹笼。我告诉他们，是两只猪崽。是多余的，要卖掉。他们凑过来将猪笼倒立起来，终于看到了两只惊恐的猪崽，它们发出吱吱的微弱声响。

"它们快死了。"卖鸡的摊贩秃头对我说。

我相信它们不会那么快死掉，没有理会他。他们想诬诈我。

"谁家的母猪没生满窝呀？多买两只猪崽回去填满窝。"秃头鸡贩朝着经过的行人问道，但没人搭理。

我相信会有人问津的。我坐在二舅的狗肉台上，闻到了狗肉的气息。旁边的摊贩逗了我一会儿，见我没能给他们带来预期的乐趣，便懒得理我。只有秃头鸡贩时不时冲着我喊：你吆喝呀！你不吆喝，人家还以为你是自己卖身的！

我试着吆喝。开始时，小声得连自己也听不到。

"你的舌头被狗咬啦？嗡嗡嗡，狗拉尿都比你叫得响亮！"

被秃头鸡贩几番激将后，我胆子终于大起来，高声吆喝：
"卖猪崽啰！一只两块，两只四块！"我不断地重复着这一句
话，越吆喝，胆子越大，旁若无人。做生意就得有做生意的样
子，不要像我父亲死爱面子，我超越了他，甚是得意，我甚至
开始规划人生，立志做一个比秃头鸡贩世故、狡猾的摊贩。

"你能不能多叫一句呀？我们都听腻烦了。"

是呀，这一句话我自己也叫腻了。想了想，我增加了一
句：

"卖猪崽啰——人工授精产下的猪崽！"

这一句本来没有任何幽默感的吆喝竟然引起了那些摊贩的
哄然大笑。那个鸡贩笑得快要倒地了。那些不明真相的行人和
对面肉行的肉贩子也跟着莫名其妙地笑起来。仿佛整个谷镇都
被笑翻了。

"你们要相信科技进步的威力。"我对他们说。但他们笑
得更疯了。我才不管他们，高声叫喊："人工授精的猪崽，一
只两块，两只四块！"

不时有人过来好奇地掀开稻草，看到两只冻得浑身颤抖
的猪崽，对我说，它们快死了，你还不赶快弄回去给它们喂
奶……

我不得不反复向他们解释，这是多余的猪崽，连母猪都嫌
弃它们了，现在成了孤儿了，要由其他的母猪喂养它们——一
只两块，两只四块！

"可是它们快死了……"总会有人杞人忧天。

"它们不会死的，要死早死了。"我说，"人工授精的
猪崽比普通猪崽的生命力强十倍。你们要相信科技进步的威

力。"

当再也没有人取笑，也没有人问津的时候，街市开始落寞，肉行和禽畜行都纷纷收摊。秃头鸡贩临走前凑过来又瞧了一眼猪笼子，担忧地说：它们都奄奄一息了……要不，送给我烤小乳猪，跟你二舅喝几杯。

我断然拒绝了秃头鸡贩的无礼要求，但我再也无力吆喝。当他们都收拾离开，只剩下我一个人孤零零地站在寒风中时，我觉得这一次来错了地方。傍晚将至，回家还是去柳州，令我左右为难。如果我拎着两只卖不出去的猪崽回家，父亲会瞧不起我，嘲笑我，今后我再也没有资格和脸面跟他讨价还价。母亲会为这两只猪崽饿了整整一个下午而痛心疾首。更为遗憾的是，错过这一次，再也没有机会去柳州看叔叔。而且，一个星期才有一趟去柳州的火车。年关后，我在这个世界上再也没有叔叔了。我没有做更多的犹豫，当机立断，拎着猪笼子往车站跑。

刚好，去陆川的班车仍在等我。我掏出五毛钱，毅然决然上了班车，找到中间靠走廊的座位坐下，将猪笼子放到通道中间。

车上坐满了密密麻麻的陌生人。通道上也蹲着人。售票员带着责备的语气问我笼子里是什么，我说是猪崽，半个月大的猪崽，活的牲口。是说给车上所有的人听的，希望正好有人需要两只猪崽。

售票员嘟囔了一声：早知道携带的是牲口，我就不给你上车了。

售票员没有驱赶我下车。她走开了。这次前途未卜的旅程终于有了一个还算顺利的开头。

我压低声音对周围的乘客说："人工授精产下的猪崽，一只两元，两只四元。"可是车上没有一个人对我的猪崽感兴趣，甚至连瞧一眼的举动也没有。他们各自瑟缩在座位上，一言不发，表情麻木，仿佛这个世界跟他们没有关系一样。

班车往陆川方向开去。坑坑洼洼的泥石路，寒风夹着车扬起的黄色尘埃从无法密封的车窗灌进来。坐在我身边的瘦削单薄的男人把衣服包裹得更紧了，我甚至感觉到了他在微微颤抖。而我自己，也感觉到了越来越深的寒意。我瞧了一眼猪崽，它们互相偎依在一起，声息微弱，但依然在颤动。它们身上散出来的气味在车厢里越积越浓，这让我产生了一些歉意。

夜色降临前，我小睡了一会儿。做了一个短小精悍的梦。梦见叔叔在柳州火车站站台前等我。他的身上有血迹，举着被铐住的双手向我打招呼，嬉皮笑脸地对我说：幸好你来得及时，明天一早，我就要被推到刑场斩首了——临死前总算见上一个亲人，我死也瞑目了。我走近他，把他紧紧抱住，在他的怀里悲伤地痛哭。可是，他一把将我推开，恶狠狠地对我说："滚，猪杂种！你来迟了……昨天我就死了！你看看我脑门上的弹孔……"这时候，我猛然醒了，双手抓住前面的座位靠背，拼命地喘着粗气。邻座的瘦男人惊愕地看着我，脸上同样满是悲伤地说："你的猪崽刚刚断气了。"

我摇了摇猪崽，它们仰面躺在笼子里，嘴巴微微张开，四肢已经僵硬，一动不动，毫无声息，但它们依然紧紧偎依着。它们竟然死了。我不知所措。

"你应该把它们扔掉。"瘦男人说。

我犹豫不决。瘦男人抬高了声音，对着全车的人说："你应该把两只死猪崽扔掉！"

瘦男人的话得到了他们的响应。"怪不得车厢里臭气熏天的。"他们似乎要把世界上的一切不好都怪罪到我的头上，夸张地发泄着不满的情绪。售票员从车头走过来，捂住鼻子对我说，把笼子和猪一起扔出去！

我支吾着说："一只两元，两只四元……"

"它们死了！一钱不值了！"售票员说，"变成垃圾了——人也是一样，死了就不值钱了。"

我解释说："我本来是要用它们换去柳州的火车票的。我得去一趟柳州。"

"即使它们还活着，你也去不了柳州，火车站的售票员只认钱。你的猪崽卖不出去，你去什么柳州？"

"我要去柳州看一眼叔叔，最后一眼。"

"你叔叔要病死了？"

"不是，我叔叔没有病。"

"要杀头了？"

"他肯定是被冤枉了。"

"你身上还有钱吗？"

"没有了。"

"没有去柳州的钱，难道从柳州返回的钱也没有吗？"

我这才突然醒悟过来，我根本就没有考虑从柳州返程的问题。父亲和母亲也都疏忽了这一点。

我再次回答售票员："我只有去陆川火车站的钱，刚才已经全给你了。"

车厢里的人哄堂大笑。这个世界仿佛都与他们有关了。

"你应该下车去，走路回谷镇还不算远。"售票员诚恳地对我说，"把这两只猪也带走。人工授精的东西更不值钱。"

我头脑里兵荒马乱的。车载着我们越走越远。窗外夜色渐浓，看不见车轮扬起的尘埃了。寒风比出发时更加凛冽，恨不能将车刮翻。

售票员不断地催促我收拾东西下车。旁边的乘客也附和着，甚至有人迫不及待，伸腿踢我的猪笼子。

我有些生气了，理直气壮地对着售票员说："我是买了票的，到陆川火车站前，你无权叫我下车。"

售票员瞠目结舌，一副委屈的表情。瘦男人推了我一把说："她是好心……大家都是好心，难道你到了陆川火车站再走路回来？"

我赌气说，没有钱，但我有双脚，我走路也能到柳州。

他们又笑了。他们的笑使得班车更加颠簸。

"你是谁家的孩子呀？那么倔。"

我看着猪崽，心里有些难过。如果父亲知道猪崽没有卖掉，还死在途中，他肯定会骂我，甚至还会对我动粗，母亲也帮不了我。

"你先得把你的猪崽扔下去！"有人叫嚷道。他们都跟着起哄，要我马上把刚刚死去的猪崽扔掉。

众怒难犯，我只得这样。

班车停下来了。车门打开。我拎着猪笼子走向车门。

我站在车门口，舍不得就此将猪笼和猪崽一起扔掉。寒风从车门鱼贯而入。我连打了几个寒战。车厢里有人指责我慢吞吞的，耽误他赶路。司机也不断催促我快点。

但我还是舍不得，也不忍心。母亲对每一只猪崽的爱，都像对待自己的孩子一样。尽管乳头不够，但孩子是没有多余的。我扔掉的，不仅仅是两只猪崽，可是他们理解吗？

车厢里怨声四起，有人破口大骂，甚至要以武力相威胁。

"你再不扔掉猪笼，我要连你一起推下车去了。"售票员严厉地警告我。

我宁愿售票员将我一把推下车去，让这次有点草率的旅程戛然而止。这样，我既可以保住两只猪崽回去向父亲交差，又可以有一个体面的理由不去柳州——没有钱，确实无法在年关前到达柳州，即使是再不讲理的叔叔，也会理解和体谅。但售票员迟迟不动手。

"把猪笼子扔掉！"司机突然粗暴地怒吼一声，把车上所有的人都镇住了。

我惊恐无措，站在车门口屈辱地号啕大哭。寒风和沙尘灌满了我的喉咙。夜色追逐着班车滚滚而来。我要松手将猪笼子扔掉了。

"不！猪崽可以扔掉，但笼子要留下！"

这炸雷一般的声音压过了司机的怒吼，比怒吼还要让人惊惧，停止不动的班车因为这一声断喝而往前颠簸了一下。

这声音我很熟悉，猛回头寻找它的来源。

阴暗中，我看到了车厢末尾靠窗的角落里站立着一个人。一脸杀气，像一个穷途末路的车匪，又像随时可能扑到谁的身上撕咬的疯狗。

毫无疑问，他是我父亲。谁也不知道他到底什么时候埋伏在那里。看他那副样子，似乎对一切洞若观火。

我哭得更加大声、悲怆。通道上蹲着的人纷纷闪到一边。父亲慢慢地向我走过来，用嘴巴贴着我的耳朵轻声安慰说，不要怕他们——他们都是人工授精生下来的猪杂种！

此刻的恶毒是恰当和有效的。我停止了哭泣，甚至忍不住要破涕为笑。

父亲接过我手中的笼子，果断地将两只猪崽扔到了风中。

"笼子将来还用得着。"父亲将空荡荡的笼子举过头顶，向他们展示它的精致和结实——它是我们最后的尊严。没有人敢吭声，他们一个个瑟缩在座位上，目光呆滞，战战兢兢，像被判斩立决的死刑犯。父亲拉着我回到车厢内，让我坐到他的身边，用散发着猪粪味的手替我擦拭脸上的泪水，用从没有过的温柔、慈爱的语气对我说："我们一起去柳州。"

然后，父亲又站起来，对着满车厢的人恶狠狠地威胁道："有话好好说，不要恃强凌弱。科技进步能解决一切问题！"

爸爸，我们去哪里

惠江有多长，船就走了多久。阳光烫热，船如蒸笼。整个上午，父亲都没说一句话。我们和那些陌生人挤在黑色的船篷里，父亲像他们那样赤裸着上身，局促地坐在一个哺乳的女人身边。汗臭比奶味更浓，船比流水更慢。船客靠轮流抽着水烟和说些不痛不痒的荤话打发时光。那个女人低着头，并不说话，像父亲一样，只是她的样子出奇地安静和从容，仿佛身边的男人并不存在，甚至这条船也并不存在。船过了一个又一个码头，乘客离开了一个又一个，最后只剩下我们父子和那个女人，我这才仔细地端详起她来。

女人矮小丰满，面容姣好，短发，花格薄衬衣，怀里的孩子看上去约莫只有一岁多点，胎毛还没有脱干净，瘦瘦的，脸色有点儿蜡黄，好像永远也吃不饱，小嘴一直要吮着母亲的乳头，一会儿左边，一会儿右边，始终有一只洁白的乳房半裸在我们面前。孩子睡着了，女人也在打盹，粉红的奶头挣脱了孩子的嘴，涓细的乳汁顺着他的脸流下来，白色的，除了引来几只苍蝇，还加剧了我的饥饿，我从袋子里掏出一只南瓜饼，独自啃起来。船老大焦虑地立在船头，远远地看着江面，他似乎比我更希望早点儿到达终点。

可是，终点在哪里？父亲没有告诉过我。昨晚他只跟我说，明天我们出门一趟。我很久没有出过门了，甚至从没离开过村子。我们离开村子，在黄石码头上了船。离开码头的时候，浓雾封锁了江面，看不到两岸的芦苇、野花，甚至看不到坐在对面的父亲的脸，我们仿佛是在漫长的黑夜里航行。

惠江那么长，它肯定是通往世界的尽头。

"爸爸，我们去哪里？"我终于鼓起勇气再次问父亲，我们已经走了很长的路了，我甚至担心因离家太远而回不去。

父亲阴着脸，不说话。他依然坐在女人旁边，尽管船篷已经宽敞得可以让他像在家里一样躺下来。但他一动不动，也从没有正眼看一下女人，仿佛她并不存在，但我看得出来，他早就想跟女人搭讪。我的母亲在我不到一岁的时候已经离开了人世，我一直在想象她的形象，那样子，应该跟眼前这个女人差不多，抱着我，把湿润的奶头送到我的嘴里。女人察觉到了我对她乳房的凝神，抬头看了我一眼，还笑了笑。我赶紧低头，要啃南瓜饼，可是南瓜饼早已经吃完。我吮了吮手指上的南瓜味。

"你们去哪里？"女人问我，并瞄了一眼父亲。

这个问题本该由父亲回答，但他依然一言不发。

"不知道。"我摇摇头。

我记得女人是从一个叫旧津的码头上船的，一手抱着孩子，一手拎着一只饱满的布包，慌乱得像逃亡，从码头的台阶上匆匆跑下来，不顾一切地跳到船上，如果不是父亲本能地拉了一把，她也许掉到江水里去了。她也没有对父亲说一句多余的话，径直坐到船篷里大口地喘气，然后把衣服掀起，准确而及时地把奶头送到一个哭泣的嘴里。

"你们是白沙镇的吧？"女人问。

"不是，青梅镇的。"我胆怯地纠正。

"你们走了很长的路了。惠江被你们走了一半。"女人轻轻地笑了笑。那时候，我还不懂惠江的上游以上就不叫惠江而叫湛水了。

"我们很快要到了。"父亲终于开口说话了。

"你们是走亲戚吗？"女人说。

"不是，出了青梅镇，我们就没有亲戚了。"父亲说。

"孩子从没见过他爸，我带着他去看看他爸。"女人平静地说，摸了摸孩子的额头，"他还不知道爸爸到底长得怎么样。"

"现在我也有一个兄长在城里，他当过官的。在我们青梅镇，他的官职最大，我们要去看看他，每次看他，他总会送给我很多粮票和糖。"这是父亲唯一可以在女人面前炫耀的东西了。我是有这样的一个伯父，但早已经被抓起来了，在青梅镇，父亲羞于提起他，早已经与他划清界限。

"我丈夫没当过官，他是读书人，写过很多文章。我没认得几个字，可是他从不嫌弃我。"女人说到她丈夫的时候，脸上的幸福喷薄而出，"我也是第一次乘船去看他。平时他不让我乘船的，江风大，我会晕船，幸好，这一次我没有晕船，孩子也没有晕船。这船开得真稳。"

女人脸上洋溢着自豪的光彩，好像整个世界都属于她似的。她直了直身子，怀里的孩子醒了。她本来已经把乳房藏了起来，孩子哭了几声，只好又把一只乳头塞进孩子的嘴里。我的肚子更饿了，可是袋子里没有南瓜饼了。女人大概也饿了，脸上露出疲惫和菜色。

"我送你几斤粮票吧。"父亲从口袋里掏出两张粮票。这是我们此行的口粮，父亲却要将它送人了。

"你为什么要送我粮票？"女人警惕地说，"我不需要粮票。"

父亲嘴拙，要化解误会："粮票……我兄长那里还有，等我见到他，他还会送给我的。他用不完。"

父亲撒谎了。伯父很久没给我们粮票了，因为没有人给他发放粮票了。这几斤粮票被父亲压在箱底，一直舍不得拿出来。幸好，女人婉拒了父亲的慷慨："我家里还有口粮——我丈夫从不允许我拿别人的东西，你不明白的，他是一个读书人。"父亲拿着粮票的手停在空中，像一只收不回来的翅膀。这是父亲一生中遇到的少有的尴尬时刻。

船老大回头对我们说，船要靠岸了。

船到了终点站，城南码头。偌大的码头也没有几条船，却有几个男人慵懒地坐在扁担上犯困。女人也跟着我们下了船，依然是一只手抱着孩子，一只手拎着布包，布包不时从手臂上滑下来。女人却走得很匆忙，像刚刚上船时的样子，但比上船的时候从容得多，好像到家了一样。

"她真是一个不知廉耻的女人——你妈妈跟她不一样，

你妈妈从不在别的男人面前喂奶——只有母狗才让自己的乳房露出来让所有的人看！"父亲低声地诋毁女人，"她，那样子，一阵风能把她吹过几个山头，她能干什么活儿？一个女人干不了活儿像什么女人？你妈妈比她高大，比她有力气，比她懂事，什么活儿都能干，关键是你妈妈从不稀罕什么读书人……"

父亲悻悻地穿上了上衣，敞开着黝黑的胸脯，领着我亦步亦趋地跟随在女人的身后，爬上高高的撒满落叶的台阶。从背后看去，女人显得越加瘦小，像一只青蛙爬天梯，更醒目的是，她的左腿竟是瘸的，比右腿更长一些，因此她得拖着左腿走路。我瞬间觉得她的左腿是多余的，没有它，也许能走得更快更稳一些。父亲似乎动了恻隐之心，几次靠近她，但不知道应该为她做点什么。

终于走到了码头台阶的尽头。抬眼四望，呈现在我面前的是低矮的楼房和破旧的街道，还有三条通往不同方向的路，每条路都铺满了金黄的银杏叶，踏上去沙沙地响。女人选择了向东，走上了这条杏树荫下的便道。父亲犹豫不决，看了看我，似乎要听我的建议。但我对此地一无所知。如果他不告诉我，我还不知道这是镜县县城。

"爸爸，我们去哪里？"

父亲想了想，往东。我跟在父亲身后，把树叶踩踏得沙沙地响。父亲加快了脚步，因为女人已经走出很远，还往北拐弯，消失在我们的视线里。

我们为什么要跟着女人走呢？我心里想。父亲没有给我解释。街道上的行人和车辆都很稀少，县城萧条得像假期中的学校。我们随着女人穿过了好几条便道和街道，父亲突然对自己产生了怀疑，他肯定是有目的地的，但迷茫了。在电影院门前，父亲放缓了脚步，并终于放下架子，走到一间杂货店问路。但他被指点迷津的人弄糊涂了，似懂非懂地往前走。

我们在机械厂附近跟丢了女人。她也许从自行车零件厂的侧边小路走了，也许穿过了农贸市场，还可能径直走进了锯木场，反正我们看不见她了。父亲一下子迷了路似的，苍茫四顾，最后往西，越过铁路，穿过一条黑暗而肮脏的涵洞，然后走过一片油菜地，我们终于看到了一堵长长的爬满青藤的围墙。围墙内，高大的梧桐树和银杏树遮掩了那些低矮的楼房。

父亲领着我绕着围墙走了很长的一圈，才找到入口。

这是镜县氮肥厂。虽然是午休时间，但还有很多人走动，令人惊惧的是停满了军车和警车。氮肥厂的大门对任何人开放，但里面的气氛让人窒息。

我害怕。看得出来，父亲也害怕，他刻意躲闪着，像一只害怕被逮住的兔子。

"爸爸，我们去哪里？"这是由恐惧带来的本能的提问，并没有实质性意义。

父亲瞪了我一眼，小心地绕过军警，来到一座大屋子旁边。

这是一所工人食堂。砖瓦平房，高高的烟囱，四周长满了杂草，地沟里散发着恶臭。食堂被锈迹斑斑的铁门关得死死的，看不见里面。门口站着两个穷凶极恶的军警，握着长枪，枪上了刺刀，没有人敢靠近他们。但除了门口，周边的戒备就没那么森严，只有几个军警在闲巡。食堂的背后只有一个窗户，窗台很高，离地面差不多有两个人那么高。窗户下面围着很多要往食堂里偷看的人，里面肯定有值得一看的东西。他们拼命地踮起脚，把脖子伸得老长也够不着，但有一个强壮的男人甘当人梯，半蹲着，让别人踩在自己肩膀上，透过狭窄的窗户往里面看个究竟。军警对此熟视无睹，懒得去驱散，也许是，军警就是故意让他们偷看的。父亲狡猾地藏匿在那些人中间，羡慕地看着那些从别人肩膀上下来的人，听他们描述所看到的一切。

"他们吃得太丰盛了，我一辈子也没吃过那么好的东西！"那些人由衷地赞叹道，"红烧肉、牛肉、鸡腿、排骨汤、木耳炒猪肚，好几大盘，还有高粱烧酒。他们敞开肚皮吃，狼吞虎咽，这样的吃法，不用枪毙，自己也得撑死——话说回来，换了我，我也要往死里吃。"说话的人口水横飞，溅到了父亲的脸上，那人对父亲说："我看你的肚皮瘪成那样，就知道你这辈子肯定没吃过那么好的东西，不信你上去瞧瞧。"

父亲谦让着，并不急于爬到别人的肩膀上，因为需要排队，排队的人手里抓着五毛钱的纸币，像去戏院看戏一样，得向借你肩膀用的人交纳费用。父亲似乎还没有想清楚到底要不要花掉五毛钱。

借人肩膀的那个男人确实健壮，赤裸着上身，肌肉一块一块地横着，肩膀结实得像码头的水泥台阶，但经过那么多人的踩踏，两只肩膀红肿了，皮也破了，浑身是汗珠，两只抓着钞票的手颤抖地撑着膝盖，咬着牙根，顽强地支撑着肥瘦不等的看客，嘴里还一二三四五地数着时间，数到二十，肩头上的人便得下来，换第二个上去。

我在人丛中看到了那个女人。一只手拎着布包，一只手抱着孩子。孩子的哭声引起了人们的注意，父亲也看到了女人在队伍的后面。她试图从衣袋里摸出五毛钱，但努力了很久，摸出来的依然只是粗纸和一条花白色手帕。

"我明明还有五毛钱的，那是我留给自己乘船回家的费用。可是怎么也找不着了。"女人又慌又急地说。

有些人浅薄地哄笑。父亲从队伍里走出来，对女人说，不用着急，你再找找。

女人把布包里的东西全翻出来，除了孩子的尿布，什么也没有。

"他们快没得吃了！墙上的钟已经快到下午一点了，没吃够的，就等到了阎王那里再讨吃个饱。"又一个从肩膀上下来的人向排着长队的人通报情况，引起一阵骚动，队伍一下子就乱了，他们争先恐后地涌到了窗口下，要抢先踩到壮汉的肩膀上。

"别乱，一个一个来，这次看不上，还有下次，反正每年总会有死刑犯在这里吃最后的午餐。"壮汉先是劝慰，然后一声断喝，"如果要乱，我一个也不给你们看了——乱什么！那些被枪毙的也得排队，想死也得有先后！"

人群安静下来，又恢复了秩序。父亲悄悄地塞给女人五毛钱。女人要推辞，父亲瞪了瞪眼，女人只好作罢。

壮汉承受不了那么多的人对他的踩踏，但他不容忍别人来抢他的生意，喝退了几个试图取代他的人。他累得鼻子流血了，也不愿意让出岗位。

轮到父亲了。父亲迟疑了一会儿，向排在后面的女人招招手，示意她过来。

"我不看了，我把我的位置让给她。"父亲对那些排队排得不耐烦的人说，"她是女人，让女人先看。"

女人走过来了，递给壮汉五毛钱。

但壮汉并没有收女人的钱："我从不让女人跨在我的头上，我不想倒霉一辈子的。"

女人哀求说，你行行好，就一次……

身后的男人笑问她，你一个女人也敢看这些马上就要上刑场上的人？

女人平静地回答说，我丈夫在里面，我看他吃得好不好，是不是瘦了，我的孩子也要看看爸爸……

女人抱着孩子。孩子没有哭，只是看上去像他母亲一样挺焦急的。他们愕然，不再说话。壮汉犹豫不决，父亲往他的手里塞了几张粮票，壮汉才说服了自己，突然变得温顺敦厚，将身子俯得更低，几乎是趴在地上，嘴巴要嗑着泥巴了，目的是让女人更容易一点踩到他的肩膀上去。

女人依然一手抱着孩子，一手拎着布包。布包本来可以让父亲代劳拎一会儿的，但她不愿意。她拎包的手扶着墙壁，另一只手顾着孩子，吃力而小心谨慎地试探着，先是左脚踩上去，可是她的左脚是瘸的，一点儿力也没有，只好换右脚，一换右脚，身体便失去了平衡，整个人要倒下来，因此她的右脚根本就不敢离开地面。壮汉催促她，大伙儿鼓励、催促她，可是她的右脚还是不敢踏上去，急得满头是汗。僵持了好一会儿，大伙儿觉得没有办法了，嚷着让她靠边站去。

"你们没看见她是个瘸子？"父亲厉声喝道。喧闹的人顿时安静下来。我不知道向来怯懦的父亲哪里来的勇气，竟敢在陌生人面前横刀立马。

　　女人哭了。没有哭的声音，只是黯然流泪。

　　此时父亲果敢地站到壮汉的身边，一下子蹲在女人的面前，对女人说：你爬到我的背上！女人迟疑了一下，终于明白了，一手抱着孩子，另一只手搂着父亲的脖子，她爬到父亲的背上去了，双腿紧紧地夹着父亲，父亲的脖子被她的手勒得死死的，青筋突出，右臂和脖子间那条深藏多年的刀疤突然变得明亮耀眼。父亲双手扶墙，踩着壮汉的双肩，缓缓地往窗口上送。

　　众人屏气凝神，盯着女人，生怕女人或她的孩子从父亲的背上掉下来，有几个男人围到了壮汉的身边，随时做好不测的准备，而我，紧紧地抓住女人让我保管的布包。

　　女人终于到达了窗口。应该说是父亲首先到达窗口，但他没有往里面看，而是继续向上，让女人的头正对着窗口，他的脸扣在墙壁上。女人往食堂里眺望了一下，赶紧把孩子举起来，让他的眼睛对着食堂里面，然后兴奋而迫不及待地告诉他："第三张桌子，坐在左边第二个，瘦瘦的，戴着眼镜，围着围巾，碗里堆满了红烧肉的那个就是爸爸——你看，爸爸吃饭的时候也像个读书人……"她反复地指点给孩子看，可是孩子根本就没往里面看，他显然是受了惊吓，只顾着哭，挣扎着要回到母亲的怀里。

　　孩子根本就没有看到自己的父亲，女人大失所望，对我父亲说，算了，下来吧。父亲缓缓地下来的时候，往窗口里看了

爸爸，我们去哪里

一眼，怔了怔，然后快快地从壮汉的肩膀上下来。

女人从父亲的身上下来，整理了仪容，忙给孩子喂奶。就在她喂奶的时候，她从孩子的衣服里找到了五毛钱，交给我父亲："这是还给你的。"父亲坚拒不受，女人就给了壮汉："我们母子两个人借用了你的肩膀，理应给你两份钱——我丈夫也会这样做，他从不占别人的便宜——他是一个读书人。"壮汉犹豫了一下，收下了。父亲有些不满，让我顺势爬到了壮汉的肩膀上："你让他也看看吧，他也是一个孩子。"壮汉知道自己多收了钱理亏，只好满足父亲的要求。我踩到了壮汉的肩头上。此时警笛骤然响起，我反而镇静了。我也抵达了窗口，极力往食堂里眺望，可是里面什么人也没有了，我只看到杯盘狼藉。

"看到了吗？站着吃饭的那个就是你伯父。他的胡子比头发还长，脸上满是伤痕，他饭吃得最慢，慢吞吞的——一辈子都改不掉的坏习惯。"父亲在下面大声地说。父亲只有一个哥哥，我只有一个大伯，可是我从没见过他。我想了想，告诉父亲：我看见他了，但他吃得像别人一样快，夹到自己碗里的肉跟别人一样多……警笛往外响去，窗底下的长队突然明白了什么，一哄而散："他们被押赴刑场了！"壮汉猛地将我放下来，跟随着众人飞快地绕到食堂门口，他们来不及看囚车上的犯人，蜂拥而入，抢夺食堂里的剩饭剩菜，一边狼吞虎咽，一边往袋子里塞，场面混乱，争执四起。父亲拖着我，机敏地争抢着红烧肉，一边大把大把地往嘴里送，一边低吼地责怪我吃得太慢，痛斥我馋吃那些不值钱的豆腐……当戴着红袖章的人拿着木棍来驱逐我们的时候，我已经吃撑了，不停地打着饱嗝儿。父亲的手抓着肉，在红袖章的斥责中拉着我逃出食堂，往警车那边跑。

可是警车已经走远了。警车的身后也没有几个人跟着。但有一个人不舍不弃地追着警车，尽管她已经离远去的警车有一里之遥。她的孩子凄凛地哭着，她的头发被风吹乱了，她的身影淹没在飞扬的尘土中。

警车将我们抛弃了，它们奔赴另一个世界去了。

离开氮肥厂，我们迷路了似的，不知道往哪里去。父亲带着我穿过锯木厂后，向工人文化宫方向走去。我们在百货大楼前小坐了一会儿，父亲也开始夸张地打着饱嗝儿，满是油光的脸沾满了尘埃，张开嘴巴时，牙缝里满是肉屑。镜县县城肯定不是我们待的地方，父亲又要出发了，但他没有带我离开的意思，只是漫无目标地闲逛，东张西望。他迷惘了。

"爸爸，我们去哪里？"我依然不知道父亲要将我带向何处。他从来没告诉过我下一步应该要做什么。他就像一个没有预见的皇帝。

父亲依然没有回答我的提问。也许他也不知道答案。已经是黄昏了，我们应该待在城里，还是回家去，总得有个决定。可是父亲一直在东张西望，我才突然明白，他在寻找那个女人。

"我们和她素不相识，为什么要找她啊？"我对父亲的不可理喻第一次流露出不满。

"她是你妈妈！"父亲不耐烦地吼叫着说。

父亲吃得太多了，兴许他还喝了酒，神经错乱，语无伦次了。

现在，我和疯子父亲流落在镜县的街头，需要一个好心的人将我们收留或带我们回家。但我们身无分文，连粮票也没有了。

估计那个瘦弱的女人也像我们一样，身上没有了回家的钱，尽管一张回家的船票只需要五毛。可是，她怎么会是我的妈妈？但父亲的神态凶狠得容不得我辩驳。我只能呆头呆脑地跟随着他，并且决定从此以后不再问他我们要去哪里。

"你没看见她一整天没吃饭了？你没看见她的孩子病了？"父亲回头大声地斥责我，"你没看见她的左腿瘸成那样……"

我全看到了，一辈子也忘记不了。可是她不是我妈妈。

父亲说："我们得把她带回家去……"

我感到震惊。原来父亲心里想得那么多，那么繁杂。

我开始试图理解父亲，跟随着他到处寻找那个不辞而别的女人，好像她真的是我死去多年的妈妈一样。我们在镜县的街头旁若无人地迎着晚风狂奔，落叶在我们的脚下飞舞，它们有时绊住了我们的脚，有时遮挡了我们的眼睛，但无法阻挡我们狂乱的脚步。我们争相展示着各自健壮的、随时准备承担责任的双腿。我们父子从没如此亲密，从没如此像一对父子，我们互相鼓励着，狠狠地使着劲，跑得铿锵有力，要让整个县城都能听到我们的声音。

我们在城南码头看到了那个女人。是我首先看到的，我告诉父亲，我们猜得没错，她在镜县城里也没有亲戚，她得赶回家去。父亲眼前一亮，透过如烟的暮色，看到女人抱着孩子，挎着布包，正急匆匆地走下码头的台阶，一瘸一拐的，踩着厚厚的黄叶，跌跌撞撞地走上了船。隔着那么高的台阶，父亲碍着面子，不敢追喊女人。他装作从容、若无其事的样子，不紧不慢地走下台阶。可是，令他暴跳如雷的是，船竟然在我们离它还有十八级台阶的时候离开了岸，驶入了江中。

从码头那块并不显眼的告示牌上得知，这是今天最后一趟离岸的船了。码头上已经没有船，世界孤寂得像死了一样。

父亲终于忍受不住，望着江水，大声地呼喊。然而，船没有回头，且离我们越来越远。父亲转而恶毒地谩骂船家，但他的谩骂声被轻易地吹散在风中。

最后，父亲累了，泄气了，安静了。偌大的码头，静悄悄的，只有我们父子孤零零地站在暮色里，像两只无家可归的江鸟。

"儿子，我们去哪里？"父亲忽然问我。

面对突如其来的提问，我无从回答，茫然四顾。沉重的江面开始缓缓下沉，越来越低，越来越低……奔腾而至的夜色很快便要把我和父亲一并淹没，谁也将看不到我们，我和父亲也将看不到对方。

鸟失踪

　　不是迫不得已，母亲是不会到城里来的。因为她对汽车尾气像对鸟毛一样严重过敏，而且，用她的话说，除非死了，否则在城里永远也睡不着觉。但对那只鸟，痴迷的父亲就不同了。每当我要出差，需要他帮我照顾那只鸟的时候，他会毫不迟疑，甚至会连夜赶到。邻居告诉我，父亲照顾那只鸟比女人照看婴儿还要周到，他把肉切成肉泥，用牙签一点一点地送到鸟的嘴边；而他的嘴，如果不是隔着笼子，都快凑到鸟的身上了。夜里，父亲就蹲在鸟笼子旁边，拿着扇子给鸟驱赶蚊子。每天鸟笼子都被擦拭得干干净净，像刚换过新的一样；杯子里的水没有一点儿杂质；鸟的羽毛被梳洗得光亮如漆。父亲总是邀功请赏、喜形于色地告诉我，这几天鸟唱了多少回歌，说了几句话，甚至它的粪便有什么变化……我注意到了父亲对鸟的迷恋。他舍不得离开县城回家，整天就跟鸟在一起，甚至开始忌妒我向鸟靠近。父亲简直成了我的情敌。

晚年的父亲已经集天下男人所有的毛病于一身：酗酒、好赌、懒惰，几个月不洗澡，对老婆傲慢，还不遮不掩地到陈村光顾一个四十多岁的贵州妓女的被窝。更有甚者，父亲要跟母亲离婚，异想天开地和贵州女人结婚。父亲觉得年过七十离婚并不值得大惊小怪，他总是拿死去多年的李家鹏为例说，九十六岁的李家鹏弥留之际，唯一的愿望就是跟比他小两岁的老婆离婚，并以拒不断气相威胁——用他的话说，不愿到了地府仍听到讨厌了一辈子的女人在耳边喋喋不休地唠叨。母亲对声名狼藉的父亲已经忍无可忍，如果不是觉得彼此都已古稀，早就把他撵出家门。母亲不止一次要求我拯救父亲，以免他死于酗酒，为了家族的最后一点儿尊严，至少不让他死在贵州妓女的床上。但母亲对我的期待也许过高了，如果我能改变父亲的话，他就不是我的父亲了，他的偏执、怪诞、神经质让他的所有优点都相形见绌。然而奇迹还是在无意之中发生了。父亲每次从我这里回家之后，母亲都会欣喜地发现，他似乎忘记了酒的存在，忘记了通往赌场的路，甚至忘记陈村有一个操着贵州口音的暗娼，而不时在别人面前提到我的那只鸟：

"多好的鸟，像我的另一个儿子。"

不过，隔久了不到县城，父亲又会故态复萌，甚至失魂落魄似的，提着酒瓶，徘徊在赌场的周围，乞求谁借给他十元——哪怕两元的赌资，更令母亲气愤的是，贵州女人经常上门索要父亲昨晚的嫖资……如果说要靠一只鸟才能拯救父亲的话，我没有什么理由不忍痛割爱。还不等母亲开口，我便请父亲来一趟县城，让他把鸟带回乡下。但没说送给他，只是说，爸，你把它带回乡下一段时间，跟更多的鸟在一起，让它更自

鸟失踪

由、更开心一些。父亲如获至宝，生怕我后悔，逃也似的带着鸟跑回乡下。从此以后的半年，他再也没和母亲吵过架，也没嫌她唠叨，更没提起过弥留之际的李家鹏，什么地方也不去，整天跟鸟在一起。乡亲们都说，自从有了那只鸟，你父亲就像变了一个人，所有的恶习都离他而去，他的人生朝着好的方向发展。

然而，有一天早上，母亲气急败坏地闯进城来，撞开我的门，充满责备地质问我，你的电话为什么打不通了？我说刚换了号码。看母亲的样子，是有大事发生。

"你爸彻底失踪了，也许永远也不回来了。"母亲沮丧地说。

怎么能失踪了呢？父亲带鸟回去后，母亲告诉过我，父亲变得安分守己，经常带着鸟笼在山林里一待就是一整天，有时候竟然在山里过夜，开始是一天、两天，后来是三四天不回家，但最多也就一个星期——他肯定要回家一趟，母亲都习以为常了，没有什么可抱怨的。但这一次父亲已经一个多月不回家，母亲和乡亲们去周边的山里寻找过，却不见他的踪影。都一个多月了，在山里头，他怎么过啊？我意识到事态的严重，赶紧随母亲赶回到老家。乡亲们对我说的第一句话就是："你爸变成了一只八哥，跟着一群鸟飞了。"他们指着村后的群山和看不到尽头的树林："你爸就在那里，但我们已经很久没有看见过他了。"

父亲从我那里带回那只鸟后的第一件事便是跋山涉水，到高州的天堂山采回最好的花木，重新编织了一只比原来大得多的鸟笼，用母亲的话说，那只不是鸟笼，而是猪笼，大得可以装得下一头猪。后来的鸟笼子越来越大，一只鸟在里面显得空荡荡的，像一座巨大的宫殿里只住着一个人。父亲不愿意让鸟觉得孤单，开始是在鸟笼外逗鸟，有时逗呀逗呀就睡着了，他在打呼噜，鸟在歌唱。后来他做了一个更大更牢固的鸟笼，用他自己的话说，那是一座鸟巢，宽敞得鸟可以张开翅膀进行超低空飞翔。最后他自己也钻了进去，跟鸟睡在一起，早上起来，他的脸上全是鸟粪。母亲无法忍受鸟粪的腥臭和对鸟毛过敏带来的痛苦，叫父亲滚远一点儿，彻底跟他分居了。除了每天提供两顿饭外，母亲对他的事情一概不管，直到有一天突然想起世界上应该还有父亲这样的一个人，但一个多月没见了，她才着急起来。

那只鸟学会了说更多的简单的话，比如您好、再见、恭喜发财之类，作为奖赏，父亲要给那只鸟更大的自由。他不满足于让那只鸟待在鸟巢里，但他不敢贸然把它从笼子里放出来，怕它飞跑了，再也不回来。开始的时候，父亲把鸟从笼子里放出来，让它待在关闭的房子里，发现鸟有灵性，跟着他一起，不试图逃跑。后来，他小心翼翼地打开门窗，鸟也没有飞跑的意思。最后，把鸟带到地坪和晒场甚至更广阔的田野上，鸟都驯服地跟着他，只要他吹一个口哨甚至一个手势，它就会来到他身边，停在他的肩膀或头上，朝着路人不断地说"您好"。路人司空见惯地奉承两句，父亲便得意地说：

"多好的鸟，像我的另一个儿子。"

父亲放心了。他要带它到山林里去，让它听到同类的声音，闻到同类的气味，寻找自己喜欢的食物。有人警告过他，放鸟归林，一去不返。父亲对此嗤之以鼻，他相信自己的鸟。与鸟笼相比，那只鸟当然更喜欢山林，对回家越来越不愿意。父亲便纵容它，让它在山林里待上越来越多的时间，甚至和它一起在山林里过夜。母亲记得有一次，几天不回家的父亲失魂落魄地从山里回来，钻进厨房里狂吃那些过夜的剩饭，浑身散发着说不清楚的臭味，用母亲的话说，把蚊子、蟑螂熏死了一堆。吃饭的父亲顾不上跟母亲说上一句话，吃完饭，扔下碗筷，又往山林那边跑了。远远看去，他就像一个野人。母亲对着他的背影愤怒地说：

"你就死在山里算了，永远不要回来！"

此后，父亲回家的次数越来越少。有人在山里看见过他，他就躺在树上，那只鸟和一群形形色色的鸟在树冠上叽叽喳喳，热闹得像开生日宴会，老远就能听到它们的喧闹。乡亲们都说，自从父亲带回来那只鸟后，我们的山林从来没有那么热闹过，好像全世界的鸟都聚集在一起，都成为鸟的天堂了。母亲也曾经到山里找过父亲，别人告诉她，往鸟最多的地方去，肯定能找到他。起初几次，母亲还真能找到父亲，他在树上，鸟在他的身边，母亲叫嚷着，他就是不肯下来，也不跟母亲说话。后来父亲和那些鸟离家越来越远，这里的山林又恢复了往日的宁静和孤独，要见到父亲，则需要翻过几座山才能偶尔见到一次。母亲有些担心，想把父亲拖回家，但他不肯从树上下来，也不搭母亲的话。母亲急了，跑到陈村，往贵州女人的裤裆扔下白花花的三百元钱，请她去一趟山里，千方百计恳求父亲回家；回了家，即使以后天天睡在贵州女人的床上，也不管了，反正名声都臭了，也不在乎更臭。贵州女人其实也很仗义，她二话不说，换上一双解放鞋就走，涉过米河，穿过乱坟岗，翻山越岭，像一个缉逃的警察，坚决、勇敢而义无反顾。锋利的荆棘把她都划得满脸血痕，头发被扯得七零八落，她的衣服也破绽百出，甚至露出了硕大而鲜嫩的胸脯。也许觉得如此艰苦的差事不应该只值区区三百元，也许担心贵州女人中途退却或被他的精神感动，母亲不断地往贵州女人的裤兜里追塞钞票。在乌鸦岭接近峰顶的地方，在一棵高大的枇杷树上，她们发现了父亲。母亲躲藏起来，让贵州女人跟父亲直接会话。贵州女人说了很多暧昧、肉麻得让母亲醋意大发的话，企图劝他回去。但父亲对贵州女人已经没有兴趣，不仅对她的引诱无动于衷，还轻佻地怂恿她去找长着满嘴狗牙却有几个臭钱的韩十三。受人重托，却一筹莫展，贵州女人对父亲生气了："老鬼，你怎么忍心让像公狗一样的韩十三爬到我的身上呢？"父亲在树上嘿嘿地笑。贵州女人要破口大骂的时候，一粒鸟粪落在她妖娆的脸上，她只好落荒而逃。谁也不能把父亲从树上劝下来，只有那只八哥离开那棵树，父亲才从树上下来，赶到另一棵树上去，乐此不疲。母亲对此已经厌烦透顶，一次又一次地发誓不再去找父亲，真让他死在山里算了，但又一次又一次地到山里去。开始的时候，我以为父亲会回家的，因此，对母亲一次又一次的诉苦没放在心上。直到这一次，一个多月没有父亲的消息，我才真急了。

我拿出一笔钱，恳请身强体壮、熟悉地形的乡亲们为我再次寻找父亲。收了钱的乡亲们带上柴刀、猎狗和干粮迅速消失在山林里，我和母亲朝着父亲最有可能藏身的方向跑去。

经过多年的封山育林，山里的树木和杂草已经异常茂盛，路轻易找不到，连灭绝多年的野猪、黄鼠狼都回来了，鸟更是像树叶那么多。这些山林本来我是很熟悉的，现在变得出奇地陌生，爬过的树彼此都不认得了，蓬勃的野草和无处不在的荆棘挡住了我的去路，都拒绝我进来了。乡亲们说，既不准打猎，又不用打柴，早就没有人进山，说不定过不了几年，老虎又要回来了。也就是说，每一座山都变得荒蛮而人迹罕至。我站在每一棵树下，仰起头，观察树上的动静，实在看不清楚，还得大声地呼喊父亲，但每一次呼喊，只能惊起一群鸟。鸟离开树，盘旋在天空。在陌生的山林里，我无法理解父亲。躲在绵延上百里的山林里怎样生活呢？吃什么？睡在哪里？病了怎么办？这也是母亲忧虑和疑惑的问题。但我知道的答案也许比母亲多一些。

父亲曾经是一个枪法极好的猎手，整天带着一条猎狗出没山林之间。如果不是野猪差点儿要了他的命和母亲把他彻底离开山林作为嫁给他的条件之一，他是不会把猎枪送给二舅，天天跟着母亲在地里春播秋收地消耗将近五十年的光阴。四十多年间，父亲唯一重新端起猎枪是因为我。受他的影响，小时候我对鸟异常痴迷，常常整天在山林里寻找自己喜欢的鸟儿。因此我的学业一度几近荒废，父亲为此十分生气，但因为他不是我的亲生父亲，所以他不敢碰我的一根汗毛——即使他是我的亲生父亲，又即使杀了我，也无法阻止我从学校逃到山林里去，然后带回形形色色的惊慌乱窜的鸟。为了让我洗心革面回到课堂上去，父亲决定把鸟赶尽杀绝。他从二舅那里拿回了那支以铁砂为子弹的猎枪，每天都从山里带回来形形色色的鸟——血淋淋的死鸟，堆放在地坪一角，苍蝇和老鼠从四面八方围过来吸它们的血和啃它们的肉。他这一辈子就是那时候枪杀过鸟，看得出来，他一点儿也不喜欢这样，因此他走神了，他光亮无比的左眼就是那时候瞎的。那支枪背叛了他，一颗铁砂改变了前进的方向，离开枪筒后，便直接进了他的左眼，血从右眼流出来。面对惨烈，我们都妥协了。我回到了课堂，父亲把猎枪还给了二舅。从此以后的三十年，父亲再也没进过山林，也没有碰过一根鸟的羽毛，却从此迷上了酒和赌博，以及后来的贵州女人，与母亲像冤家一样，过着没完没了的日子。我们在一起的时候，都小心翼翼地避开与鸟有关的字眼。

鸟突然闯进我的生活是三年前的一个下午，我在边城东兴出差，意外地看到了一个从越南过来的农民，他提着一只鸟笼，笼子里有一只八哥。那农民介绍，它是越南品种，中国没有这种八哥。确实是这样，那只八哥比我所见过的体形都要健硕，毛色都要丰润，嘴巴也长一些，眼睛也大一些，而且有红色的嘴唇和细长的睫毛。关键是那只八哥在笼子里没有忧伤，对着我欢蹦乱跳，似乎有很多的话要跟我说。我把它买了回来，挂在屋檐下，每天给它喂饲料，听它唱歌——它不是唱歌，是在说话，说的应该是越南话吧，因为我听不懂，但我知道它是向我讲述山林、天空、自由的生活和甜蜜的爱情。我告诉它中国的故事，把不能对人说的话都跟它说，它总是侧耳倾听，我的世界一下子变得辽阔无边，对那只鸟产生了依恋，如果它是一个女人，我会毫不犹豫地和她结婚。但这只鸟对父亲更加重要，重要到让他失踪的地步。母亲似乎对我送给父亲一只八哥开始不满，说它是罪魁祸首，与当初持肯定态度完全不同。当然，我也懊悔，如果我坚决一点儿，那只八哥还会在县城里，一样过着无忧无虑的日子。

但父亲跟鸟一起失踪了。

我们像警察搜索罪犯那样，一路上不放过任何蛛丝马迹。从早上一直到下午，甚至到第二天，才陆续传来一些让人欣喜的消息。有人汇报说，在梅花岭坳发现了父亲扔掉的香蕉皮，有人说在尖锋顶捡到了父亲衣服上的纽扣，有人说在枇杷沟踩到了父亲的大便，有人说曾看到一个蓬头垢面的人在围龙山的石堆上烤食老鼠……这些还带着可疑性的证据或许能说明父亲还活着，只是不知道现在他在哪里。更鼓舞人心的是，有人在双头岭半山腰一棵古树上发现了一个巨大的巢穴，里面有一件蓝色衬衣。我和母亲赶到双头岭，母亲认出来，那件衬衣是父亲穿过的，袖口上的补丁是她绣上去的，黑线，梨花状。我费了很大的劲才爬到树上去。那个巢穴建在四个树丫中间，是用树枝、树叶、野藤和毛茸茸的草构筑起来的，严严实实，密不透风，虽然昨天刚下过一场雨，但里面干燥而暖和。我从向南的唯一的狭窄的门口小心翼翼爬进去，里面刚好能躺得下一个人，我仰卧着，稳固、柔软、宁静，没有睡在空中的战战兢兢，倒觉得异常舒服安全，还能感觉到父亲的体温和体臭。微风吹来，树轻轻地颤动，我很快便睡着，但很快又醒了。因为我梦到了父亲，他正在巢穴门口朝我笑。我叫一声爸，但除了吓了母亲一跳外，没有任何回应。我再仔细检查巢穴里吃剩的野果核，断定父亲早已经离开这里，这个巢穴是他遗弃的家。

我赶到香梨坡。因为听说那里的一个牛贩子半个多月前曾见过一个类似我父亲的人。香梨坡属于另一个镇管辖的偏僻的小山村，只有十几户人家，通往山外只有一条像云梯的天路，翻越鸽子岭就是秀水县界了。被人破门而入的那户人家的主人是一个牛贩子。那天，他从高州城回来得很晚，都快半夜十一点了，他像往常一样，推开厨房的门，要吃妻子给他留的晚饭。但厨房的门是虚掩的，牛贩子觉得奇怪，听到里面有些动静，以为是什么动物闯进来了，便抓起一根木棒，突然打开厨房的灯。是一个人！头发乱得像一只鸟窝，浑身散发着臭气，正蹲在地上吃饭。牛贩子大喝一声，你是什么人？那人并不惊慌，只是抬头看了一眼牛贩子，像在自家里一样继续吃饭。牛贩子说，你把我的饭吃了，我吃什么？那人满脸歉意地把吃剩的半碗饭递给牛贩子。牛贩子说，你吃过的饭恐怕连猪都不会吃了，你的臭味能把一头牛熏死！那人不说话，接着把饭吃完。吃完饭，他把碗往灶台上一放，起身便要离开。

"你是什么人？"牛贩子以为是逃犯，警惕地操起手中的木棒恐吓他，不让他袭击自己。

那人并不理会牛贩子，从他身边走出去。

"你去哪里？"牛贩子大声地问，是给自己壮胆。他的妻子不断地咳嗽，邻居的灯亮了起来。

"我的另一个儿子带着一群鸟朝西飞走了，不见了，丢下我不管了，我要去找它。"那人很快翻过墙头，越过磨坊，沿着杂草丛生的石阶飞跑，转瞬便消失在黑夜里。

据牛贩子的描述，那人肯定就是父亲。我知道父亲是不会再回来了。他已经不再属于我们的世界，他已经属于山林。此后的一个星期，我们往西上百公里，一直寻觅到陆川县境，询问了许多的山民，不放过任何一棵可以筑巢而居的大树，甚至留心观察了每一堆人粪，期待能证明父亲仍然活着。但关于父亲的踪迹和音讯越来越少，乡亲们都已经精疲力竭，也厌倦不堪，再没有继续下去的信心和耐心，给再多的钱，他们也不愿继续折腾。其实我早就愿意放弃这种寻找方式，只是说不服母亲，她说活要见人，死要见尸。如果不是摔了一跤，摔得头破血流，并且瘸了右腿，母亲是不会放弃努力的。我们从四面八方撤了回来，但我让乡亲们在各个路口、各个山坳，以及每一棵参天大树的树干上都贴上了防水的"寻父启事"和"致父亲的信"。在给父亲的信上，我写道："爸，鸟失踪了，你可以回家了。"而且，我还把寻父启事在广西各地的电台、电视台、报纸反复播放、刊登，希望奇迹出现。

此后的一段时间里，消息不断传来。先是警察在博白县的山上围捕逃犯的时候意外抓到了一个身份不明的人。我马上赶到博白县公安局。但那人不是我父亲，虽然看上去那人在山上已经生活了很长时间了。他用并不流畅的语言说他是湛江人，因为五年前偷了邻居家的一头牛被发现，便逃到了山上，五年来，一直没离开过山林。后是合浦县一个果场抓到了一个经常光顾果场的惯偷，但他是一个哑巴，而且身材高大，力大无比，把几个保安都打翻了，父亲肯定没有那么大的力气。后来的信息与父亲越来越远，到最后我再也提不起兴趣去核实真伪，也懒得去打听，甚至希望那些信息不要再传到我的耳朵里。母亲早把与鸟有关的器具全部销毁，家里再也闻不到鸟的气息，南来北往的鸟宁愿绕道而行，也不再从我家的上空飞过。母亲终于安静了，也似乎渐渐地接受父亲失踪或者死亡的现实，她甚至打电话给我，心平气和地劝导和安慰我说，也许我们误解了你父亲，也许是我们错了，是我们把他赶得越来越远。因此，母亲说，算了吧，我们和他之间已经隔着千山万水，即使见到他，也无法正常沟通——或许，你父亲根本就不希望我们闯进他的世界去打搅他。母亲的顿悟和豁达令我备感欣慰，让我如释重负。后来母亲的电话仍然不断打过来，还是有意无意地谈到父亲，母亲不再责怪父亲，反而陷入了自责的泥潭。她喋喋不休地说，我理解了李家鹏，也理解了你的父亲，我应该用另一种方式和你父亲生活，我身上也有缺点，让你父亲厌恶了……我发现，其实母亲还没有真正理解父亲，或许我也没有真正理解。我只有安慰母亲，劝她不要自责。我们都没有错。此后，我和母亲在电话里尽量不再提起父亲，让父亲从我们的话题里慢慢地彻底消失。但四面八方的热心肠的人还是源源不断地向我提供新的信息，而我总是装出欣慰的样子告诉对方，我父亲，他已经回家了，那些鸟也跟着回来了。

这样一来，慢慢地，给我打电话提供线索的人越来越少，他们都相信我父亲已经回家。有一天，我突然发现母亲很久没给我电话了。她常打电话的地方——阙七杂货铺，他们说很久不见我母亲来过。我担心会发生什么事情，赶紧回家。回到家里，我被眼前的情景惊呆了。

屋顶、屋檐、屋前、屋后、窗户、地坪、围墙之上，全是鸟！八哥、鸽子、麻雀、鹦鹉……母亲站在鸟中间，给它们撒食，像喂养满地家禽。鸟在她肩上唱歌，在她的头上撒屎。我的闯入把鸟惊吓着了，它们拍着翅膀，炫耀着高难度的超低空飞翔。我叫了两声妈，她竟没抬头看我一眼，只是往我这方向撒了一把散发着芬芳的鸟食。因为对鸟毛过敏，她没完没了地打着喷嚏。

…………

大约是快一年后的事情了吧。有一个早晨，我刚打开手机，便接到一个从崇左打来的电话。电话里说，有猎户在山里抓到了一个野人，他穿着树叶做成的衣服，跟一群鸟在一起，把其中的一只鸟称作喜宏……我连夜驱车赶到崇左，找到抓获"野人"的猎户。但那猎户说，他把野人放了，因为野人会说话，他是寻找儿子的，他说，喜宏带着一群鸟朝南飞走了，丢下他不管了。猎户往背后指了指："他就是往南跑的，像飞一样。"

再往南，就是越南境内了。

猎户说，他是人，不是野兽，我没有权利抓他，他是寻找儿子的，只要还不越境，连边防部队也管不着。他跟你一样的口音，说话的声音跟你差不多，如果你有这样的一个父亲，那他就应该是。

我肯定地点点头。猎户还问我，你是不是应该还有一个兄弟？

是的，我有一个比我大十岁的哥哥，三十年前，战死在越南凉山，被追授了三等功，只是尸骨现在还留在那里。生前，他的名字叫喜宏。

把世界分成两半

　　我的父亲是一个怯懦的人，逆来顺受，胆小如鼠，但并不妨碍他成为一个出色的空头理论家。换句话说，淘尽黄沙始到金，从那些夹杂着小心翼翼的牢骚和信口雌黄的废话中也能提炼出一些似是而非的道理来，甚至有些还闪烁着朴素的唯物辩证法的光芒。比如最为人所知的是他的"两半论"。伟人把世界划分为"三个世界"，他别出心裁地把世界分成两半，进而把任何东西都能分成两半。比方说，世界可分成黑夜和白天，白天可分为晴天和雨天；人可以分为死人和活人，活人可以分成农民和非农；农民种出来的粮食可以分成自家口粮和交给粮管所的国家粮，国家粮可以分成公粮和购粮……但有人故意反驳说，阙猴，你说得不对，世界不是分成两半的，因为晴天比雨天多，死了的人比活人多，农民比非农多，国家粮比自家口粮多，购粮比公粮多，最显而易见的是，白天和黑夜并不都一样长……阙猴就是我父亲，由于他觉得自己的理论还千疮百孔、百废待举，这时候便常常嘴拙，但依然强词夺理：这个世界就是分成两半的，信不信由你，反正到死那天，你总会弄明白的。

我听明白这句话的意思的时候已经是一九八八年的夏天。

这里的一切每况愈下。我家的粮仓已经空荡荡的，连老鼠都搬迁到别的地方去了。一家人喝着稀粥，我还没放下碗筷，便暗地里叫饿。我说，妈，农忙太累，能不能吃上干饭呀？母亲说，忍一下吧，很快就会好起来。本来我们不应窘迫到这个地步，但去年晚造，无处不在的福寿螺把水稻啃光了。祸不单行的是，从镇上传来了米价不断上扬的消息，甚至一天之内变动多次。在供销社上班的阙开来晚上回来首先告诉人们的是，米价比中午又上涨了两毛，粮管所的碾米机日夜不停地碾米，还加强了警戒，怕被偷抢。但粮管所的米大部分是运往城市，供不种田的人吃的，我们买不到。那些抓着不多的钞票还在等待观望的人慢慢坐不住了，因为早上还能买一百斤米的钱，到了下午只能买八十斤了。"米价像产妇的奶子——胀（涨）得要紧。"男人们说。其实不止米价，其他商品的价格也迎风飘扬，一路飙升。为了节约，母亲洗干净擦台布，重新做洗脸巾用，父亲刷牙不用牙膏了，村里的妇女甚至不敢奢用卫生巾，而是翻箱倒柜找出弃置多年的可以重复使用的卫生带。接踵而至的便是饥饿，村里的每家每户都把粮仓的粮食看得比金子还珍贵，谁也不愿意把仅存的一点口粮借给别人。老人们更是想到了相去并不久远的大饥荒，甚至坚信这样的饥荒每隔多少年便要出现一次，像瘟疫的出现一样。这是轮回，是自然规律，是上天的安排，是天灾人祸，是躲不过去的劫难。按父亲的理论，世界可以分为饥荒和温饱两半，人只能一会儿站在这边，一会儿站在另一边。饥荒是一把杀人刀，到了万不得已的时候，还得易子而食。由于老人们的危言耸听，人们内心便有了隐隐约约的惊慌，从每餐做干饭改为稀饭，稀饭再多加一点儿水，或掺杂些红薯、青菜，总之，尽量节省一些米，那些猪、狗、鸡越来越难吃到米，日渐消瘦了。村里的人都说，到了夏天就好了，因为春天的时候风调雨顺的，水稻长得不错。我家有六亩地，是村里田地最多的一户，因为阙胜的三亩水田转包给我家了，除了代阙胜缴纳公购粮外，一年内还得给他五百斤干谷。父亲以为能从阙胜的田里赚到好几百斤的稻谷，但一场病虫害毁灭了父亲的希望。春天一结束，稻田里发生了一场来历不明的病虫害，农业站还来不及找到合适的农药，村里的水稻便连片枯萎，取而代之的是旺盛得像蒜苗一样的杂草，贪婪地消耗着田里剩余的养分。这种病能传染，附近的村也出现了这种情况，人们束手无策，眼睁睁地看着一块块的禾苗枯萎在地里。到了稻熟时节，人们手执镰刀站在田埂上怨声载道，因为稻谷大多是秕的，那枯死的稻草没有一丝味道，连牛也不愿意吃。因此，这个夏天是我听到的诅咒和叹息最多的一个夏天。在这个漫长的夏季里，父亲饿着肚皮，无数次发表了自己对世界的看法，观点大同小异，却一次比一次激愤：

"世界是分成两半的。一半是死了的人，另一半是将要死的人。"

那时候，我们在稻田里收割。太阳像刀子插满了我的背脊，血淋淋的。催缴国家粮的高音喇叭回荡在每一个旮旯和角落，喋喋不休，像午夜里的狗吠。我们手中的镰刀挥得快而有力。干部李渊从田埂上走过，直着身子向父亲打了一声招呼，并指了指山腰上的喇叭。父亲唯唯诺诺地说，我明白了，等稻谷一晒干，我就送去，决不拖后腿。干部李渊觉得满意，也就不说什么，走到另一户的田头去了。

父亲的嘴巴对着泥土说干部李渊："他就是把世界分成两半的人。"

父亲最后又说："其实，每一个人都可以把世界分成两半。我也能。"

景况继续恶化。当我们把稻谷收割完毕，一边叹息减产，一边埋怨谷子越晒越少的时候，卧榻两年的祖父终于艰难地合上了双眼，为了安葬他，父亲要卖掉在我家生活了近三十年的老水牛。祖父弥留之际，对世事早已经漠不关心，自然不知道米价比他的年龄还高，差不多忘掉了全部的亲朋好友，甚至淡忘了最平常的日出日落，叨唠最多的是老水牛。

"阙猴，你究竟有没有虐待你叔……"

"阙猴，你是不是还让你叔一天翻一亩的地？"

"阙猴，你怎么不舍得每天喂你叔一只鸡蛋？"

"阙猴，我死后，你不能遗弃你叔……把一个好端端的家分成两半。"

"阙猴，我死后，他就是你爹，即使不干活儿你也要一日三餐孝敬他，让他吃好穿暖，不被别的牲畜瞧不起。"

祖父早就把老水牛当成了他的兄弟，现在父亲要把他的兄弟卖掉，却不敢向躺在堂屋地板上的祖父请示，生怕祖父突然张开眼睛，甩手给他一记耳光。

"阙猴，你真要把你叔叔卖掉？"祖父尸骨未寒，父亲便暴露了他的近似冷漠的叛逆，有人看不惯质问他，还谴责他，

"阙缝死不瞑目啊。"

阙缝就是我祖父。生前在村里的威信很高，因此老水牛的声望也很高。

父亲没有理会那些站着说话不腰疼的风言冷语，琢磨着怎样才能卖个好价钱。他照例把世界划分为买牛的和不买牛的两部分，然后竭尽全力向那些口袋里尚有余钱又需要买牛的人说，我家的水牛虽然上了一些年纪，但一天还能翻一亩的地，干起活儿来比两匹马还快，吃得比一头猪还少，重要的是它像一个老家奴，任劳任怨，比你们家的老婆还要忠诚。为了证明其所言不虚，父亲让老牛把最坚硬的旱地翻过来。已是风烛残年的老水牛为了表达对主人的忠诚，夸张地向旁观者展示了松松垮垮但尚有弹性的肌肉，用尽了身上每一个角落的力气，甚至眼泪都用上了。它的表演堪称完美无缺，一块块完整的土地被翻成了无数的两半，一天下来，翻了一亩半的水田，田埂四周响起蛙鸣似的惊叹。父亲像稀宝拍卖会上的拍卖师，高高地扬起牛鞭，信心百倍地等待买家的竞相出价。但除了屠夫老宋，再也没有谁愿意领走这头行将就木的牲畜。父亲与其说不忍心让屠刀插进老水牛的脖子，倒不如说是害怕尚未走远的祖父的亡灵，只好把它留下来。母亲承诺，以卖粮款和晚稻的谷子作为偿还，借尽了附近村庄，总算筹到了一笔小款，草草把祖父埋到了离地面三尺的土穴里。

父亲说，祖父的葬礼本来可以搞得更体面一些。我知道父亲的言外之意，他埋怨老水牛。每天早晨，我们总要把老水牛从封闭窄小的牛屋子拉到槐树下的牛栏去，有空的时候就拉它到河边吃草，没空就打发它一扎稻草。那天没被卖出去，好像受了奇耻大辱，第二天老水牛就躲在牛棚里不愿意出来见人，我拉它，它却逆着和我较劲；赶它出去，它却在屋子里打转，百般刁难，就是不肯出门。对于温驯、老成持重的老水牛来说，这是大大的反常。为祖父举行法会那晚，老水牛听到了喧闹的唢呐声和沉郁感伤的《大悲咒》，我们都听到了它嘶哑的悲鸣。此后，老水牛更加不愿意离开那昏暗的屋子。祖父还没病倒的时候，虽年过八十，还下田干活儿，何况一头牛乎？我要强行拉它出门，因为还靠它耘田。父亲说，由着它，或许它心里也难过。

来不及扑灭内心的哀伤，我们赶紧把谷子晒干扬扬，早一点儿运到粮管所去，因为早一点儿，得到的奖赏（化肥）会多一点儿。这一季的收获比预想中的还差，母亲一边称着谷子一边唉声叹气，父亲也愁眉苦脸的，我们都恨不得到田里重新收割一次。父亲计算了一下，要把几乎所有的谷子全搭上才够交给粮管所。母亲犹豫了一下，说，要不，多留下一点儿口粮，晚造再补交一点儿？父亲断然拒绝了这个意见，冬季差不多有一年那么长，晚稻的谷子是用来过冬的，而且晚造交粮一点儿奖励也休想得到……因此，我们连夜把最好的谷子装进麻袋子，第二天天还没有亮，便把谷子装上老金的拖拉机。我们向粮管所进发的"哒哒"声压过了屠户老宋杀猪的惨叫。

那天往老金拖拉机上装谷子的时候，我家的老水牛从牛栏里看见了。这一天，老水牛愿意从牛屋子里出来，我想它可能需要阳光了，就拉它到牛栏里去，但看上去它并不高兴，像一个在别人面前抬不起头的孩子。往年运粮去镇上都是用牛车，来回两趟就可以。这一次，父亲觉得谷子太多，牛太老弱，就雇请了老金。我看得出来，老水牛很失落，眼眶里满是泪水。我提醒过父亲，目的是请他考虑让老水牛分担一部分运粮的重担。父亲瞧了一眼老水牛，丢下了一句：

"世界上的牲畜也是可以分为两半的，一半是能干活儿的，一半是不能干活儿的。"

我觉得父亲是说给老水牛听的，特别刺耳。我父亲就是这样的人，语言比内心更为强大。

那天，比我们早到的运粮车已经在粮管所门外排成长龙，一直排到了电影院。我们就在一张破旧的电影海报前等待粮管所开门。父亲每隔十来分钟便到前面去看一下。太阳快升起来的时候，粮管所的门终于打开了，因为镇上所有的门都打开了。一个工作人员顺着门口往队伍后面发牌号，吆喝着"按照牌号次序进来"。我们的运粮车是第三十二号。那是一个遥遥无期的数字。父亲坐在高高的粮食上面说，你们能不能把粮仓分成两半？一半收别人的粮谷，一半收我家的粮谷。发牌号的工作人员问，天下那么多的粮仓，怎么才能分成两半？父亲强装笑脸说，我也不明白。

父亲快要睡着的时候，突然觉得脸上有水。搓了搓眼眶，没有泪水呀。

"下雨了。"父亲恍然大悟，俯视着我们，嘶叫着。

是下雨了。越来越大。我们没有雨具。断然想不到一直晴朗的天会在这个时候下雨。父亲在车顶命令我们找雨具，以及能遮盖粮包的任何东西。我们仓皇失措，去恳求店铺的人借。但他们也在找雨具。我撕下一张旧电影海报，揉成一团，扔给父亲。父亲骂道，一个女人顶屁用！海报上是他不认识的刘晓庆。

母亲好歹从碾米房的一个熟人那里借来了一张千疮百孔的薄膜，盖住了谷子。父亲这才发现，一街之隔的天竟没有下雨，地面一滴水也没有，阳光比春天明媚。

"你们看，世界是分成两半的，一半下雨，一半不下雨。同一个娘，操出来两个天！"父亲居高临下，似乎真理只掌握在他的手里，对着熙熙攘攘的大街大呼小叫。老金突然开动拖拉机，父亲打了一个趔趄，差点从谷堆上掉下来。

晌午，我们的拖拉机开进了粮管所。先是检验员用一根带钩子的扦样器任意往袋子里插，带出来数颗谷子，放到嘴里嗑。父亲像奴才一样弓着腰，扭曲着脖子，笑眯眯地看着检验员的嘴。检验员的脸皮轻轻一皱，吐出几块谷壳：

"你的谷没晒干，你怎么能把水当谷子欺骗国家？"

父亲慌慌张张地说，谷子是干了的，你看我的牙齿，就是让这些谷子嗑崩了的。

据我所知，父亲的那颗门牙是去年不小心碰到了牛角尖碰崩的。

"不要啰唆，趁太阳还在，你们赶紧晒……"

父亲再要争辩的时候，检验员已经走了。我们赶紧把谷子卸下来，找了一个空旷一点的地方让谷子再次见到太阳。看得出来，老金有点不耐烦。他本以为一天能走两趟的，却被我们耽搁了。父亲坐在谷子旁边，让母亲和我带老金去街上随便吃点东西。我们回来的时候，父亲却和另一个检验员争吵起来了。这个检验员嫌我们的谷子秕谷太多，要我们把秕谷从谷子里剔出来。父亲对检验员说，世界上的谷子是可以分成两半的，一半是秕的，一半是不秕的——今年水稻得了病，像你的爹妈染上了病一样，你不能嫌他们……检验员说，标准我已经放得很松，你看你的谷子有几颗是好看的？像五十岁的女人，脸上全是黑斑，乳房瘪成麻袋，这样的谷子送给我也不愿意要，幸好，是给国家的——国家是最宽容的。父亲说，谷子的衣裳不好看，但里面是好的，像你的母亲，不管打你骂你，她的心都是好的。父亲的理论是那样坚硬，但检验员并不愿意和父亲辩论，那么多的谷子等着他去验收，他没空辩论。

晒了一次，又晒一次，一共晒了三次；扬场了一次，又扬场一次，一共扬场了三次。母亲哭了一次，又哭了一次，一共哭了三次。太阳要离开谷镇的时候，我们的谷子终于可以重新装上拖拉机，送到数百米外的粮仓入库。过了秤，我们一袋一袋地扛着往仓库里走，爬上高高的谷子堆，把谷子倒掉。父亲毕竟心痛，那么多的粮食，一袋一袋地倒到像山一样宏伟的谷堆上，瞬间便看不到哪些是我们家的了。父亲倒完最后一袋子谷子，精疲力竭，一屁股瘫坐在谷堆上："这个世界的人是分成两半的，一半是累死的，一半是闲死的。"没有人响应父亲的理论，粮管所要下班了，工作人员在催促。父亲也许感觉到了无趣，看四下无人，挣扎着站起来，在高高的谷峰上撒了一泡尿。他用尽了最后的气力。他说，这是他撒得最痛快的一次，像在世界的顶峰上撒的一样。

父亲说："世界上的人可以分成两半，一半是在粮管所的谷堆上撒过尿的，一半是从不敢在粮管所放屁的。"

回家的路上，不知道父亲从哪里借来了力气，兴奋地引吭高歌。据我所知，这是父亲这一辈子里第一次唱歌。那歌声，畅快，雄壮，估计全世界有一半的人能听到，只有一半的人听不到。但他很快把借来的力气也用光了，像一辆漏油的车，越来越接近抛锚。临近家的时候，他已经躺在老金的拖拉机上瘫死过去，直到母亲从牛栏那边传来一声惊叫。

这声惊叫，让人魂飞魄散。

老宋的功夫已经出神入化，不到两个时辰，便将一头躯体庞大的牛分解成两半，一半是肉，另一半是骨头。肉像一堆泥巴横放在桌面上，骨头像多余的树根，被乱七八糟地扔在一个箩筐里。肉和骨头都在等待着卖出去。母亲的意思，天气那么热，又不是人们余钱多的时候，能卖什么价格就卖什么价格，别让它过夜。

夜色已经从天边奔袭而来，像一万头汹涌的公牛。

尽管许多的乡亲已经吃过晚饭，但还是络绎不绝地从这个村那个村赶过来，尽其所有地买走我家的牛肉，他们也不斤斤计较，多一点少一点都算了，把钱扔到母亲的竹篮里便走。因此，肉越来越少，骨头也正在逐渐减少。月亮升得老高了，一只等待了半宿的不知谁家的狗以迅雷不及掩耳之势叼走箩筐里的最后一根骨头。从傍晚到现在未发一言的父亲猛地站起来，抄起一根扁担往狗跑的方向气势如虹地追过去，闪眼间消失在夜色里。母亲焦急地在后面要喝止不计较后果的父亲，但连她也找不到父亲和狗的去路，只好悻悻作罢。父亲的眼睛早已经不好，一到夜里近乎盲。那些还没散去的乡亲劝我们兄弟去找父亲回来。

"阙叔都六十好几的人了，还跟一只狗斗什么气，要是摔跟头，后果就严重了。"他们这样不理解我父亲。平日里，父亲并不是争勇斗狠的人。即使狗咬了他一口，他也不会迁怒于狗，而只怪自己躲避不及。

但他们说得是有道理的。父亲今天已经用尽了力气，如果父亲在田埂或者石阶上摔一跤，可能永远也爬不起来。

"那根牛脚上的骨头不值钱，老宋刚才要白搭给我，我没有要，因为这种骨头煮不出味道来。"阚明海说，"那狗快饿死了，才叼走那根骨头——那是谁家的狗啊？我们村没有这只狗。"

不管狗是谁的，我们兄弟，还有母亲分头去找父亲。一直到夜半，应该是十二点过了，还找不到父亲。母亲认定父亲肯定是出事了，是在哪里摔跟头了，爬不起来了，甚至已经听不到我们的呼喊了。我们的火把燃尽了一把又一把，方圆两三里内，险要的、坑坑洼洼的、容易引起人仰马翻的地方，我们都找过不止一遍了，仍不见父亲的踪迹。我们的喉咙喊破了，把熟睡的人吵醒了一遍又一遍。哥哥也许更了解父亲，他说，也许父亲在躲着我们。

母亲陷入了沉默，茅塞顿开似的，突然扔掉火把：你们去吧，你们父亲就躲在家里。

果然，我们在家里发现了父亲。他枯坐在牛栏的角落里。石头板凳，背靠栏栅，侧身对着我们，他已经和黑暗融为一体，和木柱、栏栅分不清楚了。我注意到了，他的额头上有血痂，跟前的稻草堆上放着一根骨头。骨头沾满了尘土，看不见鲜红了。父亲却没有胜利者的欣慰，眼睛也不再发出光亮。

哥哥说，爸，原来你一直在这里啊。

父亲没有说话。纹丝不动。那千沟万壑的脸膛看上去更枯瘦了，但看上去更像一个悟道的修行者，一个了不起的哲学家。

母亲出现在我们的身后，但一直没有说话。她不知道说什么。她看得出来，父亲已经很脆弱，不堪一击，她害怕说错一句什么话会造成严重后果。因此，我们都不说话。先是母亲，后是哥哥，小心翼翼地退出了牛栏，回到各自的床上去了。我犹豫了一会儿，坐在牛栏的出口处。我和父亲的眼睛都面向着牛栏中间的那根柱子。我家的老牛平日就拴在这根光滑的柱子上边，它是牛栏的主人。它在这里都住了近三十年了。可是，今天我们从镇上回来的时候，发现它自己把自己绞死在柱子上。那条粗大的牛绳紧紧地缠着它的脖子，缠了三圈，牛的躯体半坠在地上，牛头吊在空中，舌头吐着，双眼张得大大的，我从不知道牛的眼睛能张得那么大。村里的人说，牛是最能忍辱负重的，他们从没听说过牛也会自杀——你们家的牛肯定是受了它忍受不了的侮辱，伤透了心才自己绞死自己的。这种说法占了上风，因为它是有道理的，连能言善辩的父亲也无法推翻它。他也无法用一半是什么，另一半是什么的"两分法"去解释，或者说，他不能。

我和父亲长时间没有说话。万籁俱寂，整个村庄静默得如大海。远处的群山和牛栏的栅栏把我们紧紧围在一起。这样的世界是无法分成两半的。我和父亲成了一个整体，因为我以为我理解了父亲。

我愿意和父亲一起默默地一直坐到天明。

但父亲首先说话了。说得很慢，生怕我听不懂。

他说，我家的牛是有尊严的，可是我们轻薄了它，它死后，我们本来也要让它有尊严的，但我们却把它的肉卖了，还差点让狗啃了它的骨头。

卖肉的时候，父亲蹲在墙角里，没有人注意到他。他却一直盯着老宋手中的刀，喃喃地说着同一句话："从此以后，世界上就只剩下两种人，一半是家里有牛的，一半是家里没有牛的。"

我说，牛已经老得不成了，也许是牛不愿意连累我们才这样……爸，今天我家终于缴纳了全年的公购粮，这一年，我们都轻松了，我们比许多人都要轻松了，因此，我们应该比许多人都觉得幸福，爸。

父亲说，世界上的人可以分成两半，一半是……

父亲没有说话的力气了。尽管他可能想出了一个更精辟的道理来，可是他没有把它说出来的力气了。这一次，他真的是精疲力竭。此时的父亲应该像一堆沙，只需轻轻一推，便分崩离析。

我说，爸，你累了一天，睡觉吧，明天还得下地干活儿呢。

父亲不说话了。他整个人已经枯萎，又像一棵久经风雨的树。

我说，爸，你在想什么呢？

父亲说，没什么。

但他的眼睛一直没有离开过那根柱子。柱子上的那根牛绳还在晃荡，还散发着浓烈的牛涎气味。

我说，粮食没有了，我们还可以再种；牛没有了，我们还可以买回来……爸，你在想什么呢？

父亲说，没什么。

我说，现在，全世界上的人，一半睡了，另一半也睡了……

父亲说，没什么。

我说，爸，我早想告诉你，等我和哥长大了，读完大学，我们的生活会比粮管所的干部好过，我们能让你和妈也过上城里的生活……

父亲说，没什么。

"爸。"

"没什么。"

……

我太困了。后来连自己也不知道问了父亲什么问题。问着，劝着，就睡着了。

当我醒来的时候，身边站着母亲、哥哥，还有很多的人。他们的脸上满是哀伤。黎明早已经来到，阳光照到牛栏中间的那根柱子上，照到父亲的身上，照到他枯瘦的脸上。阳光还温暖着他的长长的舌头，瞪得巨大的眼睛和像黑洞一般辽阔的嘴巴……

那根牛绳子套在父亲的脖子上，紧紧缠了三圈子，他的身体一半在地面，另一半吊在半空中。阳光下，那根牛绳子泛着光亮，整个牛栏像宫殿一样金碧辉煌。

我明白过来了。父亲绞死了自己。像老水牛那样，父亲不愿意拖累我们，父亲和老水牛都属于世界的另一半了。

同时，我终于相信了一个道理：世界真的是可以分成两半的。因为这是父亲说过的。那时候我还小，我相信父亲说过的所有道理，以此向他表达我的敬意。

天堂散

　　父亲从壶城回来，第二年春天的一个临近黄昏的下午，我家突然来了一个陌生的女人。还没进门，我便能闻到她身上散发出来的淡淡的泥土气息和挥之不去的汗味。她怯怯地站在门外，双手提着一袋新鲜的黄瓜。四十岁不到的光景，看上去还很年轻，女人穿一件灰白相间的花格短袖衬衣，皮肤细腻得不像乡下人，脸颊晒得有点黑，黑得有光泽，长得很端庄，轮廓很好看，只是身材略显娇小，牙齿也不是很整齐，眼底下的雀斑星罗棋布，但无论如何，她都是一个纯朴得让人放心的女人。

　　我们一家三口正在吃饭。去开门的母亲首先惊愕地问了一声："你……找谁？"

　　我听到那个女人羞怯地回答："郭宏海。"

　　父亲惊疑的目光越过我的头顶，和门外女人的目光相遇了。他"哦"了两三下才站起来，走到门前。

　　"是你呀？怎会是你呀？"父亲的笑来得有些唐突，但恰到好处。

母亲闪开一条路，让父亲迎那女人进屋。女人忐忑地从母亲身边走过，眼睛始终观察着母亲的反应，似乎生怕母亲一声断喝，把她轰走。她进了客厅，不知道把自己往哪里安放，显得局促不安。而父亲显然是措手不及，一时慌乱得找不着放碗筷的地方，在厨房里手忙脚乱。倒是母亲淡定地从女人手里接过黄瓜，然后让她坐到沙发上，给她倒了一杯水，一会儿又倒了一杯。喝了三杯水的女人才镇静下来，接过母亲递过来的湿毛巾擦了擦脸。母亲夸奖她的黄瓜，说那是她见过的最好的黄瓜，鲜嫩，洁净，皮薄，可以吃，可以美容。

"是自家的地里种的，拣最好的捎来了——一种完庄稼，我就到城里来了。"女人说，"我姓唐。"

"她是我在壶城乡下蹲点时认识的老乡，石榴村的……"父亲向我们解释。

只有唐姓女人点头认同父亲的说法。父亲还想多解释一些，可是找不到更多可以拿得出手的说辞。因此，他依然显得措手不及，并处于下风。

母亲和女人交谈的时候，未曾正眼看一眼父亲，透过若无其事的表情，我看到了她内心深处熟悉的怒火。那怒火，被巨大的石块压住了，但不知道到底能压多久。

父亲终于取来了一套干净的碗筷。母亲冷静而不失热情地邀请女人坐到饭桌旁边，一起共进晚餐，并在她的碗里盛满了饭。我在火车站吃过了，女人说，怎么好麻烦你们？像乡下人那样礼节性地推辞再三，她才拿起碗筷，小心翼翼地吃起来，小心翼翼地夹菜，小心翼翼地偷看母亲捉摸不定、高深莫测的神色。

"大姐，"女人可能意识到什么，向母亲解释，"我跟宏海没有什么见不得人的关系，清清白白的。我是来听他讲完《天堂散》的——你知道《天堂散》吗？"

母亲吃惊地摇摇头。

"他没跟你讲过《天堂散》？"女人觉得不可思议。仿佛世界上所有的人都应该听郭宏海讲过《天堂散》似的。她的脸转向我，我也不明真相地摇摇头。母亲依然淡定得像个女首领，只是再次轻轻地摇了一下头。

父亲终于弄明白了女人的来意，如释重负，长嘘了一口气："何必呢？"父亲的意思最明白不过了：为了听一个故事，何必跑那么远，还给他带来可能发生的误解？

"大姐，我保证，听完《天堂散》我就回去。"女人极力打消母亲的疑虑，恳求母亲的同意。

母亲不置可否，冷若冰霜的脸上没有多余的表情。父亲装出笑呵呵的样子："不必要了，我没有什么可讲的了，那故事已经结束了，没有了，明天你就可以回去了——今晚没有回壶城的火车了，大概。"

"故事还没有完，他们在天堂里失散了，能找到对方吗？"女人执着地要知道答案。

"没有了。编不下去了。故事编着编着就坏了，废掉了。"父亲断然道，有居高临下之势。

女人执着地要知道故事的结局，但她失望了。

"你为什么不能把一个故事给人家讲完？"母亲终于发飙了，冲着父亲怒吼。

父亲错愕了一下，他早就预料到母亲这一怒吼迟早会来，但想不到当着女人的面。

"真的没有了……"父亲很无奈，"故事不值得继续编下去了。"

在家里，母亲是绝对权威，她的意志几乎决定一切，尤其是父亲丧失编写故事的能力后。

"大姐，宏海他不愿意讲就算了，明早我就回家。我家里有丈夫，三个孩子和一地黄瓜。"女人说。

母亲拉着女人的手，又朝父亲吼了一声："你必须把故事讲完！"

那时候，我还没成名，根本不能理解父亲对成名的渴望和焦虑。

父亲是省文联的专职创作员，也就是人们所说的专业作家。据说全国的专业作家只剩下不到两百名了，文坛对这些只拿俸银不坐班的计划经济时代的遗老颇有微词，这给名列其中的父亲很大的压力——尽管这种压力是自找的。父亲的狂妄之处在于，他试图为专业作家正名。但一看便知道，父亲是一个老土的过气作家，作品虽然出版过一些，然而，视野、题材、技巧、语言都已经跟不上时代步伐，属于一辈子没有成名却自以为名家的那一类，到了五十多岁，还没有写出轰动一时的或可以问心无愧的代表作，他心有不甘，整天苦思苦想，处于莫名其妙的煎熬之中。可怜的父亲已经江郎才尽、黔驴技穷，像一个穷途末路的将军做最后的挣扎，可是手下已无可驱使的一兵一卒。那一年，灵感犹如上帝突然降临到他的头上，一个自认为惊天地泣鬼神的故事雏形把他激动得彻夜难眠。他决定重新回到散发着泥土芬芳的农村，回到广大群众中去。壶城是他知青时代的故乡，那里是他的根，他几乎所有的作品都以此地为背景。他依然抱着过去文人所信奉的创作原则：只有感动了广大群众的故事才是好故事。他一辈子缺的就是一个好故事。

那一年，他终于收获了一个自认为不错的故事。故事的名字就叫"天堂散"。

父亲显然是吸取了过去的经验教训，不敢贸然下笔，生怕误入歧途，把好端端的一个故事写坏了，写废了。于是，他把故事先讲给别人听，如果把别人感动得热泪盈眶、泣不成声，他才下决心写，写出来的故事肯定感人。对于父亲这种层次的作家来说，小说感人就算成功了。然而，现在的作家越来越自信，这种老土的方法早已经随着赵树理他们埋入黄土，但父亲依然坚信这是走向成功的唯一途径。他在壶城石榴村的一年，就一边构思，一边向那些乡亲讲述他煞费苦心虚构的故事，把简单的脉络式的故事小树变成参天的枝繁叶茂的小说大树。每天晚上，他就坐在女人的家门口的石板凳上，向那些喜欢听故事的乡亲讲述一个并不存在的爱情故事。"我给你们讲的是故事，写下来就是小说了。"父亲说。村子里没有通电，夜晚漆黑一团，寂静得仿佛处于世界之外，他们需要故事的抚慰才能入眠。父亲虚构了一场与他年龄不符的爱情。那故事里，主角依然是知青，一个知青和一个农村姑娘轰轰烈烈、死去活来的爱情，他们在石榴树下相爱，因为世俗的重重阻力，使得他们的爱情被乱刀砍死，令他们伤心欲绝。像所有的庸俗故事那样，父亲安排他们双双沉河，殉情前，约定在天堂相见，从此长相厮守，生男育女，缠绵终生。故事本来应该已经结束，但父亲突发奇想，让他们在熙熙攘攘的天堂里走散了，多少次擦肩而过，却失之交臂……而在天堂里相互寻找对方才是他故事的重头戏，也是他自鸣得意的灵感，他断定这是区别于其他庸作的神来之笔。然而令父亲沮丧的是，石榴村没有几个人对他的故事感兴趣，听众一夜比一夜少，那对恋人投河后，他们就一哄而散。开始，父亲把失败的原因归咎于故事没有完全想好，经常破绽百出，而且他讲故事的方法如他的写作技艺那样，并不高明。后来他才发现，乡下人对爱情的理解和接受能力远跟不上自己的浪漫思绪，与其说他们不相信那些伤感的细节，倒不如说他们压根就不相信爱情。因此，故事跌跌撞撞地蜿蜒前行，最终一头摔倒了。但令父亲稍感欣慰的是，坐在月光照不到的角落里的那个姓唐的女人始终听得入神，直到只剩下她一个。她竟然被这个故事感动了，那对恋人沉河的时候，她痛哭流涕，呼天抢地，引起村人的讥笑和她丈夫的恶骂。

父亲记得，她是赵朴实的老婆，在石榴村是一个另类，干农活的时候喜欢幻想，经常突然停下来向忙得热火朝天的丈夫请教：

"什么才是爱情？"

"究竟有没有天堂？"

赵朴实有时候顺便掴她一巴掌，因为她干的农活总没有别的女人多。

那时，父亲和唐姓女人几乎没有说过话。父亲不善于和年轻的女人说话。女人也只是把自己作为一名听众，她只管从黑暗中发出笑声或哭声，父亲宣布"欲知后事如何，且听下回分解"，她就悄然离去。白天在路上与她邂逅，她也不和父亲打招呼，低着头，侧着身就走过去了。在她眼里，父亲就是一个讲故事的人，讲完故事就回城里去，像贩卖廉价小商品的温州佬，卖完最后一件东西便溜之乎也。

故事还没有讲完——实际上还没有想好，惘然若失的父亲带着一丝慰藉离开了他熟悉的石榴村。他认为，只感动了一个人的故事是不足以感动全世界的，因此，他决定放弃原来的构想，重起炉灶，写一场在天堂里发生的故事。

父亲离开石榴村那天，唐姓女人追到村口，在众人的哄笑中问父亲：

"他们后来在天堂里相遇了是吧？"

父亲回答说："是的，但他们最后在天堂失散了。"

"他们能重新找到对方吗？"女人寻根问底。这却是父亲正在思考的问题。

父亲想了想说："天堂很大，人很多，车水马龙，熙熙攘攘……"

这个模棱两可的回答远远不能满足女人的好奇心，她满脸失望。

从壶城回来后，有很长的一段时间，父亲都萎靡不振，深陷在那个日夜折磨着他的故事里，让他欲罢不能，像一个建筑师面对一座设计失误的烂尾楼，一筹莫展。

"既然写了那么多的失败之作，多写一部又如何？"父亲挣扎着拿起了笔，做最后的努力，企图扶起一堵已经倒塌之墙。

这部小说便是《天堂散》。这是父亲的最后之役。已经写了厚厚的一堆稿纸了，就堆放在书桌上，风把它们吹得很散乱，还有部分被塞到垃圾桶里。这种情况，通常是写不下去了，却又于心不甘，明知写出来的又将是一堆垃圾，却不愿意承认，自己跟自己较劲。父亲随时都有可能一头栽倒在他的那堆乱稿纸里，永远站不起来，和他的文字一起灰飞烟灭。这种担心，我已经跟母亲说过，但母亲对父亲的志大才疏和争强好胜早已经厌烦，对他的焦头烂额和孤独绝望已经熟视无睹。

"如果你父亲愿意为我们母子着想，就不应该再写狗屁小说，而是争取多活几年，像他的国家一级作家职称，退休金已经大幅度提高了。"母亲总是向我喋喋不休地抱怨。终于有一天，父亲踩着那堆书稿对母亲说，从此以后，他主攻书法了。这是很多江郎才尽的作家体面的归宿。

父亲没有力气和理由再去写一部没有前途的小说。他解脱了。他的书房里变得整洁明亮，翰墨飘香。他开始热爱颜真卿和黄庭坚，开始托关系，在本城晚报的角落发表书法作品，开始关心全国书展和兰亭奖，有时候还悄悄光顾过去不屑一顾的政府大院的夕阳红剧社，跟几个老大妈学唱越剧《十八相送》……父亲突然过早地急剧往晚年滑去。

这时候，唐姓女人来了。

父亲无所用心地重拾《天堂散》，跟女人讲述故事结局的几种可能性，每天就讲一种，计划分五天讲完。五天后，唐姓女人就可以回家了，他又可以全神贯注地练习书法和《十八相送》。"你心目中就没有一个最理想的结局吗？"女人问。父亲说，没有。他看似拿不准，实际上是敷衍塞责。

母亲还远没到退休的年龄，但所在的单位人浮于事，纪律涣散，母亲因此得经常早退回家，催促父亲给唐姓女人讲述故事。说是催促，实际上是监视。往往是，母亲突然回到家里，父亲躺在客厅的躺椅上，手摇羽扇，有气无力地像讲述着一桩遥远的无头公案，而女人则远远地端坐在客厅的另一头，双目微闭，像仔细倾听来自天堂之外的稀薄之音。母亲的回来破坏了这种宁静与和谐，她找不到得体的话跟女人客套，便指责父亲对女人的傲慢："你就不能一本正经地坐起来讲呀？像在石榴村那样。"父亲却依然悠然自得地躺在躺椅上，像一个正大光明的国王。

唐姓女人看到母亲回来，总是怯懦地迎上去，拿过母亲手中的菜或大包小包，然后放到该放的地方，没有母亲的吩咐，她不敢贸然动一下我家里的物品，当然垃圾除外。唐姓女人介入我家的家务是从倒垃圾开始的。她总是在母亲弯腰去处理垃圾之前主动把垃圾袋系好，然后飞快地跑下四楼，把垃圾扔掉。母亲觉得她的手脚还算麻利，便招呼她帮忙洗菜，擦拭厨具，拖洗地板，整理陈年杂物……女人总是乐此不疲，仿佛只有这样，才能体现她待在我家里不是一个累赘，更不是白吃白住。第二天，不待母亲使唤，她便把家里收拾得井井有条、一尘不染，连父亲脏乱的书房也变得整洁舒坦、生机盎然。很快有邻居问母亲，你家雇了一个保姆？母亲想了想回答说，是乡下的一个亲戚，到城里来住几天。慢慢地，母亲开始主动和唐姓女人谈论一些世事，比如，乡下的生活，乡下的夜晚，乡下的春天和夏天。后来，她们谈论到了乡下的爱情。

"乡下肯定也有爱情，只是跟城里的不一样，比如说，城里人先有房子才要爱情，而乡下人往往是先有爱情才有房子。"母亲以罕见的幽默感跟唐姓女人谈论爱情。父亲在一旁闭目养神，脸上满是不易觉察的不屑和嘲讽。

唐姓女人并没有明确赞同母亲的说法，只是笑笑。她笑得挺好看的，那牙齿，那春风荡漾的脸，那双对爱情极度敏感的眼睛。父亲的右手指头轻轻地敲打着躺椅侧部的藤条，那节拍仿佛是弹唱《十八相送》。

"你跟我说说《天堂散》吧。"母亲突然转移了兴趣。父亲以为是叫他，猛地张开眼睛，直起身子。"我说让她给我说说你的《天堂散》。"母亲冷冰冰地对父亲说。父亲复躺下去，闭上双眼，手指敲打着藤条。

唐姓女人显得很难为情，偷偷地瞧了一眼父亲。父亲面无表情，天花板雪亮。

"你不用管他，就说说你听到的《天堂散》。"母亲说。

唐姓女人措手不及，摇摇头："我记不清了……我说不好，还是请郭老师跟你说吧。"

母亲断然拒绝了唐姓女人的建议，并以此结束了这次聊天，忙她的家务去了。这一次，唐姓女人没有在母亲一旁帮忙。她待在窗户边，似乎是遥望她的家乡，又似乎是在努力回想《天堂散》里的细节。

大约两天后，也就是唐姓女人来到我家的第七天，母亲刚回到家门口，正好和唐姓女人撞了个满怀。

"大姐，回来了。"唐姓女人谦恭地说。

"回来了。你要走了？"母亲看到了女人手里提着来时的背包，估计她是要离开了，样子还有些匆忙。

"是要走了。郭老师的故事讲完了，我也明白了。"唐姓女人说，"这几天白吃白住的，给你们添麻烦了。"

"不麻烦……多待几天吧，你还没到城里去逛呢，不等于白来了吗？"母亲是真想挽留唐姓女人。到了此刻，母亲完全信任了唐姓女人，甚至觉得前几天对她的怀疑和提防太过于敏感了。母亲的脸上除了真诚，还有愧色。

"不算白来，我本来就是来听故事的，没有其他目的，故事结束了，我也该回去了。"女人的表情似乎放松了许多，"我家里有丈夫，三个孩子和一地黄瓜。"

父亲依然躺在躺椅上，闭着双眼，似乎是，终于完成了一个艰苦的任务，累了，困了，轻松了，睡着了。

母亲想着要补偿什么，情急中找不到能送的东西，便匆忙从兜里掏出一把面额不等的钞票，塞给唐姓女人作为路费，但无论说什么，唐姓女人都不愿意收下。母亲很无奈，转而吼了一声父亲："你应该去送送她！"唐姓女人慌忙说："不用，真的不用，我认得路，我会乘坐205路公交车到火车站，我认得开往壶城的火车……"

父亲一动不动，仿佛没有听到母亲的吼声，也许真没听到。

唐姓女人的离去，使母亲如释重负，却又好像多了一份冷清。这份冷清是突然增加的。

"如果她不走，倒可以陪我聊聊天，还可以帮我做一些家务，我也可以不用天天早退回来伺候你老人家。"母亲对父亲表达了挽留女人之意。

父亲没有吭声。像一个曾蒙受怀疑和冤屈的人用沉默做出了回应，实际上是一种反击。母亲感觉到了来自父亲的不满情绪，她素来反感父亲这种文人习气，只是这一次不跟他较真而已。

母亲发现唐姓女人住过的房间被打理得井井有条，被褥折叠得像兵营的"豆腐块"；地板纤尘不染，连头发也没发现一根；马桶被洗得洁白如新。客厅除了更加干净，一切如初，找不到唐姓女人来过的蛛丝马迹。要说能令人想起唐姓女人的只有打开冰箱时扑面而来的黄瓜味，淡淡的，像一丝清风。

"你为什么不练书法了？我很久没闻到墨汁的臭味了。"母亲突然发现了什么新鲜事似的。

"不练了。"洁净的宣纸被当垃圾扔掉了。父亲躺在躺椅上，以低沉而认真的语调回答母亲，"从明天起，我要继续写《天堂散》。"

母亲愣了愣，然后很不屑地摔了一样什么东西："狗屁！"

父亲似乎被震了一下，身子刹那间一阵颤抖。窗外的阳光明媚地照进来，到了屋子，却显得清冷、胆怯和寂寥。

母亲断然想不到这是她见到父亲的最后形象。第二天中午，她回到家里，发现屋子里更加孤寂和僻静，觉得应该少了些什么，仔细一看，原来是父亲不见了。书房里没人，躺椅是空的。平日里，这个时间段，父亲总是待在家里的，写作或练习书法，或翻阅那些他觉得永远也无法企及的经典。他几乎从不看电视，母亲喜好的那些电视剧总是和他有不共戴天之仇。他一辈子都属于书房。离开了书房，他到哪里都活不长。可是他跑哪里了呢？怎么会不留下任何字条之类的东西？母亲做好了饭，仍不见父亲回来，她四下打电话打听，一直到晚上，也不见父亲的音讯。母亲还亲自去了一趟政府大院夕阳红剧社，那边的人说："你说的那个五音不全的郭老头啊，不在。我们早就劝他不要来了，一个木瓜子头脑，他唱不了戏。你以为唱戏有那么容易，等到老了人人都能唱？"其实父亲还没有老，至少比那些老头老太年轻得多，如果说他还没够资格进入人满为患的剧社，不是因为他天分不够，而是年龄未到。

此后的两三天，母亲寻找了每一个父亲可能去的地方，还是不见他的身影。母亲已经隐约意识到事态的严重，只好给我打电话，让我提前结束出差，回来寻找父亲。这时候，我正跟随一名导演在山西取景，正热烈地喜欢上导演这一行当。我只好连夜赶回来，并很快弄清楚了父亲的去向。

父亲跟随唐姓女人去了杭州！

离开我家后，唐姓女人并没有返回壶城，而是径直踏上了开往杭州的火车。她在杭州等父亲。第二天，父亲先是乘火车到了苏州，再转赴上海，然后才潜入杭州城。父亲自认为是一只老谋深算的狡兔，多转几个站点便能逃过我们的眼睛。多么愚蠢可笑的把戏，像他的小说那样。但可以看出，这次不可思议的私奔应该是蓄谋已久和精心策划的，只是连多疑和细心的母亲也没有察觉。也许，母亲早已经失去对某些事物的敏感和直觉。但是，父亲的举动也让我颇为吃惊。

母亲获知父亲的去向，先是暴跳如雷、懊悔不迭，后是不断责怪自己。

"我为什么就没有发现这对狗男女的阴谋诡计？"

"我早知道那狐狸精不是什么好东西，我竟然放狼入室！

幸好，她没有往我的碗里下药毒死我！"

"我就想看看这对老狗在外头能待多久！"

很快，母亲发现怨恨和后悔都于事无补，慢慢变得心平气和，不再谩骂父亲和唐姓女人，相反，她愿意原谅父亲和唐姓女人。有一天，她看到晚报的角落里又发表了父亲的一幅书法作品，她让我把这个喜讯告诉父亲。这肯定是父亲出走以前投的稿，他的编辑朋友帮他发出来了，以资鼓励。可是我怎么才能告知父亲呢？我确实不知道他的任何联系方式，他们与世隔绝了，任何人也找不到他们。母亲无奈地叹息一声，算了吧。但母亲不是那种说算了就算了的人。此后的两个月，在母亲的反复要求下，我去了一趟杭州，从中心到郊区，里里外外找遍了，但一无所获。偌大的杭州城，人头攒动，车水马龙，熙熙攘攘，天上地下都是房子，即使藏着一头大象，我也无法找出来。母亲开始焦虑不堪，整天神不守舍，像丢了魂似的，连班也不上了，甚至连饭也忘记做了。母亲一夜之间衰老下去，像一树枯枝败叶。

我去了一趟壶城的石榴村。那里偏僻得几乎只能看得见太阳和月亮，但山清水秀，树木茂密，鸡鸭众多，村民纯朴闲逸。我对村民自我介绍说，我是郭宏海的儿子。他们对我客气而暧昧地微笑，递给我一杯山泉水和水烟筒，并不多说话，他们只是向我炫耀生活的满足，而不愿意提及我父亲的一切。最后，他们引我到唐姓女人家。我见到了唐姓女人的三个孩子，其中一个只有三岁。他们竟不怯生，告诉我，他们的父亲在黄瓜地里，到了晚上才回来。

"妈妈去了城里，跟了郭宏海，不会再回来了。"他们像村民一样微笑着，若无其事，还争先恐后地说着自己的母亲，"妈妈喜欢听故事，她喜欢听郭宏海讲故事，还喜欢哭，哭起来像笑……"

我坐到了父亲当初坐过的石凳上。石凳有点冰凉。石榴树已经开过了花，有些花离开了枝头，那些没有离开的花都结成了果实。几个村民远远地蹲着，不知道低声地说着什么。唐姓女人的一个孩子走到我的身边，天真无邪地吃着我送给他的蛋黄派，好奇地问我：

"你听过郭宏海讲《天堂散》吗？"

我很惊讶："你也知道《天堂散》？"

"怎么不知道？我妈妈讲给我们听过。我爸爸也在一旁听。我妈妈给村里所有的人都讲过《天堂散》，学校里的老师也给我们讲过《天堂散》……现在，我爸爸一听到别人说《天堂散》就哭，以前他总是笑的。"

从石榴村回来的路上，我突然明白了。父亲真的是去写他的《天堂散》去了。他知道这部小说是为她而写，他终于找到了写这部书的理由，就是为她而写。我相信，父亲现在过得很惬意，写得也很惬意。他躲在最隐蔽的角落里，却拥有了整个世界。

但此后的三年，尽管我就在杭州工作生活，却没有父亲的任何消息。我知道他肯定仍然在杭州，我能感觉得到他们的存在，他们就躲在我的身边。我曾无数次期待能在杭州的街头与父亲邂逅，他与唐姓女人手挽手，抬头突然看到了我，尴尬之间，我们相视一笑，然后装作若无其事，再各自离去。然而，他们好像预知我将在哪里出现一样，成功地避免了与我相遇。

父亲似乎打算不让我知道他的任何情况，包括生死。直到第四年春天。有一天，我在杭州书城的新书推介的显眼位置看到了一本抢眼新书：《天堂散》。作者：郭宏海、唐洁美。

这部二十三万字的小说，按作者自序所说，创作的过程中，前后中断三次，删改七次，曾多次想把书稿焚毁……小说的末尾写着：X年Y月构思于壶城石榴村，T年R月一稿……F年M月七稿，K年L月定稿于杭州。第五稿之前，是一个人撰写，从第六稿以后，是两个人共同完成。没有作者介绍。

我买了一本，连夜读完。在此之前，我从没有为小说或电影而感动得落泪，这一次，我被父亲的小说感动得一塌糊涂，到最后竟掩卷而泣。那时候，我已经走在导演的路上，但没有取得成功，导演过的三部电影都反响平平，票房惨淡，我所在的公司对我失去了信任，并准备和我解约，我正处在迷茫、失落和焦虑中。读完父亲的小说，直觉告诉我，我的机会来了。第二天一早，我带着父亲的《天堂散》直奔影视公司……

两年之后，根据父亲的小说改编的，由我编剧、导演的电影《天堂散》在杭州举行盛大的首映式。我通过出版社多次联系父亲，邀请他出席，但被他拒绝了。父亲一直拒绝与我见面，也不和我通话。他逃避着我和母亲。他只是通过出版社给我捎话，他过得很好，不用担心，《天堂散》的电视剧，他将亲自操刀编剧。父亲终于和不共戴天的电视剧达成了和解，而且，对我编剧的电影并不是很满意。但它成就了我。一年之内，电影风靡一时，获奖无数，成了我的成名作和奠基作，我由此跻身于国内著名一线导演行列，成为最具潜力的年轻导演。而小说《天堂散》也因此占据了年度畅销书排行榜的靠前位置，媒体不断挖掘小说背后的故事，但没能采访到深藏不露的作者，令诸多记者和读者无比遗憾，尤其是，唐洁美对于文坛来说是一个完全陌生的名字，他们对她充满了猜想。我对她也充满了好奇：她会想念乡下的孩子吗？她会惦记那块宽阔的黄瓜地吗？甚至，她还在不在杭州？我的下一个愿望是，筹资为壶城石榴村开通闭路电视，让他们都能看到电视剧。

对父亲现状一无所知，母亲早已经从懊悔、悲愤和孤独里走出来，在我家的阳台上种满了各式各样的花草，其中有一棵树长得异常茂盛，也特别显眼，从楼下远远便能看到。它，当然是一棵石榴树。母亲每天给它浇水的时候，邻居从楼下经过，她总要唤醒人家抬眼看看她的杰作，如果得不到称赞，她的脸上会闪过一些失望和不快。

一个冒雪锯木的早晨

　　被哥哥从被窝里揪出来时，我才发现，外面下了厚厚的雪，而且还在下，漫天飘舞，一眼望不尽头的原野变成了茫茫的白。很久没见过这么大的雪。雪照亮了世界，也灼痛了我的眼睛。

　　哥哥早已经在木堆旁架起两个木架子，将一根粗直的木头放到了架上——天知道他是怎么放上去的，我只知道那是白杨树，坚硬而且滑。木堆本来已经盖上了雪，哥哥却将它们推得横七竖八的，他的意思是告诉我，这是今天我们必须干完的活儿——如果我不听他的安排，他会搬出父亲甚至母亲来压我，甚至还会揍我。我被白茫茫的世界震撼了。今年的雪来得太早，下得太大，跟去年的雪相比，除了白，其他都似乎不相同。我家的三间房子已经看不见屋顶上的瓦和草。我想走到原野的尽头看看那边的雪是不是也这样，但哥哥已经将锯子的另一头递到了我的面前。

"锯完这堆木，你就会浑身热得像一条烤鱼。"哥哥说。

好吧，我们开始锯木。木屑从铁锯下跑出来，落在雪地上，跟雪交替着覆盖对方。哥哥的嘴里不断冒出热气，像一口冒烟的烟囱。雪花将他装扮成了一个雪人，看不到他脸上的刀疤。寂静的原野只有我家三间孤零零的房子，村子在我家背后，翻过一座土丘才看得见。我们认识的人都住在那里。那里应该会有更多的雪，跟我们这里一样白。这个清晨没有什么声音，除了风声，现在就是锯木声了。锯木声跟着风会传遍整个世界。

这些锯成一段段长度相等的木是有用途的。哥哥说，我们把木头卖给施工队，不仅可以赚些微薄的家用度过这个冬天，而且，快的话，明年就可以在离家十多里地的地方见到爸爸了。

四年前的这个时候，雪没有这么大，爸爸从城里回来，带着我和哥哥到很远的山里伐木。爸爸是驾驭马车的好手，像电影里的战士一样。早晨出发，要越过两条冰封的河流，马车轮子在雪地上留下了沟渠一般深的辙痕。下雪天没有谁出门干活儿，整个世界仿佛只有我们父子三个人——当然，还有在家里为我们准备晚餐的母亲和妹妹。我们去伐木的路上兴致勃勃。爸爸领着我们唱哈萨克牧羊人的歌，歌声使寂静的旷野弥漫着欢乐的气氛。即使是砍树的时候，我们也是唱着愉快的歌。在歌声中，树一棵又一棵地倒下来。傍晚，我们的马车驮回来了满满一车子的雪。妈妈把雪扫掉，木头就露出来了。妹妹没见过那么多、那么粗壮的木头，兴奋得要将木头抱起来。我们把木头卸下，堆放到墙壁边上，打算用它们建房子。我家的房子破旧得经不起风雪了，爸爸要修建一所坚固耐用的房子，野兽和寒风都侵犯不了。然而，房子还没开始建，爸爸却被人抓走了，很快被判了十五年监禁。跟那些木头没有半毛钱的关系，但没有人告诉我们，爸爸到底犯了什么罪？为什么要把他关到离家那么远的监狱？爸爸没有跟我们解释什么，一直没有，直到现在也没有。三个月前，有一天，镇上来了一支施工队，开始我们都不知道他们来干什么的，在一块空荡荡的沙砾地上动起手来，看样子，规模还蛮大的。哥哥琢磨了半天，终于看出了端倪：是盖监狱！因为他看到了施工图纸上画着一个又粗又大的圆圈。

"那是围墙——只有监狱的围墙才那么高，那么厚！"哥哥对着那些迟钝和愚蠢得摸不着头脑的人激动地说。

他们无法说出更合理的推断，姑且认同了哥哥的猜测。很快，那些拔地而起的房子的模样也证明了他的判断。哥哥脑子很好用，很快想到了跟施工队做生意，把木头卖给施工队。昨天，他从施工队那儿要回来了木头的尺寸。

"他们要我们的木头造门。"哥哥说，"作为监狱，门是最重要的。他们再也找不到这么坚固的木头了。"

"这是我家建房子的木头。"我说。

"房子暂时建不成了。这些木头搁太久了，就会腐烂掉，趁还没变成废木头之前，卖出好价钱。"看起来，哥哥比平时精明。

"可是我们没有经爸爸同意。"我说。

"爸爸会同意的。郑千里也想卖木头给他们，可是，我跟施工队的头头混熟了，他们要我的木头，不要郑千里的。"哥哥得意而神秘地说，"我跟施工队的头头另外有秘密协议。"

"我们的木头是好木头。"我说。

哥哥低声吼道："郑千里的木头也是好木头。我们不能让他知道……"

郑千里是我们的语文老师，除了喋喋不休，他唯一的能耐就是总能看穿我们的秘密。

我和哥哥一来一往地拉着锯子。谁也不说话。我想爸爸了。落在锯齿上的雪很快就被拉进了木头的身体里去。我担心我家三间白色的房子会不会被雪压垮，妹妹还在房子里做着早饭。但我看不到炊烟升起来。

今天我们见到的第一个行人果然是郑千里。他从村子那边出来的，经过我家屋后小路，远远地看到了我们，等待我们向他打招呼。哥哥没有理睬他。我向郑千里举起一只手，另一只手抓不住锯子。锯子摇摆了，哥哥狠狠地瞪了我一眼。我赶紧把空中的手收回来。郑千里停下来，犹豫了一下，似乎要走过来，但没有，沿着已经不存在的小路往前走了，身后留下来的脚印，整个上午都没有被雪抹平，反而成了后面的人的路标。

哥哥对我说，郑千里今天去县法院旁听，他儿子今天宣判——其实去听也没有用，曾经畏罪潜逃，罪加一等，或许会被枪毙——他家那些木头，本来想卖给监狱施工队，但被我竞下去了，他只能给他儿子做棺材了。

哥哥不应该如此尖酸刻薄和幸灾乐祸。郑千里对我们一向不错，去年曾经给我们小半篮子陈年玉米棒，虽然已经霉黑，但我们几乎就是靠那些玉米棒度过冬天的。

第二个从我们眼前走过的人是阮玉娟。她一大早提着一只袋子，走得匆匆忙忙、偷偷摸摸的，哥哥猜不出她要去干什么。后来，有了第三个、第四个、第五个，他们往镇上去，有的要去看政府门前有没有新的布告，有的是给监狱施工队当帮手的。他们之中，有的免不了夸奖我们比他们家的儿子勤奋、懂事、上进。当第十个行人经过时，阮玉娟回来了，两手空荡荡的，神情沮丧，向我们走过来，对我们说，在六盘水，我也有两个像你们这么大的儿子，他们锯起木头来比你们能干。说完，还没等我们回应便走了。此时，我们已经锯掉了十多根木头，我觉得我们已经够能干了，但她说世界上还有比我们能干的人。阮玉娟在村子里已经生活了十几年了，她让我们知道世界上还有一个六盘水，但她从来没有告诉我们六盘水究竟在哪里。

雪下得时紧时慢。锯木声有节奏地响着，单调得像流水的响声。我开始浑身发热，最后我和哥哥都把身上的衣服脱了，雪花直接沾到了我们的身上。我感觉痒痒的。我们的身体开始冒烟了，像两条在炉火上烤得正旺的鱼。我们的壮举不但让路过的人惊叹不已，而且把妹妹吓坏了。她把端过来的玉米棒送到我们的嘴边。然后站在一旁，一边看我们锯木，一边被冻得颤抖。在她看来，锯木异常有趣，我和哥哥不是在干活儿，而是在做游戏，她随时要参与进来。我和哥哥没有给她干男人活儿的机会。妹妹有些失望。

"多冷的天，你们快把衣服穿上。"妹妹懂得关心人了。但妹妹还小，不知道男人的身体有多热。我们的身体像有钱人家的厨房，能没完没了地冒烟。

我和哥哥一边啃玉米，一边锯木，争分夺秒，异常起劲。

一人一条玉米棒是远远不够的，但只有那么多了。我们要省着吃，才能度过这个那么早便开始下雪的冬季。

锯木单调无聊，没有什么好看的。哥哥叫妹妹回屋子里去。妹妹不听。她总是比我经得起哥哥的呵斥。她有撒娇甚至撒野的权利，我没有。哥哥要生气了，大声命令她回屋子里取暖去，他甚至对妹妹做出了揍人的动作。

妹妹还是不从，突然大声对哥哥吼道："我想妈妈！"

哥哥的火气马上就被浇灭。他停下了，对我说，把你的外套给她披上。妹妹不要我的衣服。她眼里满是泪水——她确实是想妈妈了。哥哥显得方寸大乱，把他的衣服披到了妹妹的身上。妹妹接受了。

妈妈已经离开我们三年多了。除了我们，没有人相信她会回来。

哥哥找不出劝慰妹妹的办法。那些重复过一万遍的话，妹妹已经听得厌烦。好吧，我们继续锯木。妹妹的头发上很快沾满了雪，再过一会儿，她也会变成一个小雪人。

"还有玉米棒吗？"哥哥问妹妹。

"还有，那是留给妈妈的。"妹妹说。她每天总是要把可怜的一点点食物分成四份，一份留给不知道身在何处的妈妈。

哥哥说，你把留给妈妈的玉米棒给柳燕送去。

"那是留给妈妈的，说不定她今天就回来了。"妹妹说。哥哥再次让她趁热给柳燕送去，妹妹仍然无动于衷。她敢顶撞哥哥。她仰起头，生气地对哥哥瞪眼，还抖掉他的衣服，以示不满。

柳燕是哥哥喜欢的姑娘。住在村子里面，很少出来见人。

哥哥很喜欢那张还算凑合的脸蛋，但她有一条腿瘸了，还很瘦，连锯木的力气也没有。尽管如此，柳汉民这个瞎子还不同意女儿跟哥哥来往，他宁愿将女儿许配给监狱施工队一个叫宋小泉的人。哥哥见过那个人，长得又黑又矮，还少了一根胳膊。哥哥才十六岁，从没离开过家，却认定柳燕是世界上最漂亮的姑娘。妈妈还没有离开我们之前，柳燕是愿意将来嫁给哥哥的。妈妈一直对她不错。

哥哥要亲自去拿玉米棒。妹妹敏捷地跑过去拦截他，不让他进屋子。她眉毛上都是雪了，但眼睛依然亮晶晶的，还闪动着幼稚的怒气。我一个人无法锯木，锯子夹在木头里一动不动，远处的雪被风吹起来，往更远处飘去。哥哥纠缠不过妹妹，一气之下把妹妹推倒在雪地里，妹妹马上发出了悲愤的哭声，把世界一下子镇住了。哥哥只好作罢，哄妹妹，保证不把玉米棒给柳燕送去了，妹妹才渐渐停止哭喊，但好久也不愿意站起来，直到雪快将她覆盖了，哥哥才把她哄回屋子里去。

当我们把木头锯了大半的时候，从远处来了一个陌生男人。他浑身是雪，甚至看不清楚他到底穿没穿衣服。但他戴了一顶帽子。当他把帽子摘下来，抖掉上面的雪时，我和哥哥同时认出来了，那是我爸爸的帽子。还没和妈妈结婚之前，我爸爸就有这顶灰色的帽子了，是在新疆的时候，牧民房东送给他的。爸爸说，那时候新疆下雪下得好大，寒风快将他的头发拔光了，房东可怜他，将那顶狼皮做的帽子盖到了他的头上。房东是一个有三个孩子的少妇，那顶帽子是她死去的丈夫的。她家有三十三匹马。我爸爸最喜欢那匹枣红色的母马，它像女房东一样温顺、大气，脸上洋溢着无比的慈爱和坚毅。

"没有帽子，你装在脑袋里的书全都要废了。"女房东把帽子塞到我爸爸的怀里说，"人不能没有书，就像马不能没有草料一样。"女房东喜欢读书人。爸爸戴上帽子，一下子就感觉到了暖和。妈妈曾经说过，爸爸的脑袋里装着一个图书馆。如果妈妈不固执地从荆州去新疆找爸爸，爸爸就永远留在新疆，和女房东放羊牧马，每天都骑着那匹枣红色的母马从草原这一头跑到另一头，当然，他也就成了她三个孩子的爸爸。爸爸被抓进监狱后，妈妈开始懊悔，觉得她害了爸爸，悔恨一天比一天沉重，像雪一样越积越厚，终于有一天，她一声不响地离开了我们，到世界上去了。

我们都戴过那顶宽大而暖和的帽子，对它太熟悉了，它的气味也没有变。我刚要问那个陌生男人怎么会有我爸爸的帽子，他却先开口了。他说，我是你爸爸的牢友，我的罪状比你爸轻得多，因此我可以请假。你爸爸不能请假，你爸爸托我来办点事。

哥哥将信将疑地看着他："办什么事？"

陌生男人说："你爸爸在监狱里吃不饱饭，每天饿得睡不着觉，让我给他捎带一些吃的东西——你妈妈呢？"

哥哥说："我妈妈到镇上去了，很快就回来。"

陌生男人说："不等她回来了，你把东西给我带走吧，我还要连夜返回监狱，把东西带给你爸爸。"

哥哥说："我妈妈不在，事情由不得我们做主。"

陌生男人沉吟了一下，说："你们锯那么多的木头干什么？"

哥哥说："建房子用的，我家要修建房子了。"

一个冒雪锯木的早晨

陌生男人说："你爸爸说，等他出来了才修建房子，你们省点力气。"

哥哥说："我家需要新房子……我家没有粮食了，政府监禁我爸爸，应该管他的饭的。"

陌生男子抹掉了脸上的雪，露出刺猬般的胡须，他的鼻梁好像断了，鼻子从中间塌陷下去，像一个冰窟窿。

"你爸爸吃不饱，他在里面，每天都要花很多力气读书，因此要吃得比其他人多。"

哥哥说："我爸向来吃得很少，舍不得吃……"

"好像你们不相信我……"陌生男子摘下帽子对哥哥说，"这是你爸爸的帽子，我是来替他办事的——你们信不过我，但总应该相信这顶帽子吧。"

哥哥再次提到了妈妈，说："我妈妈不在，事情由不得我们做主。"

陌生男人说："难道你妈妈会让你爸爸挨饿吗？"

哥哥还在犹豫之际，妹妹已经将家里所有的玉米棒都端到了陌生男人的面前。一箩筐的玉米棒。妹妹吃力地将它从屋子里捧出来，乐呵呵的，腰都弯了。那是我们过冬的粮食，我和哥哥将它严严实实地藏在屋子的一个秘密角落里，她是如何发现的呢？

"好了，你一定要将它送给我爸爸。"妹妹郑重其事地嘱托陌生男人。

哥哥欲阻止妹妹，但她像一家之主那样威严、决断，让哥哥无从插手。

陌生男人掂了掂箩筐里的玉米棒，满意地说："省着点，够他吃一个月了。"

我怯怯地问:"我爸爸在监狱里好吗?"

陌生男人想了想,沉吟道:"怎么跟你们说呢,在监狱能好到哪里去?"

我又问:"他知道自己很快要转回到离家才十多里的新监狱吗?"

陌生男人又想了想,说:"这么好的事情,他应该知道。"

我说:"新监狱已经动工了,很快就会建好,将来我爸爸在离家十多里地的监狱服刑,就跟在自己家里差不多了。"

陌生男人说:"唔,那当然好。"

哥哥担忧地说:"你拿走了这些粮食,我们吃什么?"

陌生男人一脸茫然道:"你爸爸没说,我也忘记问了。"

妹妹拍拍手,轻松愉快地说:"哥哥,我们卖掉这些木头就能换粮食了。"

陌生男人惊讶地看着妹妹,对她充满了赞赏,转而训斥我和哥哥:"你们两个男人想问题还比不上一个小姑娘!"

受到赞扬的妹妹露出满脸骄傲的神色,手脚异常麻利地协助陌生男人把玉米棒装进早已经预备好的白色布袋里。扎牢袋口,陌生男人站起来拍掉身上的雪,然后拎着玉米棒走了。他的脚印很小,像狼走过的痕迹。

妹妹像做了一件大事,一副老成持重的样子,满怀喜悦地回屋子里去了。我和哥哥继续锯木。但哥哥的精神有些恍惚。他肯定是在想刚才那个男人,或者想着明天的粮食。我也开始怀疑起那个陌生男人,越想越不对头。我爸从来都是让我们吃饱了他才吃，他怎么可能向我们要粮食呢？但是，万一陌生男人说的是真的呢？也许爸爸真的是饿得不行了，那边的监狱再也不能待下去了。明天我要到镇上去找施工队，敦促他们加快施工进度。

妹妹又一次从屋子里走出来，对我们说，她想去看看爸爸。爸爸远在千里之外，我们从没去过那个地方。

哥哥对她吼叫一声："你先回屋子里去，等雪停了再说。"

这一次妹妹很听话，回屋子里去了。我感觉身子变冷了。哥哥的身子也不再冒烟。我用力拉锯，但似乎拉不动了。哥哥那头的力气已经不够用。锯子摇摇晃晃。

此时快到晌午，雪停了。原野开始躁动。郑千里从原野的尽头回来了，看上去垂头丧气的。经过我们的时候，我想叫一声"郑老师"，但声音在喉咙里吐不出来，好像被泥巴堵塞了。他突然转过身，向我们走过来，用尖刻的语气质问我们说，你们知道自己在干什么吗？

哥哥莫名其妙，愕然抬起头来，像一根木头耸立在雪地里，像在课堂上犯了大错。显然是，被郑千里的气势镇住了。

"你们是在画地为牢！助纣为虐！"郑千里激愤地说。

我们无法理解他高深莫测的修辞。这个还会写对联和诗词的人说话向来喜欢卖弄文采，从不管别人能不能听懂。

"你们在帮他们修建一座新监狱，还用好木头给他们做坚固的门！现在，整个镇甚至全县的人都人人自危了。说不定哪一天我们，还有你们，也要被抓进去！米缸里可以什么也没有，但监狱永远都不可能是空的！你们竟然乐滋滋地给自己修建监狱！"郑千里一副恨铁不成钢的样子，指着我们咬牙切齿地吼道，"如果没有监狱，你爸爸就不用坐牢。你爸爸要是蹲进你们帮建的监狱，又认出门是用他自己伐的木头做的，会恨死你们两个浑蛋！"

我们被郑千里骂懵了。当我们醒悟过来时，郑千里已经走远了。

哥哥将锯子从木头上移开，把铁锯扔到远远的一边，然后一屁股坐在地上，身子散架了，像一堆雪融化为水。我赶紧穿上衣服，也给他递上衣服。

"我们不卖木头了。"哥哥说，"把所有的木头都烧掉！"

我迟疑着，我想听清楚哥哥在这个洁白无瑕的世界里说的每一句话。哥哥再次命令我，全部烧掉！

哥哥的吼声像郑千里一样严厉，劈头盖脸，排山倒海，没有置疑的余地。看样子，他不是开玩笑。

如此说来，这个上午，我算是白忙了。但还是不甘心，想跟哥哥争辩，此时从屋子里传来妹妹一声撕心裂肺的惊叫。哥哥连滚带爬，风一样扑过去。被他卷起来的雪，在我眼前溃散开来。

一夜长谈

之一

除了一副空荡荡的身躯，就只剩下绝命的疼痛。癌细胞像食人蚁一样在父亲的身体里迅速啃光他的肉和骨头。濒死之际，父亲终于见到了我，看上去有些激动乃至亢奋。我守在他的身边，抚摸他的痛处，接纳他的呻吟，替他数着生命的倒计时。然而，他的头脑似乎从没有受到损害和蚕食，思维异常清晰，表达的欲望特别旺盛。这是回光返照。我把他的枕头垫高一点，给他的身下垫上硬物，让他舒服一点点。

弟弟们都早已经疲惫不堪。还没有到半夜，他们已经躺在医院走廊的长椅上。是我解救了他们。

"我痛得吃不下，睡不着，喘不过气来。你告诉他们，我不是病死的，是痛死的。"父亲说话的声音也是痛的。

吗啡等镇静剂已经起不到什么作用了。

我无能为力。除了心痛，我还品味到了莫名的虚无、愧疚和悲恸。我找不出更多更好的话语安慰他。他没读过《圣经》，也没研究过佛法，只知道乡间世代相传的生死轮回。我说不出违心的话，我不能欺骗他，说他还能活很久。父亲所剩的时间如此短暂，但我们却出现不应该有的沉默。

"你给我说说俄罗斯吧。"父亲说。

我刚从俄罗斯回来，马不停蹄地赶到他的身边。我的身上仍然残留着俄罗斯的风尘。他能坚持到现在，就是因为留最后一口气等我回来。他没有什么特别的后事要向我交代。一切云淡风轻。我向父亲细致地描述了俄罗斯辽阔的草原，一望无际的黑森林，伏尔加河的暮色……莫斯科郊外森林里的各种野兽：鹿、麋、貂、野猪、兔子、狐狸、白鼬、猞猁。父亲听得很认真，脸上仿佛有笑容，中途有插话，说这些野兽在东北也有，他都见识过，尽管很遥远的事情了。父亲看着我，鼓励我继续说下去。我继续说俄罗斯。我向他介绍俄罗斯的风土人情和所见所闻。"俄罗斯的乞丐也西装革履，皮鞋擦拭得锃亮，腰间系着刺刀，随时随地准备上战场，为国捐躯。"这是俄罗斯人告诉我的。对了，我还小的时候，父亲跟我们说到苏联卫国战争，如数家珍，讲得手舞足蹈、唾沫横飞。

"不说俄罗斯了，你给我讲讲莫斯科，红场。"父亲突然打断我说。

红场是俄罗斯的心脏。我开始用语言和手势描述红场的历史、房子、砖头、墙、雕刻，卖风筝的波兰人，高加索占卜师，九座教堂的形状、色彩、图案、装饰，葱头式的穹隆，金光闪烁的穹隆顶，像天堂里的宫殿……父亲喉咙里被痰堵塞，说话艰难，做着迫不及待的手势，似乎要争分夺秒，容不得我花过多的篇幅叙述无关痛痒的东西。

"你跟我说说墓碑。"父亲说，"就是那些墓碑。我知道那里有很多墓碑。"

父亲说话时不断咳嗽。我得把痰盂送到他的嘴前，让他把痰吐出来，否则他会噎死。

"我们知道有列宁墓。里面埋着列宁，而不是别人。列宁墓的后面与克里姆林宫红墙之间，有十二块墓碑：斯大林、勃列日涅夫、安德罗波夫、契尔年科、捷尔任斯基……沿着克里姆林宫墙往前走，墙壁上还安放有朱可夫元帅，列宁的妻子克鲁普斯卡娅，大作家高尔基。"我说。这些墓碑就在红场，它们面前经常摆满了鲜花。那是莫斯科最神圣、最安静、最肃穆的地方。

"有没有看到图佐科夫的墓碑？"父亲严肃地问。"图佐科夫"这几个字说得异常清晰。

"谁是图佐科夫？"我对苏联的历史还算熟悉，但从没听说过这个名字。

"一个下士，无名小卒。一九四五年八月，在哈尔滨休整时，尽管只有短短的一天，我认识了他。我们一起捕鱼、烤鱼，喝伏特加酒，他送我一把德国军刀和三听牛肉罐头，那是我这辈子吃到的最好的美味。第二天，他战死了。虽然他块头很大，样子笨拙，像一只狗熊，但作战很勇敢，一口气打死了七个日本人。一颗炮弹打中了他的头颅，炸开了花，只剩下半截身子倒在地上。没有几个人知道他，收尸队也不会辨认出他来。但我记住了他的名字：图佐科夫。"这是父亲第一次提到这个士兵的名字，"在红场，他一定会有墓碑的。墓碑上写着他的名字。"

我摇摇头。我说红场怎么可能单独给一个下士立墓碑？

"我就知道是这样！操他妈的！"父亲突然激愤地推开我手里的痰盂。痰盂掉到了地上。

我说："有无名烈士纪念碑……"

父亲粗暴地打断了我，陷入了短暂的缄默。平日里，我和父亲难以沟通，他很严厉、专制、拘谨，跟儿子们很少说话。我们和他之间隔着厚厚的墙。天生就有这堵墙，墙里藏着许多不解之谜。我不跟他计较这些。我只想在他离开人世前跟他谈谈。

"那时候，他有没有结婚，父母是不是健在，打过什么战役，是哪里人，我不知道，我甚至记不清他的脸长什么样了。你可以帮我把他完善一下。"父亲说，"假如他没有死，当了将军，跟朱可夫的名字排在一起……但是他死了。他是应该有墓碑的。"

"回头我帮你查一下这个人，把他的详细情况告诉你。"我说。父亲的脸上掠过一丝慌乱和不安，眼神躲闪我的目光，那是撒谎的表情。他不再吱声。那一刻，我心里质疑图佐科夫是不是父亲临终虚构或臆想出来的一个子虚乌有的人物。

良久，父亲缓过气来，接着说："我跟图佐……科夫说过一九三八年六月九日……他说我做了一件天大的蠢事，是要入地狱的。我一直记得他说过的话。他说得很认真、很刻薄。"

我迅速用毛巾擦拭父亲的嘴，打断了他的话。因为他又要提到他一辈子中最耻辱的事情：刚经历兰封之战，溃败后，他被编入国民党军队新八师，十天后，正是那一天，郑州花园口，该师奉命炸掉黄河，阻止日军进攻，父亲先后熟练地点燃了十三个炸药包。

这一天，是父亲毕生之耻。虽然后来他加入共产党军队，立下了战功，但晚年的父亲绝口不提战功，甚至很少说他的过去，除了地方党史上略有提及，他的一生对我们来说，几乎一无所知。

"我一直都在地狱里。我像一条被烤的鱼。"父亲推开我的手，"你去把窗户打开。让窗外那棵桂树进来。它等了大半宿了。"

我去推开窗户。夜色很重，镇上有零星灯光，远山的顶头上有月亮，下弦月。窗外面有三棵树，一棵凤凰树，一棵香樟树，另一棵是桂树。桂树离窗最近，伸手可及。寒气随着新鲜的空气进来，父亲说，外头冷了。我说，莫斯科这个时候都下雪了。

医院里里外外都很安静。桂树的影子走进来，在父亲的病榻前热烈地晃动，像久别重逢的老朋友。整个世界似乎就我们父子在说话。

父亲又吐了一口痰，长长地舒了一口气。

"其实，在红场，是有他的墓碑的，刻着他的名字和生平事迹，只是你没有看见。"父亲说，"不在斯大林后面，就在朱可夫前面。"

也许是我疏忽了。可是，我们为什么要说图佐科夫？我们说点别的吧：天下大势，中东纷争，巴以和谈，中日关系，都可以谈。但弥留之际的父亲对这些没有了兴趣——他一辈子都对政治没有兴趣。他企图在一点点拆掉那堵"墙"。

"你们要给我立一块墓碑。离家门口越近越好。"父亲说，"不能太高，但也不能太矮。"

我请教父亲，墓碑上应该刻上什么文字。父亲沉吟了很久。他的额头上冒汗，咬牙切齿，搜肠刮肚，绞尽脑汁。不明真相的人看到他的样子，还以为是因为懊悔或气愤。其实是因为痛。他的右手抓着我的胳膊，快要将它扭断了。这是他最后的力气。劲头越来越小，最后，他的手从我的胳膊上轰然掉下来。

之二

"你有另一个母亲。"

半夜里，父亲突然醒了，也将我叫醒。我趴在他的床沿上睡着了。

"刚才我终于睡了一觉，其实我刚才已经死了，但想到一件懊悔的事情，我又活过来了。"父亲说。

我打了一个呵欠。这是意料之中的事情。我早就知道走廊外头那个不是我的亲生母亲，尽管我一直叫她妈妈。众所周知，却又一无所知。我不知道亲生母亲究竟是谁。父亲对她一向避而不谈，讳莫如深。

"一九五一年八月十九日，在横县，我枪杀了一个地主的儿子，八岁。"父亲眼睛一直湿湿的，跟他的脸一样，瘦得变了形，眼珠子也不怎么动了。眼睛半闭着。苟延残喘之时，闭上眼睛要比睁开困难得多。

我直了直身子。要去关上窗户，父亲阻止了我。桂树已经完成了最后的告别，它的影子离开了。看上去，他头脑还很清醒。

那时候，他是横县令人闻风丧胆的"三反""五反"行刑队队长。

"他们坐在一条长凳上，三个人，三个目不识丁的农夫——农会的小头头，宣判了地主儿子的死刑，当场枪决。"父亲说得跟昨天刚刚发生的事情一样，"一个月前，我们刚处决了地主一家二十三口，又花了一个月，把藏在一个十几米深地洞里的地主的儿子扒出了。为防止他逃跑，把他的双腿都打断了。地主的儿子五花大绑，被摁跪在地上，哭叫着喊妈妈。我当时有过犹豫，有过心软，怕有报应。但他们命令我，贫下中农催促我，斩草除根，以绝后患啊。我把地主儿子拖到一个墙角里，对着他的后脑开了一枪，血肉横飞。围观的群众发出阵阵叫好声、欢呼声。"

我找到了很多理由为父亲辩护、开脱，推心置腹。那个年代，发生过许多荒唐事，说不清道不明了。

"他们当中只有一个人没有叫好。她也被绑着，光着上身，身上和脸上涂满了猪粪，被几个人押在人群中间。她盯着我，不哭，不喊，不挣扎，但眼睛里那些恐惧和憎恨，一辈子让我害怕。"父亲有些激动，说得很慢，"她是地主的填房，被枪决的是她唯一的儿子。我表现突出，立了功，政府把她奖赏给我，第二年秋天生下了你。我以为她从此会安心跟着我。有一次，你哭嚷着，要喝奶了，她端起我的枪，当着我的面，冷笑着，对着你的脑袋扣动了扳机。我明白的，她想让我也尝尝眼睁睁看着自己儿子被枪杀的滋味。幸好，子弹卡壳了。谢天谢地。她扔下枪往外跑，跳进河里，逃跑了，从此再也没有人见过她。如果她看到我现在的样子，她应该会笑得哭起来。"

我第一次知道自己的亲生母亲原来是这样的身份。但并没有使我震惊，像是别人的母亲。像虚构的人物，在我的世界里从没有存在过。她只不过是父亲生平中一个跑龙套的小角色而已。

"我不想念她。我只想念我的枪。那杆枪，打过日本，打过内战，剿过土匪，一直跟随着我，枪杀过不少人。有血，有恨，有恩怨，也有冤魂一直缠着它。"父亲说，"一九六六年九月，革委会留下了我的命，却收缴了我那杆枪。"

父亲说话的时候很痛苦。肚子和胸脯都痛，抚摸不过来。声音不大，但房间里能听得清清楚楚。这期间，我的兄弟们轮流进来看过，发现没有事情发生，便转身走出去了。护士半个小时进来一次将吊瓶换掉。都没有说话。似乎是，他们该说的话早就说过了。

父亲沉默了一会儿。嘴巴张得很大，只有那样，气才能勉强进出。

我谈了我的工作。一个民俗文化学者的日常。

"你不要告诉村里人你是研究鬼神的。"父亲说，"见到祖先，我也不告诉他们你不是干正经事的。"

我不是研究鬼神的。这一次我不跟他争论。不是因为他不懂。我谈到了孩子们。谈到了民国旧事、政治内幕，谈到了北京人的脾气和天安门，甚至谈到人类对宇宙奥秘的最新发现。父亲安静地听。他的呼吸不匀称，很困难。他早就断然拒绝氧气罩。他强忍着，尽量让自己的呻吟声更小一些。

我的话不能停下来。生怕一停下来，父亲便撒手而去。但我已经口干舌燥。

父亲的眼睛微微地闭着，尚有一丝柔弱的余光，哀求着我。

父亲的嘴巴在翕动。他的声音越来越微弱。我把耳朵凑到他的嘴边，终于听清楚了。

"你能不能把我的枪找回来？"

我迟疑了一下，不知道如何回答。

"我要用那杆枪往自己的脑袋崩一枪。"父亲右手指艰难地做出了一个扣动扳机的动作，然后头一歪，呈一副死状。

之三

远方传来了鸡啼。窗外的树提前醒来，互相拍打着身上的尘土。父亲已经不行了。眼里没有了光。手越来越冰冷。嘴巴紧闭，气若游丝。他不再喊痛。没有了痛。一下子变得安详。

我抓住他的双手，摇动着，急促地呼喊"爸"。我试图用他这辈子最难忘的往事唤醒他。

"爸，你还记得一九六一年夏天，洪水刚过，我们去纳福村讨一口牛骨汤的那个黄昏吗？"

"不断传来饿死人的消息。好像快轮到了我们。我们三天三夜没吃上东西了，躺在床上，不敢动，怕浪费体力。但听说纳福村死了一头牛，我们从床上跳起来，撇下弟弟、母亲和奶奶，赶往纳福村。"

我们知道，他们把牛的肉刮光，吃完，会把骨头放进一口大锅里熬汤，供人们喝。隔着几座山，都能闻到那牛骨汤的香气。那是一场多年难得一见的盛宴啊。村上的人可以喝，路过的陌生人也可以喝，甚至仇人也可以喝。喝完加水，不断地加水，直到把每个人都喝得肚皮滚圆，直到牛骨再怎么熬也没有了味道。这是宰牛人家的惯例。当年我们村宰牛时，也是让外村人、来历不明的人随便喝牛骨汤的。我和父亲带上了几个长长的竹筒，盘算着自己喝够后，给家里的弟弟、母亲和奶奶带。我们喝上一顿牛骨汤，至少可以继续活下去，多活好几天。

"爸爸，你还记得吗？洪水把桥和道路冲垮了，我们费了十倍的周折，翻山越岭，走了一天一宿的路，用尽了最后的一口力气才赶到纳福村。但纳福村并没有宰牛，他们刚从一百里外的纳寿村回来，因为他们听说纳寿村宰牛了。结果纳寿村也没有宰牛。纳寿村的人听说两百里外的纳禄村宰牛了，纷纷往纳禄村跑。结果纳禄村也没有宰牛。纳禄村的人听说更远的纳贵村宰牛了，又往纳贵村扑过去……谣言四起，像瘟疫一样传染。结果，不少人跑死在去喝牛骨汤的路上。可是，我们一路上明明闻到了香喷喷的牛骨汤，夹着八角、黄芪、山药的味道。纳福村的人没有嘲笑我们，他们冒着坐牢甚至杀头的危险，把村里唯一的一头老母牛宰了，为我们做了一大锅热气腾腾的牛骨汤，三十多年过去了，那股香气还缠绕着我……"

父亲脸上的表情越来越安详，仿佛还露出了笑意。

一夜长谈

之四

　　"说到洪水，你还记得那场大洪水吗？一九六八年七月，梧州。狂风暴雨，洪水滔天。爸，你想起来了吗？

　　"我，红卫兵小将，困在梧州，队伍溃散，弹尽粮绝，举目无亲，惊惶失措。你千里迢迢来救，单枪匹马，赤手空拳，找了我三天三夜。我在龙母庙旁边的防空洞门口呜呜地哭，无人理会。你说在宽阔的江对面听到了我绝望的哭声，冒死来找我，我们父子终于相见……

　　"爸，洪水，排山倒海，摧枯拉朽……你还记得吗？洪水冲走了多少房子和牲畜，淹没多少楼房，树上、屋顶上、孤岛上，还有江水中，多少人在挣扎呼救？后来你说，如果找不着我，就一头跳进江里去。

　　"那场洪水是不是很吓人？决堤了，城市都被淹没了，汪洋大海，你是怎么从江对面过来的？你真的靠划着一只抢来的破轮胎挨家挨户去找我了吗？你真的去临时存放尸体的地方一一辨认了吗？隔着一条那么宽阔的江，你怎么听得到我的哭声？你是怎么从江那边游过来的？

　　"你为什么说遇到洪水就恨？我的亲生母亲——地主的女人，是不是洪水时期逃跑的？她要涉过的那条河是不是也正洪水滔天啊？她有没有告诉过你她往哪儿去？

　　"爸，你还有那么多的秘密没有告诉我们，你要开口说话啊！"

　　……

之五

爸，你不愿意开口说话了吗？你不愿意呼吸了吗？

爸，你真的要走了吗？你已经动身出发了吗？

你是要穿州过府了，要记得积德行善啊！

你去的是空的地方啊，过河过桥要小心，不要东张西望，不要往眼花缭乱的地方，不要入错了门，不要吃错了饭；遇到金屋银殿、推杯换盏、莺歌燕舞，千万不要被幻象诱惑啊，他们领你掉火坑。

不要轻信引路的人，不要理会陌生人的呼叫，不要听信谁给你功名利禄，他们带你入歧途。

朝着火光走。往高处去。往云端去。

刀枪入库，马放南山。从此你要学会慈悲啊。遇到新死者要懂得抱头恸哭。遇到台风洪水、山崩地陷要学会祈祷，要向危难中的人伸出援手。

遇到庙宇要叩拜啊，见到鬼神要恭谦啊；初来乍到，不要争权夺利，不要大声喧哗，遇到长官要像过去那样敬礼；遇到向你探听人间消息的可怜人，不要吝惜你的口舌。

遇到怨恨你的人，要懂得低头忍让。不要跟冤魂纠缠；不要听生前受尽劫难的人诉苦；不要为即将投胎为牲畜的人打抱不平；不要理会路边假装可怜的乞丐和伪装成人模样的豺狼。他们会乱你心智，耽误你的行程。

遇到你的朋友，不要贪恋叙旧。要马不停蹄地赶路。那边的祖先们、亲人们都在前面等你，他们为你准备了丰盛的晚宴，暖和舒坦的床榻。

跋山涉水要循着狗声、鸡声走啊，不要回头，不要徘徊，不要留恋，不要想自己睡过的地方。

夜色还浓，到处都是戾气、邪气。要往干净的地方走，朝明亮的地方去。

不要等到法事开始才赶路。你是要到好的地方重新开始。你要赶很长很长的路。

我们就给你烧香火、点长明灯，给你充足的盘缠，给你赶路的器械。逢山开路，逢水架桥，过关闯卡，送你过险境。没有爬不过的山，没有涉不过的水。

往高处走。往云端去。

火光在前。不要怕啊。

爸，我们就此别过。

二○一六年七月十九日

送口棺材去上津

一

　　母亲吩咐我送口棺材到上津去，因为她听说那里有一个人快要死了——或许明天就是死期。母亲早年答应过他，他死后，她会送他一口最好的棺材。母亲说："我说到一定会做得到。"她说话的时候，对着瓦蓝色的天空，仿佛她是跟天上的鬼魂对话。就快断气了，她还这样说，只是没有力气把话送到瓦蓝色的天上去了。但她终于等到了这一天，仿佛她已经等待了一百个世纪，没有比这个等待更漫长的了。母亲生怕这个漫长的等待变成白费，紧紧地抓着我的衣角，三番五次地恳求我："你一定要为我完成对他的承诺啊，这是我一生中最后要办的一件事了。"我要出门了，她还舍不得放我离开。我只好狠狠地掰开她枯死了的手，像跟一个倔强的孩子争抢糖果。

我说："母亲，请你放心，无论路途多么遥远，我都能办到。"

母亲说："如果你不如期把棺材送到上津，即使身体全部腐烂掉，我也不会死。你看，我还留着一口气，这是在等你回来。"看得出来，她的身体确实正一小块一小块地死去，从头发开始，头发落光了，然后是牙齿告别了牙床，乳房瘪了气，手脚变成了枯柴，整个脸都崩坍了，腐肉和床板粘在一起。我为她打开窗户，让潮湿的风滋润一下她干枯的身体，我不期待它能长出嫩叶，只求能缓慢一点死掉。

我说："母亲，我要出发了，再不出发，恐怕会来不及。"

母亲的嘴唇还在剧烈地翕动，肯定是在喋喋不休，不知道她究竟还有多少话要说。

可我管不了那么多啦。在这个凉快的清晨，我出发了。为此，我可准备了三个多月的时间。万事俱备了。我戴上了小草帽，抬头看看天。瓦蓝色的天空像大海一般壮美。马车足够坚固，那匹皮肤黝黑、鬃毛稠密的德保矮马也足够强壮，像一只威风八面的麒麟，朝着山坡下雪亮的道路嘶叫了两声，一副踌躇满志的样子，宛如正准备千里征战，不待我挥鞭，它已经高高扬起前蹄，带起一阵寥寥的尘埃。我对它十分满意，它值得我信任。

漆黑的棺材装在马车的车厢里，像黑夜一样肃穆。构造它的木板是柳州上等楩木，褐色的外表，非常结实。父亲在世的时候，就已经做好了，尽管父亲在它身上花了不少心血，但在他死后，母亲还是请方圆百里最好的工匠花费了一百天的工夫，精雕细刻，做了这口最好的棺材。村里几乎所有的人都用内行的手摸过，没有不说好的，啧啧称赞的声音装满了空荡荡的棺材。

"无论谁躺在里面，都不会说它不好。"他们拍着胸脯向母亲保证。母亲相信，这肯定是世界上最好的棺材。她不愿意留给自己，竟送给另一个人。乡亲们都说，能躺在这样的棺材里，早死两年也愿意。我知道他们是在恭维母亲，或者说是在赞叹母亲的高风亮节。此去上津有好几百里地，隔着好几个县，那儿对我来说十分神秘，像遥远的天边。我要把棺材送到天边去。他们晓得此行千辛万苦，因此还沿路为我送行，好像不放心我似的。

> 送棺材的人啊，
> 你是穿州过府积德行善啊。
> 你去的是空的地方啊，
> 遇到庙宇要烧香啊，
> 见到鬼神要恭谦啊，
> 逢见纸做的人马也要打声招呼啊，
> 遇到达官贵人要懂得躲让啊，
> 遇到披麻戴孝的队伍要懂得恸哭啊。
> 太阳落山，到处都是邪气，要找个干净的地方躲避啊。
> 跋山涉水、过桥赶路要循着狗声鸡声走啊，
> 到了主人家不要贪恋锦衣美食啊，
> 一定要快去快回啊，
> 休得耽误死者入土亡灵升天啊！
> ……

这些忠告我都记住了。我挥了一挥马鞭,风声、马蹄声和马车发出的有节奏的吱噜吱噜的响声便淹没了一切。我的眼睛紧紧地盯着前方,比马看得更远,我知道马车跑得比行人快,比普通的马车快,也比那些独自蹬自行车的人快,但不知道身后的尘埃是否遮蔽了别人的视线,是否像战场上的硝烟一样弥漫。按规矩,我不能回头看,以至走了很长的时间也不知道我离家到底有多远。

前面有很多岔路,像女人的头发那么多。我记住了,一直往东南走。饿了,我便啃一块杂粮煎饼;渴了,便喝几口水。防水布袋里的煎饼能吃上好几天,溪涧里的泉水取之不竭。黄昏,我就找一个能躲避风雨的地方悄悄地落脚,连狗也不惊动。马就在附近自由地寻找最好的草,天亮了,吃饱了夜草的马轻轻地回到我的身边,用嘴唇拱我起床。马的喉咙里咕咕地响,我听得出来,它是想说:

"路还长着呢,继续走路呀!"

于是,我迎着晨光,往东南走。一路上,穿越了壮族、苗族,甚至仫佬族聚居的集镇和村落,或几间孤零零的房子。我记住了,自己是一个送棺材的人,能躲避便躲避,要有卑怯的样子,要做足一切应该做的礼数。也就是说,一路上我几乎没有遇到太大的麻烦,因为没有谁刻意刁难我,甚至连狗也不让我难堪。只是在经过一个瑶人的村庄时,被一群少年用土块袭击,我倒不觉得自己身上肿了几块疼痛难忍而有什么大不了的,即便左脸中了袭击,红肿妨碍了视线也没什么,只是马因为受了惊吓而狂奔起来,我失去了驾驭能力,马车在不平的路上颠簸，差点要坠落悬崖峭壁。我狼狈不堪的样子令顽皮的孩子们发出得意的笑声，直到被那些在山上干活的大人厉声喝止。可是仁慈的大人们并没有比孩子更懂得马的习性，他们善良，但又肆意地取笑我的马，说它矮小得像一头毛驴。我的马生气了。我看得出来，它真生气了，闷闷不乐地走路，连头也不愿意抬起来。因此，很长的一段路程，我什么也不想，就哄马开心，为了让它破涕为笑，我甚至承诺从上津回来后给它娶一房妻子，生男育女。

当我的马重新愉悦起来，我袋子里的煎饼快吃完的时候，我们已经到达一个叫石村的地方。这是母亲叮嘱我的，石村是我的必经之路，我可以在那儿补充干粮。那儿有人会给我照顾。她似乎能预料到一切。为了补充粮草，我早就希望到达石村了。

这个村庄的名字是雷电告诉我的。

那天下午，像是酷暑的天气。越往南方，酷暑来得越早，因此，越往南方，马越来越少。窄小而崎岖的马路热气腾腾，仿佛着了火，那些飞扬的尘埃也是烫人的。我不断地给马喂水，马喘着粗气，身上的皮肤似乎烧着了，发出阵阵腐臭味。我正需要找地方与酷热的世界划清界限，太阳突然躲藏起来，一阵飓风刮过，马车摇晃了一下，差点翻过去，我紧紧抓着马缰绳。当飞沙走石停止下来，天突然暗淡无光，乌云层峦叠嶂地压过来。道路消失了。马开始惊慌，嘶叫起来。我的心里也兵荒马乱的，扬起马鞭，逃也似的往前赶。在大雨降临之前，我得找个地方躲避。但我们跑得没有大雨快，雨水劈头盖脸地砸到马车上，把棺材的面板敲打得比锣鼓还响。大雨蒙住了马的眼睛，车轮在泥泞的路上滑行，我不得不从马车上下来，走到前面，牵着马，如履薄冰。旷野无人，连躲避风雨的茅草屋也没有。幸好，穿过雨幕，我看到前面有一个村庄。当我们走近村口的时候，一个闪电让我看清了石碑上的村名：石村。但是中间隔着一条河，河水暴涨，桥刚刚被冲垮。村庄在对面若隐若现，像什么也没有。我只好沿着一条山路往前走，希望能遇到一座没有垮掉的桥。可是越往前走，山路越陡峻，到了最后，连山路也被冲垮，终于无路可走。我想穿过一片杂芜的树林，马意识到了危险，止住脚步，任凭我怎样哄它，它也不愿意往前一步。我只好选择回头。而正在此时，一股山洪从山上轰鸣着冲下来，打了马一个趔趄，马车失去了平衡，顺着山洪滚下去，马被马车拖累，挣扎了一下，也失去了控制，结果人仰马翻，一起滚下山脚。如果不是几棵高大的漆树把马和马车拦住，它们会一直滚到河里。我来不及放开马绳，山洪把我冲了个晕头转向，失去了重心，像一只滚球摔下来。幸好慌乱中我抓住了一把树枝，在悬崖上停止了翻滚。马自己挣扎着爬了起来，并在山洪的不断冲击中站稳了脚跟。马车仰面横亘在两棵树之间，棺材则夹在一个树丫上摇摇欲坠。我的右手破了皮，流着血，血在水里不是红色的。我的小草帽被水带到了河里，像一个溺水的孩子，一会儿便消失得无影无踪。我徒劳地大声呼喊。但呼喊声比不上山洪的轰鸣和雨水的喧嚷。黑暗笼罩着大地，闪电是黑暗中惊恐的眼睛。

尽管如此，我并没有绝望。我想，母亲肯定已经料到我会遇上坏天气。其实，每一个送棺材的人都会遇到不同的困难。母亲说了，送棺材的路上遇到的磨难越多，将来躺在棺材里的人越有福气，到了地府里受的苦会越少。因此，我是在替死者减少罪罚，我所受的一切苦头都是值得的。我和马并肩站在雨中，马冻得发抖，但它没有胆怯和放弃的意思。洪水也并没有比我们更有耐心，黄昏将至，雨停了，光明复现，山洪也停止了虐肆，我的呼救声终于传到了石村，村民们拿来绳索和竹竿，撑着船来到了我们的身边。我们获救了。

我被人抬上船后就昏死过去，第三天中午醒后我才知道，我中了风寒。身上穿着崭新的衣裳，受伤的手臂被包扎得严严实实。村民们围在我的身边，没有一点儿忌讳的意思。

"看你风尘仆仆的，你从哪里来送棺材往哪里去呀？"

"我从胜利县来，到上津去。"

"哪里的上津呀？"

"瓜县。"

"你走了多远啊！累死了几匹马啊！"

"我的马，是德保矮马，别看它身躯矮小，却可日行千里，夜行八百，累不死……"

"那至少会把人累死。"

我轻轻地笑了笑："都走了十三天了，我一点儿也不觉得累，我天生就是马夫命。"

有人还为我的车轮子和马车的木板子担心，但就没为棺材担心过，因为他们也看得出来，牢固的东西是经得起考验的。

"谁……升天了？"

"一个叫洪峰的人——我也不认识。"

"谁死了都不奇怪，奇怪的是，你为什么千里迢迢送口棺材到瓜县？"

"你是说，我还没到达瓜县，他的尸体早已经腐化？"

"可不是吗？"

"他还没有死呢，不过，快了。所以我得快马加鞭，要不来不及了。"

"事主可是重要的人物？"

"听我母亲说，他是太平天国皇帝洪秀全的后人。"

"呵呵，我们这里是石达开的家乡，我们都姓石。你应该知道石达开。"

我听说过石达开。听母亲说过，她祖上有石达开的部将，后来跟石达开逃至四川，并战死在那里。母亲还说过，贵县的石村是我此行的必经之路。这里山清水秀，风光旖旎，稻花飘香，鸡鸭成群，孩童喧哗。我突然觉得很亲切。他们也对我刮目相看，给我塞满了吃的东西。

"我知道洪峰，他不是洪秀全的后人，洪秀全没有这样的后人！呸，他配！"一个白发老妇从人群里钻出来。看上去，她有我母亲那么老了，整个脸像一只被啃光了肉的核桃，一股老人味扑面而来。

"一个浑蛋、骗子，这么好的一副棺材给他可惜了，像金盒子装咸鱼，暴殄天物啊。"老妇双眼冒着凶光，双手在颤抖。

我说，我母亲可没有这样说过他。虽然我不知道这个人是谁，但不应该是个十恶不赦的人。

"一九五九年，他差点儿被枪毙了。他想建国。他一辈子都在说谎。"老妇说。旁人似乎终于明白，啊，原来说的是那个洪峰！

"他是中华文武国的皇帝。"他们哄堂大笑，"一个疯子。"

"他不是疯子，是一个浑蛋、骗子。"老妇厉声纠正他们，"他比刘邦还要狡诈。"

他们突然沉默不语，是不想说话。他们怕这个老妇。但我知道这个村庄的人都听说过洪峰，或者略知一二，至少比我知道得多。

"我们那里有句俗话说，进了棺材，再也没有好人坏人。"我说，"坏人也有权躺进棺材里。"

众人似乎都赞同我的观点，但不敢明说。老妇用手摸着横亘在旁边的棺材，一个劲地替它叹惜："多好的一副棺材！我怎么就没有这么好的一副棺材？"

我抬头往门外看见了一个熟悉的面孔。一棵枝繁叶茂的桃树上正挂着一只鲜血淋淋的马头，显得特别醒目。马头耷拉着，正对着我，它的嘴巴仍然在翕动，仿佛是在向我求救。我看出来了，那是我的德保矮马。它被宰杀了，身首异处，不见躯壳，只剩下一只头。我突然醒悟，刚才我吃的正是它的肉。我顾及不了送棺材人的礼仪，暴跳如雷。

"你们为何杀了我的马！你们真该千刀万剐！我恨不得将你们统统送进棺材……"

他们平静地安慰我："它的右腿骨折了，五脏六腑都已经碎裂，伤势很重，活着都很痛苦，甭说替你拉车。"

昨天我看不出马有什么不妥，也许它真的受了内伤，但昨天它仍和我一起倔强地站立在山洪中，它紧紧地咬紧牙关，尾巴向上竖起，像旗，它的腿像四根柱子钉在泥土里，泥土被涮掉一层又一层，它的腿越陷越深。它的腿毛都被磨光了，身子满是泥浆，看上去是一匹泥塑的马。这匹马，是我母亲骑着驴，亲自到德保县城的马市场挑选的，买回来的时候，还是一匹小马驹，走路还不很平稳。母亲倾注了大量的心血饲养它，它就像母亲的另一个儿子，我的一个兄弟。如果母亲知道我吃了它的肉，她肯定会生气的，比吃了她的肉还愤怒，会勒令我吐出来，并跟随她念三天三夜的《大悲咒》。

"我们分吃了畜生的肉，它就永生了，比我们活得更久。你看，它的眼睛仍然睁开，说明它还活着，要看着你平安到达上津。"他们说得很虔诚，一点儿也没有轻浮和亵渎的样子。我相信他们这里有这种风俗习惯，也有这种信仰，正如我相信人死后会以另一种方式重生一样。

"可是我还得送棺材到上津……"

"我们为你准备了一匹更好的马。"

一个十岁左右的孩子拉着一匹马来到我的跟前，亲自把马绳送到我的手上。是一匹白色的公马，体形高大，双腿修长，看起来十分健壮。那孩子拿走我的马鞭，用警醒的口吻对我说："我们的马从不需要鞭子。"

"可是，没了马鞭，我便不会赶马。"我说，"就像没有竹篙就不会撑船一个道理。"那孩子还是不愿意还我马鞭，一个汉子，也许是他的父亲，从孩子的手里夺回马鞭，送到我手上。

"我们还改造了一下你的马车，以适合这匹马拉。"

这匹马是他们送给我的。我为刚才的鲁莽向他们表示了歉意。

"甭客气，你给那个叫洪峰的人送棺材，相当于是我们送的，你在完成你母亲的嘱托，却也是为我们效劳——按道理说，无论如何，他也是我们的兄弟。"

我明白了。我向他们告别。但那个老妇似乎不愿意让我离开。她挡在我的面前说："姓洪的终于要死了，虽然我恨他，但死者为大。你说得对，坏人也应该有一副棺材——我嫉妒的是他配不上这副棺材。"

我不想知道洪峰更多的情况，那不是我要的，我的任务是早一点儿到上津去，然后早一点儿回到母亲的身边。我给马套上马车。他们已经给棺材擦拭了一遍，因此看不到一点儿被山洪袭击过的痕迹。

我离开了村庄，穿过遮天蔽日的竹林，沿着一条青草遍布的大道，一直往东南方向走。这匹马果然是一匹好马，走起路来比德保矮马稳重，步伐也迈得大一些；而且有老马识途的素养，不用我扬鞭，它便知道该加快速度了。更令我吃惊的是，不用我指挥，它前进的方向总是正确的，好像它不是离开，而是在回家，对一切事物都了如指掌，在陌生的南方引领着我。它真是一匹好马。

大约走了好长的一段路，我才觉察到后边有人在唤我。回头一看，原来是老妇在追赶我。她拄着拐杖，步履蹒跚，但走得很急，随时随地都可能会摔倒。我赶紧勒马，等她。她肯定有什么话没有对我说完。

她跟上来了，来不及喘息，拉住我的衣袖，像出门时母亲揪住我的样子。

"你母亲叫什么名字？"老妇问。突然一阵咳嗽，从嘴里吐出一口痰。

　　我告诉了她我母亲的名字，等待她的反应，可是她沉默了，好像她在想一个深刻的问题。

　　"你在思考什么？"我说。

　　"我从不思考——只有死了的人才有时间思考。"老妇争辩道。

　　"你认识我的母亲？"我说。

　　"我已经三十年没有你母亲的消息了，"老妇说，"她肯定也想知道我是否还活着——你母亲从没有提起过我吗？"

　　我说："没有。"

　　确实，母亲没有向我提过她，母亲并没有跟我提起过太多的人。因为她认为我不是去探亲访友的，而是送棺材的。

　　"如果说到上津，说到洪峰，你母亲应该提起过我——虽然我不愿意和洪峰这个人的名字一起被人提起。"老妇说，"你母亲真够慷慨大度，竟然给洪峰送一副这么好的棺材。"

　　"我母亲是一个慷慨的人，她一辈子都很慷慨。按道理说，她早就应该忘记一个三十年前的人了，但她没有忘记，至少她还把他的死放在心上。我母亲确实是这样的人，如果答应了别人做哪一件事，她宁愿花掉一生的时间。我们村里的乡亲用了很长的时间才能理解她的为人处世哲学。可是，这是母亲的事情呀，我并没有必要寻根问底，再说，还有不短的路程，还得快马加鞭，把在路上耽搁的时间补回来。"

　　"你等等，等我把话说完你再走。等我说完，你就不会再走了。"老妇说，"洪峰配不上这副棺材，如果你母亲觉得应该让它物有所值的话，应该把它让给我——我也快离开人世了。如果这样的话，她就能让儿子免遭更多的劳苦，让他早一点儿回家——去上津毕竟还有很长的路。"

我断然拒绝了老妇的非分之想，并扬起鞭要打在马屁股上，但老妇挡住了我的手腕，鞭子悬在空中："这匹马不需要鞭打，它知道你心里想什么。"

我说："我得快马加鞭了，洪峰正等着我，也许他快咽气了。"

老妇夸张地吸着空气，大声而信誓旦旦地说："是的，他快咽气了，我都能闻到他身上的腐臭味。还有，我也闻到了你母亲身上的腐臭味，风把他们的体臭送到我们的身边，你使劲闻闻，腐败的身体……"

我使劲地闻了闻，确实有一股浓烈的腐臭味，可是，显而易见，是来自身边的这个老妇。两只乌鸦从村口一直跟随着马车，在我们的头上超低空盘旋。母亲说过的，不要管它们，只有神灵才忠诚地追随着你。

我想摆脱她的纠缠，但知道那是不道义的。我重复着说："我要继续赶路了，还有很长的路，还要穿过三个县，得快马加鞭。"

老妇说："如果你听我说完，你会停止前进的。你母亲根本就不应该让你受这种活罪，她大概是老糊涂了。"

"那你上马车说吧。"我说。我想，等她说完，会有另外的马车把她拉回头的。

老妇笨拙地爬上马车，就坐在我的旁边。她肥大的黑色裙子把我的大腿都罩住了，事实上，她臃肿的身躯已经占领大部分驾驶区，看上去，马车是由她来驾驭的，我只是一个陪衬而已。

"我要说的话比路上的沙子还多，即使到了上津，我也说不完。"老妇略带兴奋地说，"现在我们可以走了，如果速度快一些，晌午我们便能到达旺月镇。"

<h1 align="center">二</h1>

"你从哪里来的？我们可是从没见过你呀？"

"我从荷花镇过来的，荷花镇，大盐商阚海洋……我晕船，坐不得船，本来要自己骑马过来，但姐妹们都劝我，她们说，你不能骑马了，那路多难走啊，如果你骑马去上津，即使人不掉下来，你肚子里的孽种也会掉下来。因此，我自己走路过来，花了快两天的时间。"

"哎呀，看上去你怀孕很长时间了，走那么长的路挺不容易呀，你哪来那么大的胆子？"

我腆着高高的肚子……其实那时候还没有那么高，才三个月，我穿着厚厚的蓬松的衣服，让人一眼就能看出我是一个孕妇。那天我说了假话，其实我不是完全走路到上津的，从横村到狗庄，一个赶马车的让我坐到了马车后面，颠簸了大半天。刚到上津的时候，很多热心和好奇的人在路口缠住我问这问那，不是因为我是孕妇，后来听他们说，是因为我长得漂亮，打扮时尚，一个孕妇也能穿得那么时尚，这得在大城市才能看到。

"你到上津找亲戚？谁家是你的亲戚呀？从荷花到上津可有上百里路，你的男人怎么放心让你一个人走那么长的路？"

"我是来找我的男人的。"

他们惊愕地面面相觑。他们肯定还对我涂脂抹粉好奇，那天我的脸应该很苍白，是因为饿。

"洪峰，洪峰是我的男人。"我告诉他们。洪峰并不在他们中间。

他们哄然大笑。他们觉得很荒唐。我也是。我为什么会找到上津来呢？

上津地处三县交界，依山傍水，河道交错，往南就是粤界了，顺水而下，一两天便能到达广州城。但那里很封闭，四面环山，但名头很大，因为店铺多，所以很多客商要到他们那里做生意。上津其实很小，弯弯曲曲几条街道，临河却有一排排的店铺，米行、布行、药铺、山货铺、颜料店、箩器店、咸鱼店、杂货铺，但那天几乎没有什么顾客，冷冷清清的，破烂的街道上也没几个人，连河道里也看不到船的影子，倒是成群的鸟在瓦房顶和树枝上飞来窜去。

他们把我带到河边，对着河湾处大声地呼喊洪峰。一个人从水草深处探出头来，往我这边眺望。我估计他就是洪峰。这么冷的天气，大冬天，他还在水里游泳？

"你女人和你儿子来找你了。"他们笑嘻嘻地对洪峰说。

"是王冠兰吗？"

王冠兰是你母亲的名字。那时候，洪峰已经有一个女人，但还没有过门，就是你的母亲。

"不是，是另一个女人，她带着儿子来看你了。"

我小声地提醒他们，肚子里的不一定是儿子。

"她说不一定是儿子，也可能是一个千金。"

我对他们说，我快饿死了，如果我饿死了，首先饿死的是他的孩子。

"她说她快饿死了，孩子也快饿死了。"

洪峰看到了我，狐疑着游过来。他来到了我的跟前，身子还浸泡在水里，他的身子变成赤黑，牙齿咯咯地响，像急疾的马蹄声。我顿时有了怜悯之心。

"你是洪峰吗？"我问道，其实我已经认出他来，只是不敢肯定。

"你是谁？"他问我。

围观的人轰然大笑。

这不能怪他。因为此前他只见过我一次。

我对他说，你上来吧，上来说话。我想弯下身子拉他一把，可是我连腰都弯不下了。一弯腰便要掉到河里去。我直着身子向洪峰伸出手去，意思是让他上岸来。

"他不会上岸的。"有人告诉我说，"因为他的裤子还没有干。"

他们指着河对岸的一棵桑树说，太阳照到那儿了。桑树上果然有两三件衣服，其中有一条裤子，被舒张得很开，平铺在桑树上，微弱的阳光无力地爬在上面。

"现在他只剩下三件衣服了。"

"他不是少爷吗？财主洪钟的儿子。"我惊慌地问。因为我听说过，洪钟有十二间店铺，只有一个儿子。

"他早就不是少爷了。现在是大爷，河里的大爷！"他们在洪峰面前放肆地说笑，我知道他们说的也许是真的。

洪峰说话的声音都颤抖了。瘦削的脸，吊儿郎当地笑着，像一只螃蟹。

送口棺材去上津

"我不认识你。"他仰起脸，牙齿不断地打架。

"你先上来再说成不成？"我急了。艰难地跪在地上，伸手去拉他，但他把手缩回去了。

"你不说你是谁，我就不上来。"他固执地说。我看清了，他没有穿内裤，赤裸裸的，我身后有两三个妇女，对此见怪不怪的，一点儿害羞也没有。我也不觉得害羞。

"我是荷花镇的叶芳。"我说。这个名字对谁都应该陌生。

"我不认识你，在荷花镇，我没有亲戚，连熟人也没有一个，那里像是另一个国家。"洪峰说，"我倒想建立另一个国家，但不是荷花镇。"

这是我第一次听到洪峰说要建立一个国家。我根本不当一回事。

"三个月前，你和陈达球、李白柱到过一次茶花镇。"我说。

"三个月前，我在上津还有十二间店铺呢！"洪峰说。

"你们三个，上了荷花红荷院……你们睡了我……"我说的是事实，"现在我的肚子大了，药材铺的黄先生替我算了算，孩子肯定是你们的，冤有头债有主，全镇的人都叫我来找你。"

洪峰惊讶地往水里扑了几下。众人发出了尖叫。午后的小镇喧嚣起来。

"你凭什么找我？你为什么不找陈达球、李白柱？"洪峰挺冤枉似的。

"我找过他们了，他们都是挑夫，穷光蛋，养活不了我们母子。"我说的是真的，"他们说你有钱，在荷花镇有十二间店铺。"

众人又是一阵哄笑。

"可是我现在什么也没有了，我养活不了你们。"洪峰说，"我还有一个老婆，下个月就要过门了，我家只剩下一张床了。"

洪峰沮丧地潜到水里。水很黑。大伙儿等着洪峰浮出水面，可是等了一刻钟仍不见他的影子，觉得没趣，各自散去。我却饿昏在地岸上。

等我醒来的时候，我躺在一间很小很暗的屋子里。洪峰说，这里是他最后的一间房子，是用作娶王冠兰的新房。可是，这间屋子是在河岸临时搭建的，像牛栏一般简陋，风从四面八方吹进来。屋子里没有生火取暖，但还剩下一些米。我闻到了饭香，顾不得那么多，抄起饭碗就揭锅。一锅饭就这样让我一顿吃光了。

"你怎么那样能吃？你一个人吃掉了三个人的米饭！"洪峰要抢我的饭碗，"等一会儿，王冠兰要来，她也要吃饭。"

我还觉得饿。我说，洪峰，你能不能再做点饭，我还能吃掉三碗。

洪峰说，没有米了，你要吃，到陈达球、李白柱家吃去。

我不说话了。

"你凭什么说肚子里的孩子是我的？"洪峰问。

我说，那天干得最起劲的是你……

洪峰说，胡说八道……你吃了饭可以回去了，今天洪武药铺的伙计驾马车去荷花镇，你跟他一起走。

我说，我不走了，我就在你家住，把孩子生下来，我都快三十了，也得结婚了。

你吃那么多，我养活不了你。况且，我还有一个未婚妻。洪峰说。

你要我走，也得让我把孩子生下来再走。我说，在荷花镇，我没有立足之地了。

其实我是哄洪峰，我是要留下来，我再不找个男人养活我，我很快就会死掉了。

几年前我得了馋痨病，整天饿，怎么吃也吃不饱，我爹妈养不活我，把我赶出家门，我才到荷花镇谋生。只要给我吃的，我什么都干。那时候，我想自己都快饿死了，还计较什么呢？我爹说，除非你嫁了一个财主，否则没有人能养活得了你。我以为洪峰是我的依靠，但洪峰那时候真的是穷困潦倒。他的十二间店铺是他父亲留下来的祖业，还有四百亩地，却被他挥霍一空。他父亲还在的时候，他就是一个败家子，在荷花镇和大盐商阙海洋的儿子斗富，叫店家用灯芯草煮牛肉给他吃。灯芯草多轻呀，见火一燎就没有了，可是煮一锅牛肉得要慢慢熬，结果他一顿饭就吃掉了二十亩地。但家产主要败在赌博上。他赌博赌得可疯狂了，一天就输掉几十亩地。他父亲留下来的四百亩地，不到两年便没有了。听说他输得最惨的是三个月前，一夜之间输掉了十二间店铺。

后来洪峰自己说的，输掉十二间店铺那一次不算赌博，是送个顺水人情，虽然输掉了十二间店铺，但他很快就会有一支军队。有了军队，他就可以在上津建立一个国家，不同于清皇帝的国家，跟太平天国也不相同，跟中华民国也不一样，类似

"梵蒂冈"——我也不知道什么叫梵蒂冈，听说是国中国，只有小拇指那么大。洪峰说呀，我是洪秀全的后裔，我的老祖宗都能建国，我为什么不能呀？况且，这些地方都曾经是老祖宗的地盘。

他很早就疯了。他的父亲也是疯死的，因为洪峰一夜间输掉了二十亩地，他就疯了，跳到河里淹死了自己。

关于兵匪，我母亲说过的。母亲说，那时候的兵匪比较猖狂，曾经扫荡过几次上津。每一次扫荡，几乎都要洗劫一空。

洪峰说，他要有一支军队，有了军队，谁也不敢到上津来撒野。他想组建一支军队，向镇上的人募捐，可是没有人相信他。谁相信一个败家子呢？

后来听他说的，从荷花镇回来的第二天，上津来了一支军队，说是李宗仁的人。那天下着瓢泼大雨，他们就驻扎下来，镇上的人都害怕当兵的，早早就把大门关上了。倒是洪峰腾出他的十二间店铺，让他们住，还要管吃呀。带头的是一个团长什么的，说他的祖上是太平军的一个将军，跟石达开称兄道弟。洪峰茅塞顿开，说自己是洪秀全的后裔。于是，看上去两人惺惺相惜，相见恨晚。其实，鬼才知道洪峰跟洪秀全有什么瓜葛，那是第一次听他说跟洪秀全有关系，上津的人从没听他的父亲甚至祖辈和洪秀全有关系，顶多就是同一个姓氏。洪峰为讨好当兵的，天天给他们好吃好喝。他以为大雨一停，当兵的就会离开。第二天雨停了，他们并没有离开的意思。到第五天，洪峰支撑不下去了，逐家逐户地去敲门，请求他们资助。

"这支军队是我们自己的，你们应该支持点。"洪峰说。

"每支军队到了这里都说是自己人，可是没有一支军队保护过我们。"上津的人都聪明了，把贵重物品都藏得严严实实的。

洪峰开始为难了，向当兵的说，我家里没有什么吃的了……

带兵的说，兄弟，这是你们的部队、子弟兵……

洪峰说，即使是我自己家的部队，我家里也没有什么吃的了。

带兵的说，兄弟，你不是还有十二间店铺吗？

洪峰说，我就只剩下这十二间店铺了……

带兵的说，兄弟，这样吧，我们赌一下，要是我赢了，这十二间店铺就充军费了，要是你赢了，这支两百人的军队就是你的，从此以后跟随着你，听你吆喝。

洪峰说，我倒是很想有一支自己的军队，可是……

带兵的说，兄弟，这很公平，我们的军队不再像旧军队那样欺压百姓，强取豪夺。

洪峰想了想，痛苦地说，当年祖上洪秀全的第一支军队也许就是赌来的……

他们是在广场上赌的。玩扑克牌。黄昏，从水路上来了许多外地的客商，是来等待洪峰输掉十二间店铺，然后从带兵的手里买过去的。上津的有钱人也从最隐蔽的角落里摸出大把大把的银圆，公开谈论十二间店铺的优劣和价值……广场上围着很多人，水道、街道上也水泄不通。但只能远远地看，或者是听，因为当兵的不让他们靠近。

那一次赌博，听说惊心动魄，像过地狱的桥。洪峰好几次差点赢了，但最后竟莫名其妙地输掉了，至今谁也说不清楚究竟输在哪里。带兵的站起来，对洪峰说，本来我们不应要你的十二间店铺，但我们害怕你下一次输给别的军队，兄弟，肥水不流外人田……带兵的把他的十二间店铺卖掉，带着满满一袋子银圆往北走了。不过，带兵的很近人情，他对洪峰说，兄弟，这支军队从此以后也有你的一份，你什么时候需要，随时开赴上津。

从此以后，洪峰穷困潦倒，连落脚的地方都没有了。他父亲才死不到五年，他就把一个好端端的家给败完了。他有四百亩地、十二间店铺的时候，洪峰是方圆数百里最阔绰的人，出手大方，出门前呼后拥，多么风光！连当官的见到他都得点头哈腰地称他少爷，听说县太爷竟替他点过烟。自从输掉十二间店铺后，上津的人就不把他放在眼里了，把他当成了一个笑话，像对待疯子一样，将他呼来喝去。他整个人也变了，变得唯唯诺诺，嬉皮笑脸的，跟一个下人差不多，连狗都怕了。但他爱吹牛的毛病一辈子也改不了。他经常到原来属于他的十二间店铺去串门，对上津的人说，他的军队在哪里哪里又打了胜仗。那得意的样子，就像自己是决胜千里的三军总司令一样，可店铺的新主人对他不屑一顾，开始还给他一些烟抽，一杯茶水喝，后来连坐都不给他坐了，甚至门都不让他进。

"看来，我要命令我的军队开赴上津了。"洪峰嬉皮笑脸地对那些蔑视和怠慢他的人说。

可是，没有谁相信他能请来一兵一卒。后来，我才明白，洪峰大冬天的在河里游泳，不是自找苦吃，那叫卧薪尝胆。他把野心藏得很深，他们都看不到。

洪峰答应让我留下来。条件只有一条：要吃饭，自己找去，而且，我还要管他的一日三餐。

"这很公平。"洪峰说，"因为你败坏了我的名声。"

三

那天黄昏，我见到了你母亲。应该说是她先见到了我。她错愕地问我，你是谁？我说，我从荷花镇过来的，我姓古。她觉得我不应该随便躺在洪峰的床上。洪峰出去了，好几天没有回来，屋子里只剩下我一个人，我累了，困了，躺一下有什么不妥？

我说，洪峰是我的男人，这里便是我的家，我这是躺在自家的床上。

你母亲不动声色，进屋子里平静地收拾东西。屋子太乱了，如果我不累，我也会收拾。我忘记问她是什么人了。是她告诉我的，她说她叫王冠兰，洪峰的未婚妻，本来下个月就要嫁过来了，如果你愿意嫁给他，很好，我爹正愁该如何解除这门婚约。

我说，你也看到了，我怀孕了，那是洪峰的孩子，洪峰已经允许我把孩子生下来，孩子好歹得有一个父亲。

你母亲盯着我的肚皮看了很久，一动不动。但她的脸色始终没有变。她不愧是大家闺秀，镇静得像一个男人。而且，她长得也挺好看，挺白的，挺有涵养。她是读过书的女人。后来我才知道，你母亲是一个药材商的女儿，你的外公要不是死于广州战火，她也不至于远嫁给你的父亲，一个没出息的棺材匠。

我看到了，你母亲带来了一袋子米。

你母亲拿过一张椅子，坐在门口中间，也不说话。我知道，她是在等洪峰。她肯定要洪峰亲口承认他和她要解除婚约了。

你母亲一直等到第三天傍晚，洪峰才从河道上回来。我和你母亲在河岸上等他。他带回来了一个老头子，说是一个布商，经常跟李宗仁做生意，军装用的就是他的布。老头子下了船，看到我和你母亲，动手动脚地要摸我们的腿看是否粗壮。你母亲一脚踢掉老头子的手。老头子吃了一惊，掉头问洪峰："你说的是哪一个呀？"

洪峰指了指我。老头子对我说，那就是你了。

原来洪峰要卖掉我。钱他已经收下了。

老头子身后还有两个胡子拉碴的大男人。一个手里抓着绳索，一个拿着棍子。

老头子用鸡爪般的手摸了摸我的肚皮，笑呵呵地说，看来，我很快要做父亲了。

我不敢吱声。你母亲倒替我出头，斥责洪峰："你怎么能卖掉她？你凭什么卖了她？"

洪峰说，你不要管这事，我需要钱……

你母亲说，你拿了别人多少钱？我赔给你！

洪峰说，你赔不了的……下一次，也许我会将你也卖掉！

你母亲当时很气愤，但没有跟洪峰吵，而是和老头子说道理："洪峰拿了你多少钱？我赔你。人，你不能带走。"

老头子很倔："男人之间的事情不是钱的问题。你们女人不懂。"

你母亲说："她肚子里的孩子是洪峰的……"

老头子说："我买下来就是我的了。"

你母亲说了很多维护我的话，但没有用处。洪峰开始和老头子谈论买卖你母亲的价钱了！

我是一万个不愿意跟老头子走的。但我无力反抗，被拖上了船，连夜离开了上津，被带到了石村。我成了老头子的第三房妾，老头还没等到我的孩子出生便病死了，我也没有再嫁人，守了五十多年的寡。说到好处，那就是那老头子千方百计治好了我的馋痨病。因为他害怕我把他的家产全吃光了。你也看到了，现在我子孙满堂，可是没有一个姓洪的。

后来的事情，你母亲没跟你说起过？洪峰把我卖掉的第二天，他一把火把自己的房子烧了，然后自己驾着一条小船离开了上津。几天后，你母亲在她家里突然迎来了一帮恶棍，说来接收她家的财产，因为她家的财产被洪峰贱卖了。账簿上画着洪峰的押。你岳父刚去世，便遭到如此厄运，你母亲肯定气疯了……

你知道洪峰拿着这笔钱干什么去了吗？

我不知道。母亲没告诉过我。

他投靠李宗仁去了，在军队里买了一个小官，但他受不了苦，从李宗仁手里要了几杆枪，带着十几个不兵不匪的人回到了上津，说是李宗仁派他回来管辖上津的治安。开始有人不相信，暗暗派人去打听，可是第二天他们就看到去打听的人的尸体浮在水面上，脑袋被砸得稀巴烂。从此以后，洪峰在上津成了恶霸，欺男霸女，听说连镇长的小老婆也睡过。他不仅强行收回了他的十二间店铺，还欺行霸市，强收保护费……不到三年，洪峰又成了上津最阔的人，他手下的人竟有三百之众，都穿着李宗仁军队的军装，俨然成了一个军营。直到有一天，洪峰宣布建立上津国，李宗仁才派来三千军队，把他的虾兵蟹将收拾干净，把他的国旗焚烧一空。

洪峰建立上津国是一场闹剧。他肯定是疯了。可是，那时候他真搞了一个轰轰烈烈的上津国成立盛典。听说洪秀全的后裔要建国了，人们从四面八方赶来看热闹。那天，上津人山人海，河道上堵满了船，天空上飘满了彩旗，七七四十九头狮子，锣鼓喧天……洪峰穿着奇异的礼服，离开巨大的枣红色的龙椅，站到广场高高的平台上，像模像样地宣布上津国成立了……那天，我也从石村赶到了上津——还有比我赶更远的路来参观的。我带着孩子——我告诉孩子，你看，坐在台上的那个人，那个宣布自己是上津国总统的人就是你的父亲！孩子问我，他跟蒋总统哪个更厉害？

实际上，大伙儿不称他总统，而唤他皇帝。蒋总统就是中国的皇帝，要么跟袁世凯一样，要么跟溥仪一样，反正都一样。

洪峰当然没有看到我。我也不愿意让他看见。我的孩子倒想去喊他爸爸，拼命地要挣脱我，要跑到他那里去，我没有同意。我说，孩子，即使别人叫你杂种，你也不能管一个疯子叫爸爸。

"那蒋介石也是一个疯子吗？"孩子诘问的声音悦耳而清晰，我暗吃一惊，赶紧捂住他的嘴巴，离开了人群，悄悄地走了。

就在洪峰宣布成立上津国的第三天，李宗仁的军队便风驰电掣地开进了上津，把上津围得水泄不通。他们来到上津才知道，其实不必要派三千军队过来，杀鸡焉用牛刀，三百就绰绰有余了。但洪峰竟然能从天罗地网中逃掉了，像鬼一样消失了。直到半年后，李宗仁在南京当了代总统，他觉得李宗仁没有闲情逸致追究他了才回来。他一回到上津，便吹嘘说：

"我和李代总统达成了谅解，我管上津，他管全中国……"

四

晌午过后，我们到达了旺月镇。镇上似乎比路上还热，好像要下雨了。马车的车轮子冒着烟。旺月镇冷清清的，街道上没有什么行人，只有几只张着嘴喘气的母鸡在太阳下找吃的。一个中年妇女从房子里探出头来看到了我们，嘟哝道：

"这天气真热死了人。"

马需要喝水和凉快。但无处可歇脚。

老妇突然没有了继续说话的兴致。她焦虑地说："我要回家了，你把我放下来，我要回家。"

你累了吗？她说累了，早就累了。我把她放下来。她的头发着了火似的，发出一阵阵焦臭。

"我不愿意说他了，到我死那天我也说不完——等我说完，你就觉得他配不起这口棺材。"老妇说，"他配不起！"

我担心老妇。她说："你不必替我担心，猪贩子石家英每天黄昏都会从旺月镇赶回石村，他也有一辆马车，我就在路口等他。"

她伛偻着身子，拄着拐杖，缓慢地穿过马路，突然回头对我说："前面就有一棵榕树，树下有一个人等着你，你只要帮她读一遍情书，她会给马一盘子水喝——她还没有老成朽木之前，那些男人只需读一遍情书就可以上她的床。"

　　我远远一看，前面果然有一棵大榕树。但转头再看老妇的时候，早不见她的踪影，像瞬间蒸发了。

　　大榕树下果然有一个人，又是一个老妇，她就靠着树根睡觉，鼾声如雷。应该是马的气味让她醒了过来。

　　我说："大妈，吵着你了。"

　　这个老妇看到棺材大吃一惊，猛然站起来，慌乱地后退，退到了一堵断垣残壁的角落里："晦气，晦气！你给谁送棺材来了？你让我看到了死亡！"

　　我说："我要到上津去的，路过这里，想借口水喂马，你看，马再不喝水，便要死了。"

　　"我叫韩秋子，你就称我韩秋子。"老妇骨瘦如柴，说话的声音像恐龙的尖叫。但头发梳理得很整齐，眉毛也被精心修整过，因为涂脂抹粉，脸面显得异常苍白，鲜红的嘴唇把我吓了一跳。

　　我跳下马车。韩秋子叫我靠近她。我走过去，她从怀里掏出一封信，发黄的信封，民国时期的邮戳，是从上津寄来的。她用涂抹着红色指甲油的双手捧到我的跟前，几乎遮住了我的双眼。

　　"你替我读一遍，我给你一盘子水。"

　　我确实需要一盘子水。

　　"你轻一点……信纸像我的头发，再也经不起折腾——可是，洪峰已经折腾了五十二年。你看，我的头发都快光了。"

是的，韩秋子的枯黄的头发已经稀疏得像冬天里的落叶梧桐，只剩下乳鸽般的头颅。我轻轻抽出信纸，快速地看了一眼落款，令我惊讶的是，竟是洪峰写给她的信。我开始读了。韩秋子喝令："响亮一些！在我面前，你不能省力气。"

我大幅度提高读信的声音，仿佛要让镇上所有的人都能听到。这是一封年月比字数还多的情书。写得很肉麻，通篇都是信誓旦旦却华而不实的暧昧之词。信纸很破旧了，上面沾着千姿百态的手指痕迹，散发着和马涎沫气味一般的口水腥臭，说不清楚多少人朗读过这封情书了。

韩秋子出奇入迷地倾听着我的朗读，脸上溢满了甜蜜和满足，像一个怀春的少女。我读完了。

"送棺材的，你再朗诵一遍，我会给你两盘子水。"韩秋子说，"你相信我，我曾经送过一个乞丐十斤米。"

我说，我在石村耽搁了一天，不能再耽搁了，傍晚我得赶到下水镇，明天黄昏，我便能到达上津了。实际上，我只需要一盘子水。

韩秋子有些沮丧，粗野地从我手上把信收回去，小心翼翼地折叠起来，装进信封，藏进衣袋子里。她嘴里不断地咳嗽，像一个有肺病的人。

"你急着去上津干什么？"韩秋子嘟囔道，又胆怯地远远瞟了一眼棺材，"你是把死亡带到上津去。"

我母亲说的，一个人弥留之际看到自己的棺材，能多活上几天。我解释说，有的人甚至还能起死回生。你不必要害怕，棺材是吉祥物。

韩秋子说："我听出来了，你是王冠兰的儿子，你是给洪峰送棺材去的。"

我说，是呀。可是她是怎样知道的？

"你母亲答应过送他一口棺材。五十年过去了，她还记得，她的记性真好。"

我母亲是一个虔诚的佛教徒，已经吃了三十多年的斋。

"你急什么？洪峰又不是你父亲——他做不了你父亲，有人说是他冬天里在水里游泳把鸡巴冻死了，瞎扯，是他跟婊子叶芳睡过觉后再也不能做男人的——你肯定见到了叶芳，石村的叶芳，一个比我丑陋百倍的女人，你看到她了。"

我说："是的，她是我母亲的老熟人。"

韩秋子说："呸，她只是一个婊子！可是你母亲是我一辈子的敌人，五十二年来，洪峰心里想的只有你母亲，否则他早来找我了。"

我对此一无所知。母亲只叮嘱过我，路上不要轻信那些风言风语，不要纠缠那些尘世中的是是非非，那些东西就像飞扬的尘土，你是一介马夫，要专心致志地赶路，不要让尘土遮蔽了你的双眼。

"你再读一遍他写给我的信，你就知道他本来是要来娶我的。可是，他没有遵守诺言，最后还是娶了你母亲。这就算了，可是你母亲离开他后，他应该来找我的。"

韩秋子又摸出信来，我婉拒了她。她突然意识到了要履行给我一盘子水的承诺。她做出说话算数的样子。

"你跟我来吧。"

她咳嗽着，领我走进榕树后面的一条小巷子。巷子弯曲、悠长，两边是破旧而低矮的房子，路面上全是黑色的瓦砾和打碎的瓶瓶罐罐。小巷尽头往里拐，是一间青砖和石块堆砌的小阁楼，门窗已经破得不成样子了，那些枯藤都成群结队地窜到房子里去。

韩秋子告诉我，这是她的家。她让我跟随她进去。屋子里很阴暗，有一股冷气和霉臭扑面而来，里面除了一些杂物，几乎没有什么像样的摆设。她带我上了二楼。二楼的地板摇摇晃晃的，快要倒塌似的。她推开了一间房门，里面有一些摆设：一张小茶几，一只梳妆台，一张民国时期流行的新式床。床上整齐地摆放着一张红色的丝绒被，床前有两双鞋——一双枣色女布鞋，另一双是黑色男皮鞋。韩秋子轻轻地弹了弹蚊帐上的灰尘，然后警惕地检查了一下修补过多次的木窗户。

"这是我和洪峰住过的房子，他喜欢睡在床的里面，蜷缩着，像一个小孩。"韩秋子掩饰不住她内心的骄傲，"我每天晚上都要抱着他，哄他，驱散蒙在他身上的惊怕。"

韩秋子以为我不相信，竟脱掉鞋子，轻轻地躺到床上去，靠着床沿躺好，把沾满尘土的被子盖在身上，然后翻过身去，脸朝床里，双手抱着什么似的，嘘了一声，便喃喃地说话……

她是在跟一个人说话，但我听不清楚她在说什么。我无所适从。我说，我的马……

她被打断，有些生气。但她似乎懂得不是我的错。她把身子转过来：

"我们就这样通宵达旦地说话，我说我在旺月镇的显赫家世，别人怎样赞叹我的美貌，他说他的建国大业……他卧薪尝胆、深谋远虑……他的上津国……我弄不明白他想建立什么样的上津国，可是他有宏图大略，尽管上津国是一个火柴盒大小的国家；他壮志未酬，李宗仁的部队要将他斩首示众，即使将他斩首，他仍是一个国王——一个国王在我的怀抱里谈论他的国家，我被他迷住了，我愿意替他生十二个孩子，我要让最小的孩子接替他的王位。"

好一会儿，她还没有下床的意思，我说，我只需要一盘子水……

韩秋子不满地从床上下来："你，你一点儿雄心壮志也没有，就只想要一盘子水，你不想知道你母亲和洪峰的事情？"

尘归尘，土归土。我不想知道。母亲四十一岁嫁给我的父亲——棺材匠冯三泰，第二年生下了我，从此以后从没离开过家乡。我知道这些就够了。

"你母亲根本就反对洪峰建国，骂他疯子，百般阻挠。洪峰一气之下把你母亲轰出上津……"

韩秋子说，有人说，洪峰建国是你母亲告的密，但我不相信，因为那时候方圆数百里都知道这件事，官府有什么理由不知道呢？

"洪峰建国失败后，一个人连夜逃难。他先是逃到了石村，但叶芳不敢收留他，还要去报官，那个老婊子！他无处可逃，来到旺月镇的时候，他都筋疲力尽了，靠在大榕树下喘息。大清早我看到了他，他快渴死了，向我索要一盘子水。他说，只要我给他一盘子水，就封我为贵妃……我把他带到了家里，给了他十盘子水。"韩秋子说，"他在我家躲藏了半年，我陪了他半年。我父亲那时候已经瘫痪在床，拿我没办法，骂我说，你怎么能收留一个疯子？我说，洪峰不是疯子，他是一个国王——他在我的心目中就是一个国王。他走后，给我写了一封信，就是这封信，虽然我不认识字，但看到信的人都告诉我，他会回来娶我。我等着他来娶我，从一九六六年等到现在，已经等了五十二年。"

"你为什么不去找他？"我脱口而出。

"我的祖上曾经当过崇祯皇帝的侍郎，我的外祖父当过南洋的拿督，我的家族在旺月镇很有身份，我是大家闺秀，我得让他带着浩浩荡荡的队伍来娶我！"

我觉得她太过矜持甚至于顽固了。而且，我第一次听说大家闺秀从没读过书，连情书也不会看。

"不过，我也想过放下身段，厚着脸皮去找他。一九四九年，新中国成立了。因为洪峰造过国民党的反，共产党说洪峰当初成立上津国就是革命行动，因此没有找他的麻烦。洪峰答应你母亲跟共产党合作，不再提上津国的事情，你母亲回到上津，跟他过了一阵安逸的日子。可是，到了一九五八年，你母亲又离开了洪峰。跟着洪峰，你母亲受过很多苦，因为她伺候的是一个国王，不像一个皇后，倒像一个仆人……一九五九年春，我本想去上津找他，可是他很快便被抓进了牢狱。因为他对新中国不满，公开宣称要恢复上津国，人民政府说这是反革命，公安局把他抓走了。本来要枪毙他的，但听说有人找到了证据，他真是洪秀全的后裔，政府就免了他一死，可是一年后，又有人推翻了证据，说他的老祖宗根本不姓洪，要重新枪毙他，都快押上刑场了。可是这一次他又逃脱了死刑，因为所有的医生都证明，他是疯子，因为他连面包和粪便都分不清楚了，把粪便当面包啃。人民政府不会为一个疯子浪费子弹，监狱也不愿意让疯子浪费他们的粮食。一九六一年，洪峰从大新监狱回到了上津，孤家寡人，生活都不能自理了，分不清楚饭菜，把自己的粪便塞进嘴里……听说他曾经有过十二个妃子，可是她们都躲避得远远的，隐名埋姓，跟自己的男人生男育女，谁也不愿意跟他沾上关系。我不嫌弃他，我愿意照顾他，可是他不愿意娶我——这个老不死，肯定忘记我了，我最不能原谅他的就是这个。"

……

"他以为自己真是一个国王，那些送他吃的人，见到他也得行君臣之礼，向他鞠躬，否则他不吃你的东西。你见到他，你也得向他鞠躬，否则，他死也不会要你的棺材。"

我走下楼来，在楼后的荒芜的院子里找到一口井，迅速地打了一盘子水。

"你真没有耐性。"

我说，我的马快渴死了。

"你一点儿也不关心你母亲的前半生……"

"我母亲说那些都是尘土……"

"她自己才是尘土！"

我端着一盘子清水走出去，沿着小巷子往外走。韩秋子尾随着我，喃喃地说着，慢点慢点。我才担心她摔跤呢。她朽木一般的身体，一摔跤，会摔成瓦砾般的碎片。我顾不上那么多了。我的马远远便闻到了水的气息，嘶叫一声，兴奋得高高地掀起前蹄……我把水放在马的面前。水异常干净，马也能看到自己在水中的倒影。喝足了水的马恢复了生气。我说，我得走了。

"我也快死了，这一辈子再也等不到那个老疯子来娶我了。你把我带到上津去吧，虽然我从没听说过大家闺秀会下贱到送货上门，但我管不了那么多了，我再也不能等了。"

我说，我不能带你去上津。但我为什么捎了叶芳那么长的一段路？因为马是她们的，她又那样蛮横，我根本没有办法拒绝她。我还向韩秋子解释了一番不能带她去上津的理由，可是当我要把空盘子还给她的时候却不见她的身影。我便把盘子放到榕树根下，然后跳上马车。刚才还滚烫的坐垫凉快了许多。榕树的叶子开始轻微摆动。风从上津的方向吹过来，有了一些湿润的气息。我扬起马鞭，在空中划了一下，发出"啾"的一声。马迈着轻快的步伐，重新起程。

五

傍晚的时候，我到达了下水镇的边上，拿不准是否到镇里去。马车的一只轮子的车胎漏气了，车架子也出现异常，必须修补。但镇里应该没有水草。马要吃草。我犹豫了一会儿，决定自己修补车胎，加固车架子。马就在一条河的岸边上吃草。棺材板面上满是灰蒙蒙的尘埃，掩盖了它黑色的光泽。我用一根木头把马车的右侧撑起来，笨拙地拆卸车轮子。四周传来了烦躁的蛙鸣和狗吠，让我感觉到离家很远了。我担心母亲。我恨不得日夜兼程，马上赶到上津，然后马不停蹄地赶回到母亲的身边。

幸好，明天傍晚就能赶到上津了。那个叫洪峰的人收到母亲送给他的礼物，他的脸上会不会露出惊喜的微笑？我会记住他的所有表情，回去向母亲报告。

我突然听到了咳嗽声。开始我以为是来人了，抬头四顾，却不见人的踪影。我还以为是撬轮胎的声音，但放下撬棍，仍然能听到一声仿佛来自地府的咳嗽声。我警惕地看了一眼棺材，才发现不知道什么时候捆扎棺材的绳索已经松松散散的，棺材盖也不怎么严实，明显地被撬动过了。我推开棺材的盖子，往里一看，果然是她。

她仰面平躺在棺材里，双腿并拢，双手交叉放在肚皮上，一动不动，满面死寂，像一具尸体。毫无疑问，咳嗽声是她发出来的。

我气急败坏，粗鲁地敲击着棺材："你怎么会躺到里面？你快起来！"

我忘记了不能在异乡生陌生人的气。我真生气了。

韩秋子张开了双眼，吃力地侧过身子，双手抓棺材的墙壁，却抓不紧，啪地摔躺下来，好一会儿，才攒足力气，双手撑着身下的木板，艰难地爬起来，把头伸出棺材外，不紧不慢地说："终于到了上津，我该出去见他了——本来应该是他来见我的。"

我说："什么上津？才到了下水镇。"

韩秋子四下瞧了一眼："还不是上津？那你叫醒我干什么！"

我刚要说话，她竟又躺下去了。我伸手去抓她，她突然发疯，咆哮如雷："别碰我！我要到上津去！"

那少见的凶悍把我吓了一跳。我要辩解，她吼道："你不带我去上津，我就死在棺材里，即使腐烂也不出去……你应该让我和洪峰死在一个棺材里，这么宽敞的棺材，能躺得下两个人……"

韩秋子突然哭了，不断用头撞击着木板，"啪啪"的声音穿透棺材，在原野上回荡。那匹疲惫的马回过头来，不解地看着它的车子，嘴里叼着一把草。

母亲告诉我，不要错怪自己的马，即使是老马，也有迷茫的时候。

母亲，我也迷茫了。母亲告诉过我的，除了洪峰，不能让别的人躺到棺材里去。况且，我没有责任把一个与此无关的人带到上津。因此，一整晚，我都靠在马车的轮子上生着闷气，露水把我的衣裳都弄湿了，清晨的时候，我才睡了一会儿，梦里发现自己仿佛已经到了天堂，在鲜花和阳光一样多的地方，见到了我想见的人，我的表妹，她依然是那么漂亮，像年轻时候的母亲。她似乎在吻我，把我的嘴角都吻遍了。我睁开眼睛，原来是吃饱了夜草的马，它像往常一样把我叫醒了。我猛地爬起来，推开棺材的封盖，叫了几声韩秋子。晨光中，韩秋子仰面冲着我笑，嘴巴张得很大，脸上的笑容堆积如山，但那笑容是僵死的，像倒伏的麦穗。我把头伸进去大喊了几声，回声把我的耳朵震痛了，她还对着我笑。我这才意识到她死了。

韩秋子的死给我增添了麻烦。我把她送到了派出所，两个民警想把她从棺材里弄出来，但她的身体像和木板连在一起了似的，无法将她和木板分开。民警很沮丧，把不满转移到我的身上，因此把我拘留下来。还不到中午的时候，韩秋子的亲属，大约有七八个人，来到下水镇，把我堵在审讯室里。他们开头十分客气，没有把韩秋子的死归咎于我，仿佛她的死跟我一点儿关系也没有，事实上，我也不应该负很大的责任。

"但是，她死在你的棺材里，说明她不需要我们为她准备房子——我们的意思是说，你把这口棺材留给她就成了。"

这是他们需要我承担的唯一的责任。民警觉得他们是有道理的，因此，我可以选择用棺材换取我的自由。

我跟他们解释了我不能拿棺材来作为交易的道理。当然提到了洪峰。

"我们可以送给洪峰另一口棺材——下水镇也有棺材铺，而且手艺也不见得就比你们的差……"他们说，"你可以把它送到上津交差。"

他们觉得对我已经仁至义尽了。但我不能按他说的那样做，我坚决地拒绝了他们的要求。他们当中有人当着民警的面揍我。我的脸肿了，嘴巴和鼻子流着血。我的眼睛看不见对方，他们要把我往死里打，我感觉到自己快死的时候，民警才把他们赶走。可是，他们走之前，把棺材砸散架了，满地狼藉，韩秋子终于从棺材里出来，被他们用一张草席卷起来，然后被一个五大三粗的人放在肩头上，一窝蜂地消失了。最后我才发现，我的那匹马也被他们打瘸了一条腿，它正在伤感地舔着自己的伤口。

我把那些棺材板交给下水镇的棺材匠，为了证明自己并不比我家乡那边的工匠差，他们花费了很大的心血，才把那些受损的棺材板重新组合起来。摆在我面前的是一口完美无缺的棺材。这些工匠不仅用高超的手艺证明了自己，而且令我惊叹的是，他们还用最短的时间治好了我的马，让那条瘸腿的马又能跑起来。虽然如此，我还是比原计划迟到了两天到达上津。

六

我的马车走进上津时已经是晌午。上津异常安静，连风也纹丝不动。上津的景致跟叶芳描述的差不多，几十年来没有什么变化，只是河里早没有了船只，河堤上残留着洪水过后的垃圾。一棵不知名的树上挂着一只巨大的蓝风筝，看上去像一面旗帜。有寥寥几间房子被粉刷一新，像几个即将上台表演的老妇。

我沿着一条河岸的道路往房子稠密的地方走。河水很黑，跟低矮的瓦房一样。瓦房绵延好长一段，争相比着谁更破旧，有些房子腐朽得经不起轻轻一碰了。道路铺的是颜色各异的大理石，也夹杂着普通的石头，都很光亮，马车在上面走得很顺当，瘸腿的马走得一点儿也不吃力，似乎是，即使它只有两条腿也能在上面健步如飞。一路上，我能看到一排排的店铺，阴暗而简陋，冷清清的，我的马车发出的声响也不足以提起倦怠的店员们的精神。他们大概是需要午休的，我来得不是时候。我停在一间茶叶店铺前，要向一个伙计问路。但我首先看到了一张讣告。

讣告就贴在店前的青砖墙上，风雨已经把它变成残篇断简，但从模糊的字迹中我还是能弄清楚，这是洪峰的讣告。

讣告上写道，上津国皇帝洪峰昭告天下，寡人将于某年某月某日驾崩，臣民们要做好国葬的准备……讣告的落款是洪峰，发布的时间是一个月前。按照讣告，他已经于十天前死亡。我想知道，我是不是已经来迟了。我向茶叶店的伙计叫了一声，他却突然向我泼了一盘子水。水肯定不是干净的，我躲闪开了，水泼到了马头上，我听到了水落在火炭上发出的声音。

伙计并不打算向我道歉。我主动向他说了声对不起，打扰了。

伙计说："你不是唯一的给洪峰送棺材的人。"我惊愕了一下。伙计说："这个月，洪峰已经收到五口棺材了，他家里的棺材已经堆积如山，不过，看上去还是你这一口最结实。"

我告诉伙计："如果不是一路上经过了一些折腾，你看到的这口棺材色泽会更好，也没有那么多的疙瘩……"

伙计抬眼看了一下讣告，说："那是老疯子宣布自己的死期，每年都要发布几次，张贴得到处都是，我们都懒得撕掉，因此，外头的人都觉得上津弥漫着死亡的气氛，不过，我真能闻到死亡的气味了。"

我说："他还活着？"

"我不知道，"伙计冷冰冰地说，"只有他张贴自己的讣告的时候我才能看到他。老疯子走不动啦，都老成那样子了，连张贴自己的讣告都没有气力了——可是，他死了吗？谁告诉你他死了？"

此时，从店铺的角落里走出另一个人，光着上身，穿着一条花短裤，背驼得厉害，因为太阴暗，看不清他的脸。说话的声音很苍老，但很威严："刚才我还看到他，他坐在高高的龙庭上，我以为他死了，可是当我告诉他，皇上，我给你送猪腿肉来啦，就放在龙椅脚下……他的手指轻微地动了一下，证明他还没有死。"

伙计低声地告诉我，说话的人是洪峰的第六任宰相，但连他也不敢随意靠近老疯子。我欣慰地感谢了告诉我信息的人。我立马要谒见洪峰，完成使命，然后赶回家去。母亲正焦急地等待着我。

"你不能带着马去见他，因为你的马不会叫他皇上，他会震怒……"

"我知道了。"

"你一个人见不到他。他已经好多年不接见普通臣民了。而且，晌午已过，他今天谁也不见了。"

我只好在这个宰相的家里住下来。宰相叫洪泰。他本来不是宰相，是老疯子在他六十七岁的那年封他的，从此上津的人就这么称呼他。本来他不怎么搭理老疯子的，但被称为宰相后，不得不尽一些责任了。平常，是他照顾老疯子的起居，至少不让他活活饿死。

"我见过你的母亲。"洪泰说，"你母亲根本不是皇后——大清江山改姓后，哪里还有皇后？但上津的人都把你母亲当作皇后来尊敬。她是一个好女人。"

我实在不想在上津打听更多关于母亲的往事，母亲说了，那些都只是飞扬的尘土。

"老疯子折腾了一辈子，你看，上津并没有繁荣昌盛，相反，由于荷花镇的兴起，上津慢慢衰落，现在的店铺都门可罗雀，十几天看不到一只船……你看，洪峰的十二间店铺，我这一间是，往前第三间的豆腐店也是，前头还有几间，都衰败了。你母亲还在的时候，上津不是这样的。你母亲还在的时候，上津丰衣足食，她自己也能经营，把洪峰输掉的十二间店铺盘了回来。如果老疯子不折腾，上津过得很好，你母亲在上津也过得很好。"洪泰说，"……你母亲还好吗？"

我说："我母亲快不行了，所以我必须尽快回去。"

"本来我要跟你说说上津的——你母亲时代的上津。可是那至少得花上两天的时间。你别看上津小得容不下你的马车，但它的故事、它的秘史比一个国家还要多！"洪泰说，"你本来应该知道一些的，因为这里也是你母亲的上津。"

我说："我母亲说的，世间的一切都只不过是飞扬的尘土……"

洪泰是一个不错的剃头匠，年轻的时候走南闯北，给李宗仁剃过头。敢在李宗仁头上动刀子，所以一直很得洪峰赏识，但他年轻时从没有效忠过洪峰，还对洪峰不屑一顾。现在他已经儿孙满堂，早已经不给人剃头了。

洪泰领着我走了一遭上津。这里本是一个很好的渡口和商埠，可是现在已经很破落，四处散发着腐败的气息。这天晚上，我见到了很多人。似乎是上津的人全来了。他们说，王冠兰终于派她的儿子来看看上津了。看得出来，洪泰现在是上津威望最高的长者，他们见到他总是要向他鞠躬，小孩子还得跪拜在他的脚下。那些与我素昧平生的人，总要把我和我母亲联系在一起，他们提得最多的是我母亲，仿佛我母亲跟他们有着千丝万缕的关系一样。可是我母亲都已经离开上津快六十年了，从没有回来过。

"她是上津唯一的皇后……"他们这样评论我的母亲。

从他们的穿着打扮看，他们不应该再会以虔诚的语气提起这些早已经化为尘土的称号，但他们一整晚都提着那些陌生的名词，这一切我无法理解，因此，我早早就当着众人睡着了。我的马应该睡得比我更早。

在寂静的梦里，我仿佛还提醒过那些滔滔不绝、秉烛夜谈的人："我母亲说的，这一切都只不过是飞扬的尘土……"可是，那些说话的人并不以为然，反驳了我说的话，我刚要和她们争论，却有一个我熟悉的声音替我辩护了。他们顿时安静下来。她说话的声音很圆润，也很洪亮，还有几分威严。

"我回来了。"她说，"可是，你们当中的很多人我都不认识了。"

他们争先恐后又诚惶诚恐地自我介绍。

"我知道你，你是李红莲的女儿。那时候老疯子封你的父亲洪金全为宰相，害得你父亲被政府镇压了，后来死在安南县监狱里。"

"我也知道你，你是洪亮的儿子，刚土改的时候出生的，你父亲管你叫'三亩地'，因为你家刚分得了三亩地。你母亲参加'四清'，半夜回家的路上遭到旧地主洪福的袭击，清晨被发现死在河里。洪福害怕再次被镇压，跑来投靠老疯子，商议推翻上津人民政权，重建上津国。我把洪福轰出门外，但老疯子听信了他的花言巧语，要恢复上津国，结果害了自己……后来查明，洪福是国民党特务，他妄想有一天李宗仁回来，在上津东山再起——可惜呀，即使洪福不死，他也等不到那一天了。"

有一个男人从人群里站出来，自报家门说："我就是洪福的孙子。"众人哈哈大笑，笑得很友善，没有一点儿鄙薄的意思。

"我真是洪福的孙子。"那男人较真地说，"但是我的父亲洪虎是好人，我也是好人，我的儿子洪儒也是好人，他现在在北京读大学，要准备出国留学了。我经常给老疯子送好吃的，他说将来要封我官爵。我说我不要，他很生气。他生气，我也不能要……"

　　他们笑得前俯后仰，但她只是直了直身子，很淡定的样子。

　　他们笑完后，那男人擦掉眼角上的泪水对她说："老疯子一直叨唠着你，他说，如果王冠兰回来，上津国就统一了，就像一个国家了。你终于回来了！你回来了，他们也会回来，所有的人都会回来的。"

　　"这一切都只不过是飞扬的尘土……"她轻轻地笑道，宁静而谦和。

　　我听出来了，说话的人是我母亲。她来到了上津。她就盘坐在我的身边，一只手抚摸着我疲惫不堪的身体，另一只手我看不见，好像消失了。她一点儿也不疲乏，精神抖擞，满面安详，身上没有一粒尘埃，看不出来她经过了千辛万苦的跋涉，仿佛她一直都待在上津，像主人一样。

　　我抬起手来寻找母亲的另一只手，可是总是抓空了，最后连她抚摸我的那只手也不见了。我异常紧张，猛然从床上跳起，黑暗中什么也抓不住。他们早已经烟消云散、灰飞烟灭，像寂静一样空。往窗外，我看到了我的那匹马，在庭院后面，好像它也被刚刚惊醒，正仰望着夜空，对淡雅的月色充满好奇。

　　我知道，是母亲来催促我快点回去了。

清早，在洪泰的带领下，我驱着马车转了几条街道，爬上了一个山坡，来到一座古屋的外面，看得出来，这是一座祠堂，红墙黑瓦，古木遮蔽，青苔满地，比宫殿还要阴森。我把马留在一棵榕树下，爬上高高的石阶，出现在我的面前是一扇坚厚而高大的木门，都被风蚀成千沟万壑的样子了，应该有数百年的历史了吧。门虚掩着，从门缝里我能看到里面摆满了纸做的兵马，浩浩荡荡，队列整齐，那熟悉而神圣的死亡气息扑面而来，铺天盖地，让人昏眩。我只需轻轻推开门，便能看见坐在千军万马之中、龙庭之上的洪峰。我想，他肯定是骨瘦如柴，污头垢面，比朽木还要衰老，像一尊破落山庙里的佛像，头顶缠满了蛛网，却依然装得傲慢而威严。

　　洪泰先从侧门进去通报了一下，然后悄悄地退出来，对我说："你可以从正门进去见他了，但你不能在他的面前提起你母亲说的话，'这一切都只不过是飞扬的尘土'，因为每一粒尘土对他都很重要。"我明白了。我本来就不打算对他多说什么。母亲告诉我的，见到这个人，一定要客气，向他赠送礼物的时候，应该像他赐予我们礼物一样，我们要对他顶礼膜拜，感恩戴德。

　　我郑重其事地整理了一下衣冠，仰起头，高高地举起双手，深深地吸了口气，要推开那扇沉重的门了。

败坏母亲声誉的人

一

我不认识那个人，从没见过。他是母亲的第二个丈夫。关于他的情况，开始我并不太了解，甚至不愿了解，只知道他是陶县中学的地理教师，脾气古怪，退休前在陶县教育系统的口碑很差，经常被当作反面典型，是被取笑的对象，如果不是他的一个同学在省教育厅里任职，也许他挨不到退休那天就被开除了。父亲死后，母亲就不顾亲朋好友的反对，连我的哀求也听不进去，执意嫁给了这样的一个人。一嫁就是二十年。二十年后，母亲终于无法忍受与这样的一个人生活，说到底是因为他，她已经身败名裂，晚年老无所依，凄风苦雨，便毅然决然地逃离陶县，茫然四顾，却走投无路，千里迢迢地来到上海，跟着我讨生活。母亲也许觉得欠我的太多，甚至也许觉得我完全没有义务收留她，她总是小心翼翼地过着日子，似乎害怕我或我通过妻子把她驱逐出去，从此流落街头，死无葬身之地。因此，两年快过去了，母亲从不在我面前提到那个人，只有一次，就是她刚来到上海没几天，一个人躲在卫生间里，给谁打电话，我听到她压制着声音气恼地说：

"前世不修，嫁了一条疯狗！"

她是骂那个人，但更像是在怨恨自己。

"他败坏了我的声誉，在陶县，所有的人都知道我嫁给了一条狗，疯狗！"她说。说这话的时候，她打开了厕所的门，有意无意地让我听到了，好像这是她对自己二十年前出走的一个交代。因此，我知道，那个人在母亲的眼里就是一条疯狗。母亲终于承认自己嫁给了一条疯狗。她终于认错了。多年来，我们母子其实都在小心翼翼地避谈那个人。而母亲在我面前骂了一次后，再也没有说起过他。倒是后来我通过其他渠道陆续了解了一些那个人的情况，断断续续，零零碎碎的，但也足以证明母亲所言不虚，他确实是一个特立独行、与众不同的怪人，并且臭名昭著，只是母亲用"疯狗"来称呼他还是让我有些吃惊。在我家乡那里，"疯狗"相当于癫狂、下贱和厚颜无耻。

现在，那条"疯狗"正在来上海的路上。

母亲是两天前突然接到的电话。已经快两年没有跟他有过任何联系了吧，母亲肯定已经忘记了他，因为我从来没看得出母亲对他有过牵挂，倒是对父亲，她还偶尔提起。妻子告诉我，母亲接电话的时候惊惶失措，像一个成功躲藏了多年的逃犯突然被人发现了蛛丝马迹，一下子乱了阵脚，不断严厉质问对方怎样得到她的电话号码，为什么打电话给她？他们之间还有什么没有算清楚？他还想把她害成什么样？那个人只是在电话里告诉母亲，他坐班车到了柳州，马上要上火车，要到太原看望儿子，因为要转车，准备在上海停靠一晚。在上海确实没有其他亲朋好友，连认识的人也没有，又没有足够多的盘缠，所以只好到我们家，洗个澡，蹲一宿，只一宿，保证第二天一早就走。母亲先是口不择言地胡乱骂了一通，然后在电话里支支吾吾，犹豫了很长时间，最后她说要征求儿子的意见。其实她没有征求我的意见，但已经征得我妻子的同意，她才迟疑着答应他：

"要来便来，可别弄出什么差错，把我在上海的脸也丢了。"

但两天来，母亲并没有告诉我这件事，她还恳求妻子也先不要跟我说起。这个事情呀，真难堪，让她自己来说吧。她是怕我生气，怕我拒绝。但妻子没有信守承诺，当天晚上就把事情告诉了我。在母亲面前，我装着一无所知、若无其事的样子，母亲却一反常态地坐立不安，不断用躲闪的眼神揣摩我的心情，好几次，她几乎要张嘴对我说话，但到了最后还是把话咽了回去。妻子对我说，她从没有见过母亲如此左右为难，真替她可怜。直到今天，母亲还不肯跟我说那个人要来的事情，从早晨一直到下午，她都拿着抹布在客厅里走来走去，把沙发和柜台擦拭了一遍又一遍，擦拭的时候，那心并不在擦拭的对象上，不断地抬头看墙上的钟。正好是星期天，我就待在家里，等母亲把事情说出来。下午六点，那个人的火车就要到达上海，现在已经是快五点，我看母亲已经焦急得脸都快要变形了。我故意提醒说，妈，对对快放学了，你去接吧。对对是我女儿，在一所机关附属幼儿园兴趣班学弹琴，平时都是母亲接送，从来不让我们夫妇操劳。母亲骤然变得更加紧张，看看我，又看看妻子，不知所措，急得她马上就要哭出来了。看她白发满头、皱纹纵横的沧桑样子，我实在不愿意再跟她倔下去了。

此时，妻子及时地笑了笑，妈，对对让我来接吧，你们也该出发了。

母亲惊讶地"啊呀"了几声：出……什么……发？

妻子从母亲手里"抢"过抹布：妈，我已经把事情告诉了阙民。

母亲对着我目瞪口呆，脸上变成了始料不及的惶恐。

我不置可否，手里晃动着车钥匙。

"我，我……"母亲是想解释些什么，但无法找到合适的语言，慌乱得像被人撞见的小偷。

妻子催促我说，还磨蹭什么？K150火车快到上海南了，跟妈一起出发去接他吧。

我缓缓地从沙发上站了起来。妻子为我们打开了房门。

母亲不知所措，急速地搓着双手，揣摩着我的意图。

"我们，去接他吧。"我淡淡地说。

母亲脸上露出了短暂的内疚，却转瞬间换成了恰到好处的喜悦，环视一下，觉得似乎少了些什么，吞吞吐吐地对我说，我想借用你的一套西装，旧一点的也成，他一离开上海，我就还给你。

我愣了一下。母亲说，他一向龌龊邋遢，总成不了体面的人。

母亲又一次用了"体面"这个词。我刚才还平静的心情突然变得不快，也许母亲看到了我脸上的不快，瞬间便后悔，紧张地收回了刚才所提的请求："那就算了，该怎样就怎样吧，你就当暂时收容了一条疯狗。"

我当然不会拒绝母亲借一套西装。但我反感于"体面"一词，那个人，还有父亲，都被这个词伤害不浅。我拣了一套还崭新的黑色西装，那是我身材还瘦的时候穿的，闲放在衣柜里两三年了。母亲双手抱着西装，一出门，便用西装遮掩了大半个脸，还低着头，像一个怕羞的孩子小心谨慎地跟在我的身后。

二

母亲坐在我的小车后排。在去火车站的路上，我以为母亲会主动跟我说起那个人的，但她没有说，只有我一个劲地发泄着对堵车的不满。母亲以为我借题发挥，把西装抱得更紧了。我看看表，说，可能要迟到了。母亲没有回答，眼睛一直看着窗外。窗外是无边无际的车流。我回头仔细看了一眼母亲，原来她哭了，那眼泪就滴落在西装上。

我从见过母亲流泪，是的，多少年来，她没有在我面前掉过一滴眼泪，现在她竟然流泪了。那浑浊的泪水沿着脸皮上的褶皱快速奔泻，深深地震撼了我。刹那间，母亲完全复活了，激活了我的记忆，把我一下子拉回到混乱的童年。

本来，母亲在我九岁那年已经死了。从那时起，我心里再也没有母亲。

母亲逼死了父亲。至少那时候我是这样认为。

事情的起因跟一个唱戏的男人有关。年轻的时候，具体的说法是从十九岁开始，母亲便跟着牛戏班唱戏，经常扮演皇后和贵夫人什么的，还小有名气，高州一带几乎无人不晓得她。与她名气相符的，是她跟戏班班主的关系，在米庄也是公开的秘密。班主姓王，原来也是中学教师，因超生被开除后，拉几条人马拼凑了一个戏班。母亲是后来才加入他的戏班的。她和班主的暧昧使得戏班到了哪里都被人津津乐道或指指点点。但班主毕竟是四十多岁，有三个孩子的有妇之夫，母亲纠缠了好些年月，绝望后才嫁给父亲的。一个戏子能嫁给一个人民教师是一个令人羡慕的归宿，特别是像母亲这样名声并不太好，又显得大龄的戏员。父亲的决定遭到了祖父的激烈反对，但父亲是一个见过世面的人，并不在乎别人的看法，哪怕是祖父。当然，父亲也是有条件的，就是母亲不能再唱戏。那时候的戏班门前冷落，已经没有当年的红火，衰败的迹象越来越明显，且势不可当。嫁给父亲后，母亲没有食言，果然放弃了唱戏，并且因为她的离开，戏班也很快作鸟兽散。年轻的戏员大部分去了离香港很近的地方。班主除了唱戏，身无所长，待在高州乡下，跟一个木匠专心致志做家具，家具越做越好，只是与母亲再也没有来往。母亲似乎已经迅速忘掉了过去，把所有的精力都用在恢复、维护和提升自己的声誉上。

母亲并不认为自己的名声没有什么不好，她说，她没跟那个姓王的班主睡过觉，光明正大得很。确实也没有什么证据，甚至连谣言都没有涉及母亲是否跟班主睡过觉，米庄见过班主的人都说，班主是一个老实正派的人。正因为如此，父亲才相信了母亲，米庄的妇人也慢慢相信了母亲，谁也不再重提她过去与班主的那些事，并对她产生了敬畏。所有的闲言碎语都销声匿迹后，母亲却趾高气扬起来。母亲觉得自己与米庄的其他女人是不一样的。多年以来，她总是高人一等地俯视着米庄的一切。母亲的懒惰和傲慢很快出了名，甚至超过了她唱戏积累下来的名气。她很少干农活儿，忙时都是花钱请人干活儿，父亲一直不愿接母亲去藤县，母亲满腹怨气，干活儿就更少了，她是米庄唯一穿着丝袜和凉鞋在田埂上走动的人，走起路有一种城里人的咄咄逼人的气势，仿佛是当年扮演的皇后一样。不仅如此，母亲越来越敏感而多疑。她绝对不允许别人损害她的声誉。有一次，李桂花无意中提起了当年跑数十里山路赶到高州看戏的旧事，母亲以为她含沙射影，大发雷霆，整整骂了李桂花一个下午。那是米庄历史上最漫长的一次骂人，把李桂花骂得胆战心惊，差点要给自己的肚子里灌农药。米庄的人也终于见识了一个唱过戏的女人的蛮横和凶悍，那是一个马蜂窝，谁捅谁倒霉。从此，米庄再也没有人敢大声唱戏，那些当年录下来的录音带也被封存起来。妇人们甚至不敢三五成群地聚在一起，生怕母亲怀疑她们议论她，败坏她的声誉。米庄所有的人好像都对她充满了敬畏，母亲越来越觉得自己就是米庄的皇后，凛然不可侵犯。

转折出现在我七岁那年。

有一天，一封寄自高州的信突然来到了米庄。这封信在村公所信件存取处的时候便被人翻动得破破烂烂，在那些捎信的小学生手上，封口差点洞开，最后落在一年级的小学生阿权手里，阿权不敢把这封看上去被人拆封的信送给我母亲，他的母亲李桂花看到此信惊惶莫名，犹豫了很久，才连夜把信悄悄地交到母亲的手里。

李桂花惴惴不安又神秘兮兮地对母亲说，王班主给你写信了。

母亲迅速抑制住内心的欣喜，黑着脸，狐疑地看着李桂花。黑夜无边，孤灯如豆，李桂花顿悟，拍着硕大的胸脯向母亲发誓，她没有看过信……尽管轻易就可以把信从残损的信封里抽出来，又原封不动地放回去，但谁也没有偷拆过信。母亲向李桂花表示了无限的感激和有限的信任，从高高的橱柜上取下两卷柳州白面，塞给李桂花，算是奖赏。第二天，母亲对我说，她得去一趟外婆家，外婆病了。外婆在谷镇柳村，母亲清早出发，黄昏便匆匆赶回，回来后，把自己关在房间里嘤嘤痛哭，哭完了出来，别人问她为什么伤心，她逢人便说外婆身体大不如前，腰椎间盘突出更厉害，连上厕所都要爬着去，可能快要死了，多可怜，她只有一个母亲啊。但两天后，在无任何征兆的情况下，外婆突然来到了米庄，精神矍铄，身体硬朗，嘻嘻哈哈地走家串户。母亲有些尴尬，说了一些自圆其说的话，大家似乎也不跟她深究，而且外婆确实是已经年迈，精神焕发只是表面现象，或许那是回光返照。没有人知道母亲是收到一封信才去外婆家的，也没有人知道她到底去没去外婆家。也许李桂花知道，但李桂花不说。李桂花对信闭口不谈，好像根本就不知道世间曾有此信的样子。母亲放心了，又趾高气扬起来。但不久，李桂花上门借钱了。这个一向胆小如鼠，在别人面前连咳嗽都不敢，对母亲从不敢正视的女人，胆子突然大了起来，不仅在母亲面前理直气壮地说话，还敢向母亲借钱了。她说阿权拖欠了两个学期的学费，校长像黄世仁一样天天逼。"逼他老妈的上吊呀，臭卵！"李桂花竟然敢骂人，而且骂的是校长。母亲先是惊诧了一下，然后慷慨地说，有困难，你说话，一定得让孩子上好学。李桂花拿过钱，并不说一声谢便走了。过了半个月，李桂花又推开了我家的门，说阿权的外婆要过生日，十几年了送不起一件像样的东西，都让娘家的人瞧不起了，这次说什么也得送套灯芯绒棉被，结实一点的……母亲送给了她一床崭新的灯芯绒棉被，那是她结婚时外婆送的嫁妆，她一直没舍得用。又过了半个月，李桂花再次登门了。母亲以为她是来还钱的，但李桂花说地里的水稻都快瘦死了，孩子们很久没吃肉了，个个像饿死鬼似的……李桂花来借钱的次数越来越多，数额越来越大，母亲穷于应付。令母亲更难堪的是，除了李桂花外，米庄的其他女人也纷至沓来，跟母亲借钱。母亲越来越相信，李桂花肯定看过那封信，而且她还把内容告诉了其他女人，否则，那些女人不会底气十足、心安理得地向她借钱。母亲不敢得罪她们，像向她们偿还陈年旧债一样，装出热心肠的样子，把钱送到她们的手里。那时候，父亲每月都寄回来一些工资，看起来钱不少了，但事实上根本不够我家的日常生活开支，经常捉襟见肘，现在日子更加难过，吃肉的次数越来越少。祖父以为父亲不寄钱了，用筷子敲打着饭桌，发泄对父亲的不满。实际上，是母亲把父亲寄回来的钱都"送"光了。但别人不知道母亲的口袋里已经没有钱了，还登门拜访，向母亲诉着不知真假的苦。母亲依然装着很慷慨的样子说，好吧，你明天一早再过来。第二天，借钱的人比晨鸣的鸡还早，啪啪地敲响了我家的门，从母亲手中拿过钱扬长而去。借钱的人刚走，母亲关起门就骂人，不像骂一个乡亲，而是像在骂仇人，骂得很难听。母亲的钱是连夜从汉阳叔那里借来的。汉阳叔那里的钱也不多，但又不敢拒绝我的母亲。不过，日久了，汉阳叔便产生了怀疑，对我说，你爸不寄钱回来了吗？我说，寄，不过又让她们借走了。母亲不愿意让她们说出那封该死的信，便通过不断地给她们借钱，讨好她们。但欲壑难填，母亲需要的钱越来越多，不断给父亲写信，叫他多寄些钱。然而，父亲每月寄回来的钱一分也没有增加，母亲捉襟见肘，眼看就无法应付那些把她当成提款机的人，心急如焚，把家里值钱的东西拿到镇上卖了，但也是杯水车薪。有一天，汉阳叔在镇上没有回来，母亲失信于说好第二天上门拿钱的李桂花，令她很难堪。李桂花喋喋不休地埋怨着，突然收起脸上的不快，悄悄地跟母亲说，阙校长在藤县可能有了女人……你就说他有了另一个女人，他以为你知道了他的秘密，他肯定紧张，一紧张，就会寄更多的钱回来。后来，越来越多的借不到钱的女人都跟着李桂花替母亲断定父亲在藤县另结新欢。母亲暴跳如雷，恶骂远在数百里之外的父亲。第二天，家里的鸡全死了，我相信是给母亲骂死的。母亲就是这样干脆把屎盆子强扣到了父亲的头上，让父亲蒙上天大的冤屈。

父亲在藤县中学当校长，要坐整整一天的汽车才能回到家里。因此，很少回来，除了每月寄钱回来外，很少有他的消息。母亲写信给父亲，说我终于明白你为什么不带我们母子去藤县生活，原来你在藤县有了第二个女人。父亲开始时坚决否认，但又拿不出不接母亲去藤县的理由，后来干脆对母亲的质疑不置可否，钱也不按时寄回来。面对上门借钱的妇人们，母亲把囊里羞涩的责任推给了父亲，气急败坏地说，他的钱都让那个狐狸精管起来了……我的声誉都让他败坏了！我在米庄再也待不下去了。她甚至当着她们的面给父亲写了一封措辞激烈得让她们也感到胆战心惊的信。一个星期后，父亲从藤县回来，母亲跟他争吵了一架，我听到了母亲说到了"离婚"这个词。第二天，父亲给她扔下一沓面额千差万别的皱巴巴的钞票后，就离开了米庄。看得出来，父亲内心装满了不为人所知的悲伤。我不知道，数月不见的父亲除了胡子拉碴，为什么还有那么多的悲伤。那些悲伤像黄昏中里无家可归的鸟儿，缠绕在父亲憔悴的脸上。直到半年后，也就是大伯，将父亲的骨灰从藤县带回来后，我才知道，其实父亲在藤县没有女人，所有的同事和学生都对来自他故乡的怀疑和侮辱表示了强烈抗议。父亲在学校里是一个好得不能再好的人，堪称楷模，校友会正在谋划给父亲立一个半身塑像，让他和死于一九三一年的第一任校长、著名的漫画家方正康并肩站在校园一隅。父亲只是得了一种治不好的病，但他不告诉任何人，连母亲也不知道，他一个人和疾病孤独地抗争着，还从自己少得可怜的工资中寄了大部分给母亲。父亲在藤县欠下的三百五十七元的债务并不是他留给我的唯一遗产，他最后一次离开米庄时的悲伤是给我内心永远的痛。然而，父亲至死也不知道，那个姓王的班主曾给母亲寄了一封信。我也不知道这是一封什么样的信。李桂花也没有说，或许她真的没看过信。但可以肯定的是，母亲偷偷去了一趟高州。

听到父亲死讯的时候，母亲还在生父亲的气，她以晕车为由，坚决不去藤县办理父亲的后事。她对村里的人说，我不想去藤县丢脸，他死了，我还要活，他比我更狠心，他把我的声誉毁了才死。

我对母亲的恨半年之后达到了顶点，因为她不顾我的哀求，改嫁给了陶县中学的一个上地理课的教师，就是正在来上海途中的那个人。

我清楚地记得，母亲收拾行李离开米庄的情景。那是早晨，确切地说，是四更，趁我还在梦中，她便悄然地从我身边爬起来。昨晚伴睡的时候，她一直把那双父亲从藤县寄回来的花布鞋穿在脚上，门一直没有上闩，因此她拉门出去的时候轻得没发出一点儿声音。但她不知道，我昨晚也是一夜都在睁着眼睛，老鼠多少次路过屋顶，邻居张大发咳了多少次，我都听得一清二楚。母亲前脚踏出门槛，我就说话了：

"妈，你真要走？"

母亲吃了一惊，待在门槛上，前脚悬在空中，随时准备放下来。

"你一走，我就成孤儿了。你不能不走吗？"

这是我重复多少次的话了。母亲没有作声。寒风从半敞开的门里鱼贯而入。

"要走，你也应该带我一起走。"

母亲的前脚狠狠地放下来了，接着后脚抬起来，身子往前倾。

我坐在床上，本想去死死地拉住母亲的大腿，不让她走，但我知道谁也拉不住她。果然，她的后腿也离开了我，头也不回。我跑出来对着她决绝的脚步声，说了最后一句话。

我说，你走了，就永远不要回来！

败坏母亲声誉的人

双目失明的祖父比我更加警醒，他一夜都守在我家通往大路的必经之路上，但母亲选择了一条从香蕉地的左侧布满荆棘的小路走了。祖父拄着拐杖，跌跌撞撞地追过来，却摔倒在阙兴邦的池塘里。祖父的右腿就是那时候瘸的。趁我打捞祖父之机，母亲已经转过黄岭坳，一个小时后，卖豆腐的陈三看见母亲已经跑到深隆圩，挤上了一辆开往县城的班车。那班车招起的尘埃，把陈三的豆腐都染成了米黄色。我对母亲的恨一下子到了顶点，几天后，我给母亲寄去了一封语句并不十分通顺却恩断义绝的信，实际上是一纸断绝母子关系的宣言，收信人地址就是陶县中学地理组，收信人的姓名就是那个地理教师，让他转给母亲李凤兰。我不知道这封信是否顺利到达母亲的手上，反正，从此，我再也没有到过陶县县城，母亲也没有回过米庄，甚至连信也没给我写过，好像从没生过我这样的一个儿子。后来，米庄有人在陶县县城菜市场见过母亲，试探性地对她说，回去看看你的儿子吧，他都瘦得像条癞皮狗了，至少你也给他寄些钱、衣物什么的。但她装着不认识那个乡亲，话没听说完，提起菜篮子就走了，菜篮里装满了各式各样的菜。那人回到米庄，添油加醋地把情形描述一番，乡亲们都骂母亲是狼心狗肺，很快，孩子们都喊着一句顺口溜上学：鬼捂眼，校长娶了李凤兰。

　　李桂花是在母亲离开米庄后的好些日子才说出信的秘密。她看过信，而且还把信抄写了一份，但她一直没有把副本拿出来，她只是说，做过教师匠的班主跟其他人就是不一样，连信都写得像课文一样好。母亲所不知道的是，她的声誉在离开米庄之前便迅速土崩瓦解，反而父亲赢得了越来越多的同情和尊严，他的声誉得到了彻底的平反和最大限度的提升，连出卖母亲的李桂花在米庄的地位也节节往上攀升，她开始敢在米庄大声说话，大声吆喝，甚至大声骂人。

大家以为母亲会投靠班主，因为班主给她写过信。但母亲走的是与高州相反的方向。在此之前，没有人知道那个地理教师，是母亲的一个姑父介绍的，说地理教师书教得好，身体也好，又能带着老婆在县城生活。关键是能在县城生活，母亲瞬间便决定嫁给一个素不相识的男人，离开米庄远走高飞。

……

母亲离开米庄后，我先是跟着年迈的祖父，第三年秋天，祖父病逝，第四年春天，在柳州钢铁厂当临时工人的大伯把我带走了，供我在柳州读书。一九九三年，我考上北京电影学院创作系，毕业后，和表演系的妻子一起落户上海，主要从事影视的制作发行和经营，工作得心应手，事业蒸蒸日上，在圈子里声名鹊起。

人都是这样，事业有成的时候都会想到报恩，特别想从物质上孝敬自己的父母。看到朋友们有了条件后都把父母亲接到身边，我心生羡慕，也打听了一下母亲的情况，知道她过得很不好，甚至有人看见过她偷偷捡垃圾和拾煤渣，甚至经常到学校食堂捡被扔掉的菜叶……我多次萌发把她接到上海来的冲动，但我无法迈出那一步。我不止一次跟妻子说过，对自己的母亲，我有心理障碍，说不清楚，反正被什么东西折磨得隐隐作痛，虽时间久远，却不能释怀。母亲因为愧疚和爱面子，也许永远也不会来找我了，直到老死。但二十年后的一天，她竟不顾一切地来到了上海，突然出现在我的面前。

败坏母亲声誉的人

三

那天，对对刚刚满月，我和妻子正在家里为她举行一个简单而温馨的仪式，好多亲朋好友都参加了，特别是圈子里的好些朋友都来了，屋子里满满的人。对对也许对那么多的人不习惯，一直在哭。朋友们不断地变着花样搞笑，气氛热烈，但对对并不买账，哭的声音盖住了笑的声音。朋友们都觉得无计可施，准备撤退的时候，对对突然笑了起来。朋友们惊喜地又要逗她玩，此时，门铃声响了。

令人吃惊的是，一个头发蓬乱、有些驼背、神色难堪的老太婆怯生生地站在门口，寒风中，她的嘴唇和双腿有节奏地颤抖着。

开门的妻子端详了一番说："大娘，你走错门了吧？"

"不会的……我找阙民。"

"我就是阙民。"我走近她，认真辨认了一阵，从那饱经风霜的脸上终于认出来了，她就是二十年没见过面的母亲！

母亲迅速认出了我。我们隔着一道门槛相持了好一阵子。我措手不及，我无法做出更世故、更圆滑的决定，朋友们已经围过来，纷纷打听，她是谁？

最先猜测到答案的是妻子。她把母亲大大方方地拉进屋里。屋子一下子显得更加拥挤、局促，一个陌生的老太太的突然出现使得气氛骤然变得尴尬和冷清。

朋友们随后也猜到了答案。

"大娘，你来得正好，你的孙女一看到你就不哭了。"朋友们奉承道。

母亲站在靠墙的角落里，把脏兮兮的行李袋放在垃圾桶的旁边，使劲地搓着双手，远远地看着对对，但不敢靠近。

"大娘，你是从老家来专门探望孙女的吧？"朋友们想缓解一下尴尬的气氛，问母亲。

母亲突然机智地说："我……我是来帮带孙女的。"

朋友们觉得这是自然而然的事情。他们说了很多恭维的话，母亲的胆子才慢慢大起来，探头探脑地找到卫生间，用洗衣粉用力洗了几遍手，在自己的衣服上把手擦干，然后试探着要抱对对。妻子犹豫了一下，把对对往母亲的怀里送。对对和妻子挡住了母亲的脸，让别人看不到母亲的紧张或幸福。

后来得到的信息确实是，母亲不是专门来看望孙女的，她根本就不知道世界上什么时候多了一个对对。她是来投靠儿子，是为自己的晚年寻找出路。对她来说，她来得正是时候，当着一群体面的人，我根本无法做出与她意愿相反的反应。我接受了疏远了二十年的母亲重新和我生活在一起的事实。此后的日子，我们小心翼翼地相处着。母亲很快把对对哄得对她产生了很强的依赖性，对对更喜欢与母亲在一起，妻子无法摆平的事情，母亲能够轻易摆平。对对越来越离不开母亲，除了吃奶，她总要跟母亲在一起，妻子也觉得无可奈何。母亲跟我说话不多，她想表达的东西常常通过妻子到达我的耳朵。母亲说，她无法跟那个地理教师过了，他不但越来越古怪，而且穷得连自己也养不起……但母亲还是没有为过去的事情表达对我的歉意，如果她向我道歉，或许我们的感情会好一点，至少不会像现在这样，外人肯定看不出我们是母子关系，她更像是我家雇用的一个老大妈，她几乎争着把所有的家务都做完，好像她不是来养老的，而是来干活儿的。

至于那条"疯狗"，是母亲来到上海后，我才有兴趣通过陶县的一些朋友了解了一些情况。二十年我给母亲写信的时候，就知道那个地理教师姓张，当时还记得名字，后来混淆了，老是记不清叫张运球还是张达球，实际上是叫张发球，但没几个人叫他的名字，都叫他张矬子，因为矮矬。他早年毕业于北京师范大学中文系，听说能写得一手好文章，县政府要他，但他恃才傲物，不愿意去，除非县长亲自请他。但他一直等不到县长的邀请信，就罢了，他说哪里也不去了，即使省长请也不去了，他就喜欢做教师，相信能教出千千万万个县长、省长。但学校一直安排他教地理。在母亲嫁给他之前，他有过一个老婆，"文革"时死于难产。母亲嫁给他后，才发现他是一个怪人，好赌，对未发生的事情，小到女同事肚里孩子的性别，大到国家领导人的更替，他都喜欢跟人打赌，赢的少，输的多，输掉一桌子饭、一桶学校发的油是常有的事。母亲常常是，从总务科那里领回来一袋新米，刚到家门口便有人截去了，说是张矬子打赌输掉的。当然，学校是不准赌博的，那些从母亲手里拿走东西的人都是鬼鬼祟祟、偷偷摸摸的。母亲的脸面不知往哪儿搁，跟那个人的争吵逐渐多了起来。那个人的劣根性比好赌还严重得多的是好告状。学校没有一个领导没被他告过，看到领导告不倒，便告同事，说某某上课心不在焉，没有责任心，说某某的教学水准应该到乡村去……他跟好几个教师打过架，还从垃圾箱取女生用过的月经纸塞到校长的单车里。使学校颜面尽丧的是，有一次那个人要没收一个在课堂上戴耳塞听MP3的女生的耳机，那女生拼命反抗，急中生智，把耳机塞进自己的胸罩里。那个人并不善罢甘休，顺藤摸瓜地把手伸进那女生的胸罩里去，连耳机和胸罩一起揪了出来……那女生的家长找上门来，母亲站在家门口挡住了气势汹汹的大男人。那个人嘴里哗哗啦啦地从屋里跳到大男人的面前："即使你女儿把耳机藏到×里，我也要将它揪出来！"大男人要动手，那个人说："你等一下。"突然转身抓住母亲的衣领，飞快地把手伸进母亲的胸脯里，要掏出胸罩。但母亲早已经不戴胸罩，那个人愣了愣，把母亲薄薄的上衣"哧"的一声撕破了，那两只瘦瘦的乳房袒露在众人面前。母亲无地自容。那男人始料不及，自知遇上了一个什么样的人，在众人的哄笑中仓皇败退。但这件事情远没有平息，几家晚报添油加醋地把它写成了一则花边新闻。这一年，县教育局终于忍无可忍，把他调到远离县城的一所镇高中去。可他死活不去，课照上，取代他的教师你上你的，他讲他的，两个教师同时站在讲台上是县中多年未见的蔚然奇观。教育局没有办法，只好把另一个教师从讲台上撤了下来。我想不到的是，那个人也喜欢电影，他经常光顾的地方便是县电影院。但他经常逃票，他从电影院背后的与菜地相连的一堵墙挖了一个窟窿，晚上就搬掉石块，从那里钻进电影院。有一次，被电影院的人发现，揪住他的双腿，活生生地从窟窿里拖出来，一直把他拖到大街上，让县中的校长来认领他回去。但校长没有来，是母亲带着钱去赎他。那个人装成一头死猪，躺在电影院门口的大街上，很多围观的人在大声起哄，还有人往他身上扔果皮，围观的人群中有不少是县中的学生。母亲看到他的时候，他好像已经睡熟，浑身是垃圾，跟一个疯子差不多。母亲把一百场电影门票的钱交到电影院的人手上，电影院的人才愿意放过他。那个人才从地上爬起来，对密密麻麻的人说：

"你们弄不死我。"

这是那个人的口头禅，遇到别人欺负或输掉了打赌，他总是说这句话，恶狠狠的。我可以想象，母亲带着那个人从熙熙攘攘的大街上逃之夭夭的狼狈情景。令母亲颜面扫地的还不止于此。经常有那个人过去的学生登门拜访，滔滔不绝地描绘外面世界的浮华和他们出类拔萃的经商才华，方法不一，目的都是一样，说服那个人借钱给他们，开始说是借款，后说合股，但一个又一个学生借走钱后再也不回头，那个人苦苦攒下来的钱都被骗了。他当然异常愤怒，此后，凡是过去的那些学生登门拜访，不管是为了何事，不管男女，他都要抖出生殖器，以此驱赶他们。母亲经常是，想在他抖出那东西时阻拦他，结果他连裤子也脱掉……但来拜访他的学生还是络绎不绝，因为他的课上得确实好，那些学生在外面有了出息，觉得有他的一份功劳，也正因为如此，向学生抖出生殖器的恶名也传得更远。

那个人差点被开除的原因是，他自己主动承认，在一个月黑风高的晚上跟一个街头疯女人做爱，生下了一个孩子。这事件在陶城家喻户晓，妇孺皆知。那个疯女人来历不明，在南门街口游荡多年了吧，饿了吃垃圾，困了就睡在垃圾堆旁，除了一些顽皮的孩子经常用石头、果皮骚扰她外，没有人理会她，人们早已经习以为常，或者人们早已经忽视了她的存在。但有一天，有人突然发现她怀孕了，肮脏的衣服掩盖不住鼓起的肚皮，陶城的女人们大呼小叫地集结在疯女人的周围，七手八脚地掀起疯女人的衣服检验真伪，折腾了半天，终于证实，疯女人真是怀孕了。消息疯传的结果是，惊动了妇联、医院、计生委和公安局，他们和全城的女人一样，齐声谴责导致疯女人怀孕的男人。他们把"他"骂作流氓、色狼、土匪、强奸犯、变态狂，不断催促公安局尽快破案，把那个恶棍揪出来，把他的生殖器剪了喂狗。公安局不是万能的，直到疯女人的孩子生下来了，仍查不出孩子的"父亲"。出乎意料的是，疯女人会疼爱孩子，福利院的人来了多次，想抱走孩子，但她拼死不从。从医院回来，她就天天坐在南门街头给孩子喂奶。见过那孩子的人都说，他长得并不好看，头又扁又平，眼睛和鼻长得不合乎常规，脸颊一生下就是脏脏的，一看就是龌龊鬼的种。那个人是在一个教师结婚宴上喝了足量的酒后说那个孩子是他的，他说，他才是那孩子的父亲。宴席上的所有食客扔掉碗筷，呼啦地围过来，听那个人揭开一个困扰他们差不多一年的谜。

那个人把双脚盘在凳子上，把空酒瓶抱在怀里，有几分神秘，又有几分得意，说得文采飞扬："一年前的一个晚上，我到卢家强老师家喝小孩满月酒，喝多了，像今天这么多。回学校时，夜深了，街上空荡荡的，路灯又不亮，就在南门，我骑的自行车撞上了一堆垃圾，摔倒了，怎么不痛啊？用手摸了摸，原来正好倒在疯女人的怀里，那疯女人狠狠地抱住了我，就像现在我抱着酒瓶一样——那是女人对男人的渴望，就像酒鬼对酒瓶的向往。"

男听众们羡慕，女听众们哂笑。

"你们说，有这种好事你们做不做？"

那个人浅薄地对男听众们说。但他们没有附和，只是更浅薄地哄笑。

"我当时想，他妈的，卢家强有孩子，我就不能有孩子？我老婆不能生，我就不能让别的女人生！"

那个人说得比电影还形象生动。他还没把话说完，全城的人都知道疯女人的孩子的父亲是谁了。第二天，警车开进了学校，那个人被抓去审查了三天，很多细节都证明是他作的案。正如他所说，一年前，卢家强老师的孩子满月酒宴确实请了那个人，那个人的确喝高了；路灯所证实那晚确实是老鼠咬断了线路，路灯没有亮；气象局记录，那晚的天气风大而阴暗，局部有小雨；南门的环卫工回忆说，那晚疯女人正睡在垃圾堆旁，而且被人脱掉了裤子；附近的街坊模糊地记得，那晚半夜一点多，也许是两点，似乎听到女人的尖叫，还有男人粗暴的低吼，以为是邻居腊肉店的酒鬼陈锋又在强奸老婆；母亲对前来问讯的公安证实，那天晚上，那个人是回得很晚，躺在客厅的门角里就睡着了，梦里一直都在得意扬扬地笑，说他也快像卢家强一样有孩子了；卢家强第三次打电话过来，问他回到家没有，母亲说，刚刚回来，卢家强当时惊愕地说，他离开他家已经一个多钟头了，十几分钟的路程，他把时间耗在哪儿了？那个人最好的朋友卢家强当然实事求是地向警察说了，这个细节大大增强了那个人犯案的可能性。似乎一切细节都已经证实，那个人就是孩子的父亲，强奸案的主角。公安局也觉得案件成功告破了，准备结案的时候，医院的证词却轻易地推翻了一切——孩子与那个人的血型不匹配。连血型都不匹配，也就没有必要再做更深入的验证。母亲不怕别人笑话，证实那个人因经常酗酒，阳痿好多年了，公安局的人在他家里搜出治阳瘗的药品种数量之多足以举办一个像样的博览会。那个人终于得以平反昭雪。把陶城搞得轰轰烈烈的"教师强奸疯女案"竟戏剧性地又成了悬案，直到现在，还是一个谜。那个人重新回到学校，学校不再安排他上课，教育局正在紧锣密鼓地整理材料，要把这个道德败坏的人从教师队伍中永远开除出去。好在那个人在省教育厅的同学为他说情，公安局又反复强调"此案与其无关"，教育局才以酗酒的"罪名"给他一个留校察看处分了事。但事情还没结束，一个月后，疯女人突然消失，有人说是她远在梧州的堂兄弟找到她并把她接走了；也有人说是高州的人贩子把她劫走卖到更远的地方去了；还有人说是一个老婆患不育症的乡下佬把她偷走了……总之，人不见了，那孩子却留在垃圾堆旁，早上的环卫工发现了他，整个上午，那孩子都在妇人们的手里传递，下午便转到了学校，好事者也可能是好心人，把孩子送到了那个人的手里。

"张矬子，她们把你的孩子送了回来，物归原主了。"学校里的老师告诉那个人。

那个人跑回家一看，那个孩子正躺在他的床上，在被窝里咯咯地笑。母亲说，她们嫌孩子生得丑，像垃圾一样把他送给你，我正想还给她们，至少送到福利院去。但那个人像捡了一块宝，乐呵呵地把孩子紧紧地抱在怀里，任母亲怎样劝阻、哭闹、威胁，那孩子像是他身上的一块肉，谁也掰不掉。那是他输掉了最后的一点尊严后赢回来的报酬，是上天馈赠的最后一件礼物。人一旦已经身败名裂，再身败名裂一千次也不在乎。如果还有这样的礼物，他宁愿再用十辈子的声誉换取。因此，他不甘心被平反，逢人便说，是医院的化验室搞错了，化验室主任是我的学生，他想帮我，只可惜他掩盖了事实真相……"

那孩子一到了那个人的怀里，生得竟越来越像他。别人说，张矬子，那孩子肯定是你的种，看来真的是医院搞错了。那个人也不推辞："我说过，孩子本来就是我的，他就应该是我的。"

"那你应该把孩子他妈也找回来啊。"

那个人故作想了想，说："要的，孩子他妈既会做爱，又能帮我生孩子，是一个好女人。"

诸如此类的话越来越多，母亲受到的伤害越来越大，跟张矬子的矛盾像巴以冲突那样持续不断、错综复杂，母亲在陶城再也没有什么面子，到了大街上，别人都取笑她：那孩子叫不叫你妈？那孩子会不会像他爸一样怪？那孩子……母亲受够这些了。还有比这难受的是，那个人的经济情况越来越糟糕，债主们经常上门讨债，本就捉襟见肘的，有了孩子后，更是雪上加霜，而且，他还以退休金做抵押，向地下钱庄借钱了！我想，母亲就是从那时开始对那个人绝望的。

后来的结果表明，那个人捡来的不是一块宝，而是祸害，那孩子把他的后半辈子折磨得死去活来。那个孩子从十一岁开始，便成了陶城最出名的小混混，他几乎偷遍了陶城的每一个商店和学校的每一个角落，那个人每天忙碌的事情就是奴颜婢膝地向失主赔礼道歉，来回公安局和少管所之间，求爷爷求奶奶地把儿子领回来。从十四岁开始，牛高马大的儿子便用拳头伺候那个人，经常把他打得鼻青脸肿，有一次还差点把他扔到江里淹死。母亲不是轻易让自己的孩子学坏的人，小时候，我犯的每一次错误都逃不过她的严厉惩罚，但她对那孩子一点儿办法也没有，还经常处于担惊受怕当中。那孩子十五岁那年，用拳头活生生地打断了母亲的一条左肋骨，母亲就是那时候开始不能直着身子走路的。更甚的是，那孩子不服母亲的管教，在校园里当众剥光母亲的衣服，那一次，是母亲一生当中受到的最大耻辱，她几乎要跳下深不可测的江水了却自己的生命……母亲和那个人相处的最后那些日子，所有的争吵几乎都与那孩子有关。那孩子十六岁便成为陶城臭名昭著的黑帮"西门霸"的骨干，十七岁，带领五个手下开赴山西，把一个逃债的老板一家子砍成重伤，但逃不出山西，被太原警方抓获，听说判了死刑。那孩子现在正在太原的监狱里，等待转瞬便要到来的执行枪决的时刻。那个人就是要取道上海见那孩子最后一面。

母亲跟着这样一个声名狼藉的人生活了二十年，饱经风霜，受尽屈辱，现在已经白发苍茫，没有一点儿从米庄出走前的威严、傲慢和霸气，变得谦卑、谨慎和低微，跟大街小巷上捡拾垃圾的老太婆毫无二致。

"咎由自取"，这个成语有时候在我的脑子里一闪而过，但更多的是怜悯和痛心。

四

我们到达火车站的时候，还好，K150次列车刚好进站，还没停稳。母亲偷偷地舒了一口气。旅客从不同的车厢里走出来，涌出站台。我和母亲就在验票的门口等。我对他的形象做了如下想象：矮矬，瘦，头发灰白，胡须拉碴，酒糟鼻子，一嘴被烟熏黑的牙，戴一副黑框眼镜，眼镜大得与脸不合比例，穿一套宽大的六十年代的旧军装，口袋里装着一只硕大的塑料水瓶，神色迷惘，嘴里喷着酒气。

那个人是最后一个从车上下来的，提着一袋子东西。母亲远远地指着他对我说，是他，是他了，我差点认不出他来。

出乎意料的是，那个人并不像我设计中那样猥琐，也不像母亲所说的那样邋遢，除了矮、瘦和怯懦，其他都与设计中的相去甚远。醒目的是穿着一套非常像样的黑色西装，还戴着紫色的领带，领带系得相当专业，皮鞋黑得发亮，应该是新买的，头发整洁，长短适中，脸干净得像刚从美容院里走出来，如果不是皱纹的破坏，可谓神采奕奕、光彩照人。看来他的样子把母亲吓了一跳。但很快，母亲刚才还紧张、不安的脸上展现了一些从容的笑意，手里的西装也没抱那么紧了。

那个人走到了出口，母亲的嘴唇动了一下，但张不开嘴。我隔着铁栏杆叫了一声："张老师。"

那个人并没有立即回应，而是礼貌又略带慌乱地把票交给验票员，把被撕裂的票放进口袋后才对着我微微一笑，并轻轻地点了点头，但对母亲一点表示也没有，好像她根本就不在场。

他说，你是小阙，阙民，搞影视的？我说是。

那个人"唔"了一声说，我听说过你……不容易。

我要帮他提行李，母亲赶紧制止：让他自己提。那个人便不愿把行李袋交给我，自己提着。我领那个人上车。那个人说先不上车，走到水果店里要买水果，对店主说，要最好的。我劝阻说，不要破费，我们家什么都有的。

那就买其他的。他固执地说。他随即穿过繁忙的马路，走进一家超市。母亲慌作一团，在我的身后喋喋不休地说着什么。很快，他已经买好了一袋子巧克力和蛋黄派之类的东西。我们上了车。他和母亲坐在后排，一直没有说话。出了火车站，他问了一句，小阙，车子是你的吧。我说是。他说了声不容易，后来很久不再说话。他一直在看窗外的风景，不动声色。经过外滩的时候，他才说，小阙，慢一点。我便慢下来，但后面的车按了喇叭，在催促我，我只好又加速了。我说，明天我们来这里看一下。他说，不了，明天一早，我得赶往太原。

那么急吗？我说。

急。他说。

我说，多留两天吧，来一趟不容易。

他坚决说，不留，我得赶往太原，要是有火车，今晚我就得赶路。

我说，那晚上再出来逛逛。

他说，这样就好了，全看见了。

也许他觉得不舒服，不断地拉挪着领带。我们都不再说话。母亲更是神情复杂地坐着，如坐针毡。

妻子和对对都已经在家里了。那个人怯生生地进来，不断地点头。对对小声地说，这人怎么老是点头啊？妻子扯了一下对对，笑容可掬地问那个人，怎么称呼？母亲左右为难。我赶紧说，叫张老师。妻子客气又热情地说，张老师请坐，欢迎来我们家做客。对对说，哪里有那么老的老师？妻子解释的时候，那个人在墙角的地方坐下来了，正好是当年母亲第一次进门时坐的凳子。母亲拿那个人买的东西给对对，对对挑剔地拣着，直到对对拿了几颗巧克力，那个人才放心地笑了笑。

对对突然恍然大悟，我明白了，他是奶奶的丈夫，但不是我的爷爷！

那个人大惊失色。母亲难堪得无地自容。我瞪了一眼妻子，她轻轻地掐了一下对对的嘴。妻子给那个人倒了水。我说，对对，今天老师都教了些什么？对对兴奋地数起来，妻子不断地提问，笑声不断，气氛才逐渐好起来。对对走到那个人的面前，要表演跳舞。那个人说，你跳吧。对对便跳了一会儿，但那个人并不怎么看她跳舞，心神不安的样子。

对对有些扫兴：你怎么不看人？你真没礼貌。

那个人说，我在看。

对对说，你没有看。

那个人小声地争辩说，我看了。

对对固执地说，你没看。

那个人有点委屈似的，猛地站起来说，我跟你打赌，我看了。

对对说，谁跟你打赌？你根本就没看。

妻子赶紧把对对拉到一边，训斥了一下。对对不服，委屈得呜呜地哭。那个人也不服，嘟囔说，我确实看了。母亲安慰对对，说那个人是乡巴佬，他不懂舞，他连上海也没来过。对对反驳说，他穿着西装，扎着领带，他不是乡巴佬，他是老师。

那个人的西装突然显得太长了，几乎盖过了他的膝盖，肩膀也太宽，袖子把手藏了起来，一下子显得滑稽。母亲嘴巴贴着对对的耳朵悄悄地哄她，对对扑哧一声笑了，不再理会那个人。母亲转进厨房。妻子客气地跟那个人拉家常，那个人并不多说，一问一答的，像论文答辩一样，问完了，母亲做的饭菜也上来了。我说，喝点酒吧。我要去拿酒。母亲阻止我，不要给他喝酒。母亲也许发现自己的态度有点生硬，转而用哀求的语气说，他喝不得，不要让他碰酒。我只好坐下。吃饭的过程显得沉闷而漫长，除了对对说一些学校和卡通片上的事，几乎没有别的话题。母亲一声不哼，也不正眼看一下那个人。我除了劝他夹菜，也不知道说些什么。那个人吃饭的时候并不客气，添了三次饭，把摆在他面前的那盆子鸡肉吃了一大半，连骨头都咽了下去，看来他在火车上饿坏了。对他狼吞虎咽的样子，母亲很不满意，给了他几次脸色，他也不以为意。饭毕，妻子和对对出门散步去了，母亲洗完碗筷，在客厅那个人的左侧面坐了一会儿，还是不说话。为了解闷，我就跟他说话。

我们是从地理说起的，先是说世界大国地理的优劣对国家战略的影响，后来主要是讨论地球变暖，先是主要由我来说，后来屋子里全是他的声音，邻居以为我们家吵架，敲门进来要劝架。他说得激动的时候，干脆脱掉领带、西装，露出破旧的、皱巴巴的、脏兮兮的白衬衣。母亲在一旁听，似懂非懂的，神情舒畅了很多。他也许觉得同一话题说得太久了，突然转了弯，和我谈影视。

"我喜欢电影，读大学的时候，我被公认是一个才子，我写过三部电影剧本，但那些有眼无珠的导演看不上……过去我想当导演，现在我只想开一间电影院，陶城最大的电影院，天天免费开放。"他兴奋地说，"我自己的电影院，想放什么电影就放什么电影。"

母亲吱地笑了一声，很隐蔽，但还是被我发现了。

"这是我一辈子最大的愿望。"他认真地说。

我说，我正好经营着上海市最大的电影院之一。那个人瞪大眼睛，羡慕之意得到了百分之百的表达。

他问了一下我的电影院的规模、经营情况，然后跟我聊电影。我跟他说张艺谋、陈凯歌、冯小刚，他却不屑一顾。

"我从不鸟国内导演，我只推崇爱森斯坦、伯格曼、戈达尔、黑泽明、安东尼奥尼、希区柯克、斯皮尔伯格……"

为了让我们的谈话更有趣，我说，你看过他们什么作品？

他掰着指头列了一串，有些片子因为太古老、太生涩，连我也没看过，他竟然能娓娓道来，让我惊叹不已。但他经常张冠李戴，把甲导演的片子安放到乙导演的篮子里，把法国的影片说成意大利的，把金狮奖说成金棕榈奖，甚至把此影片的人物混到彼影片里去而浑然不知……不过，对他来说，已经不容易了。

"你在哪里看的？"

"在林正日那里看的。"

"林正日是谁？"

母亲突然插话："一个比他老的小老头，一个电影狂，邻居，教化学的，他的儿子是县电视台的台长。"

扯远了。为了转移话题，我感慨地说，想不到陶城也有这样的影迷。

"早在十年前，我就跟林正日打过一次赌，我跟他达成协议，如果他输了，死了就把那些带子赠送给我。结果他输了，但直到上周他才死，死前果然履行了协议。现在想想，这一次赌打得真漂亮，我终于痛快地赢了一回。"他得意地说，"我也跟你订个协议吧，将来我死了，我也把带子全送给你。"

我摇摇头说，现在我不需要带子了，因为我的电脑里什么都有，DVD碟片用起来也比带子方便。他很失望，不说话了。气氛一下子冷冷清清的。我说，那你就给你的孩子留着。

"那也是，我给他留着……"他说，忽然惆怅，眼里闪烁着暗淡的泪的光芒。

我突然意识到说错了话，但无法收回来了。母亲显得有些局促，轻轻地叹息了一声，说，我去打扫一下杂物房。意思是说，今晚就让那个人睡那里。杂物房在阳台的左侧，很小，但没堆放什么东西，打开一张折叠床就成房间了。

那个人从裤兜里摸出一个皱成一团的烟盒，抽出一根烟，是自己用纸圈的，像小喇叭一样。放到嘴上，却又犹豫了一下。我说，不要紧，抽吧。那个人便狠狠地抽烟。

待他抽完一根烟，我提出，到外面散散步，看看上海市的夜景，他果然不感兴趣。我说，那去电影院看看，今晚放映《与狼共舞》，一部老片子，是放给那些怀旧的人看的。他也说不。我说，那看电视吧。他说，他从不看那些狗屁电视。我说，一夜过于漫长，那该干什么呢？"我就这样坐着，挺好的。"他说。我要出去了，我得去公司拿点东西。母亲说，去吧，她在家里看着。母亲怎么这样说话？他又不是小偷。那个人表情很麻木，一会儿，又抽了三根烟，客厅里的烟味浓得呛人。母亲手忙脚乱地打开窗户，还用葵扇把烟味赶出去。那个人低着头，好像想着什么问题。我轻轻拉门出去。

大约九点吧，我从公司回来了。在小区一层活动中心的回廊里围着很多人，喧闹得像开了菜市。平日里，那是老头儿们下棋打牌的地方，经常发生争吵，吵了又和，和了又吵，大伙儿也习以为常了，我也懒得凑热闹。这次吵嚷的好像跟平日不一样，似乎是一致对外，异口同声，理直气壮。我忍不住拐过去看一眼，看谁运气不好，被那几个老头儿缠上了。我拨开人群，首先看到的是母亲，然后才是那个人。那个人坐在地上，几个老头儿七手八脚地脱他的西装，他双手死死地抱在胸前，一副死猪不怕开水烫的样子。母亲卑谦地乞求那些老头儿，那些老头儿却一点儿也不给情面：愿赌服输，天经地义，但他抵赖，像死狗一样，哪里来的乡巴佬！

从哄哄嚷嚷中，我很快弄明白，原来那个人刚才从楼上下来观棋了，观棋就观棋呗，他却多嘴多舌，还跟他们赌了一回残局，结果输掉了身上的西装。可是，这套西装是借的，还要穿着到太原去，他死活不愿脱给人家。母亲说，他神经有问题，你们就放他一次吧。一个老头儿说，他怎么会神经有问题？赌的时候神气得很呢，还说这套西装是赌赢回来的，现在又说是借的，我们就是要灭灭他的神气劲——一个不识好歹的老东西！

我认识那个带头的老头儿，他的儿子去年下了岗，现在就在我公司看大门，还是我照顾的。我把他拉到一边，对他说，我是你儿子的上司，那个人是我家的客人。他狐疑地看了我一会儿，摇摇头，不相信，不认识。我马上打通他儿子的电话，让他儿子跟他说。那老头儿接完电话，态度才变了，原来你就是阙经理……那个人是你家的什么人？我们都不想赌，他偏要赌，口气比流氓还嚣张，大伙儿就是想教训教训他……好啦，都散吧，别闹了……老头儿跟那几个老头儿说了一通，老头子们扫兴地瞪了我一眼，嘟嘟囔囔的：这老头儿神经有问题，就不要让他出门到处撒野，这里是上海，不是他拉屎的地方！我赔着笑，说是。

围观的人也叽叽喳喳的，好像都是指责那个人的不是，母亲不断地给那些人点头哈腰，赔礼道歉。那个人慢吞吞地靠着墙壁站起来，从容地拍拍身上的西装，若无其事地说：

"狗屎，你们弄不死我！"

上楼是一段不短的过程，那个人表情严肃，在母亲面前极力维护着自己的尊严。母亲不敢正眼看我，电梯雪亮的钢板上可以看到她愤然的脸。进门，迎接那个人的是对对害怕的眼光，不等那个人开口说话，她已经躲到自己的房间里，只从门缝探出半只眼睛来。母亲依然不跟他说话。妻子说，那些老头儿个个都偏得很，上次我家的狗在草坪上撒了些尿，被他们骂得我家的狗都脸红了……那是好几年前的事了，第二天，妻子便把心爱的狗送了人。那个人突然恶狠狠地说：

"狗屎，他们弄不死我！"

妻子担心什么似的，不知道说什么好，母亲对她说，让他洗澡吧。那个人便去洗澡。妻子打了一个哈欠，和对对睡去了。我打开电视。母亲在客厅里喷茉莉花清新剂，她一边喷，一边不时怯懦地看我。我知道她肯定有话跟我说。果然，听到卫生间的水声哗啦地响的时候，她说话了。

"他给你们添麻烦、丢面子了，败坏了你们的声誉……"

母亲脸上的歉疚已经到了极点，再进一步就只能是下跪了。其实，我对此并没有多大的在意，就当是一个乡亲来借宿一晚，没有什么大不了的。我说："不要紧的，每个人都有自己的性格，都有小毛病……"

"好在他明天一早就走。"母亲说。

我说，我真的不介意。母亲仍然不相信我不会怪罪他，信誓旦旦地保证：

"他永远不会再来第二次了。"

我无话可说。母亲马上抓起拖把擦地板，特别是那个人走过的线路和坐过的地方，擦得特别狠。我意识到，如果我还在她面前的话，她就会忐忑不安，惶惶不可终日，我只好关掉电视，进自己的房间洗澡。妻子说，你早就应该进房间里来了，母亲都快哭了。

当我洗了澡，客厅的灯已经熄灭，也听不到外面的声息，估计那个人睡了，母亲也睡了吧。我在书房里看完一本《看电影》杂志，大约是十二点了吧，外面传来一些声音，是洗衣机烘衣服的声音，声音不大，很快便停止了。我轻轻地拉开门，从门缝里看，果然是母亲。她正在检查衣服是否干了，从那些衣服可以看出，那是他的衣服！一件衬衣，一件背心，一条长裤，还有一条内裤。她用手把衣服的褶皱一遍又一遍地抹平并一件一件地折叠好，小心地装进他的行李袋里，然后走到他的房间门前，隔着门，侧耳听了一会儿。那个人的鼾声时断时续，杂乱无章。母亲轻声地骂了一声"疯狗"，便转身进了她的房间。

一切都安静下来，我关了灯，也很快入睡。

大概是深夜两三点的时候，妻子推醒我，让我仔细听，外面有人说话。说话的声音是从阳台传过来的，尽管轻微、克制，但我们还是清楚地听到了。是母亲在跟那个人说话！

母亲说，学校没把多余的房子收回去吧？

他说，没有，不过要拆迁了，过了年就要拆，几间狗屎瓦房，早应该坍塌了。

母亲担心地问，那你要搬去哪里？

他说，花果山上搭了十几个简易棚子，像牛棚。

母亲说，老宋他们也要搬吗？

他说，搬，能不搬吗。

母亲说，人一退休就贱，哪都一样。

他说，不能怪学校，那些危房了……只是新建的不是住房，是教学楼。

母亲不满说，那你将来得一直住棚子？

他说，也许是——算好了。

母亲沉吟说，唉，这世道！

母亲小心翼翼地问，阿虎还有救吗？

他说，没救了，杀人偿命，天经地义。

母亲沉默了一会儿，可惜地说，他才十几岁啊。

他咳嗽了一声，才刚到可杀的年龄……我就一个儿子，我得把他的骨灰带回陶城去。

……

母亲唉声叹气地回到自己的房间，一切又恢复了宁静。

第二天还很早，我们梦中听到了母亲一声低沉的尖叫。我以为发生了什么事情，一开门，一股酒气迎面扑来。母亲正对着阳台的一堆酒瓶吃惊。

我走过去看。天哪，他喝了五瓶酒！酒瓶整齐有序地摆在地上。酒气弥漫了一屋子。

母亲气急败坏地骂道：疯狗！疯狗！

我劝母亲不要这样，喝便喝了，人没事就好。

母亲担心地说，鬼知道他醉死了没有！

母亲推开杂物房，惊了一下：他人呢？

房间里空荡荡的，母亲看看门外的墙角，行李包也不见了。

母亲惘然道："他走了！"

看样子，他是不辞而别了。

我也吃惊不小。母亲突然转身，从桌面上抓起昨天那个人买的巧克力、蛋黄派，迅猛而决断地往外跑。

我说，妈，你要干什么？

母亲没有回答，拉开门，电梯也不等，便往楼下冲。她穿的是一套与她身材不符的肥大的睡衣，把楼梯踩得啪啪地响。

我赶紧换衣服，准备出门追母亲的时候，妻子在背后叫住了我。他给我留下了一封信。我匆忙拆开，信中有信。一封是他写给我的，只有几行字：

阙民：这是二十年前你写给你母亲的信，我没有转交给她，现在原封不动地还给你。我要去太原了，一分钟也等不下去。

信纸渗着酒味，字却是端正清晰和苍劲有力。另一封信果然是二十年前我写给母亲的，那些字歪歪扭扭，却力透纸背；语无伦次，却充满了愤激和决绝，一纸少年意气。

我摔掉信，追出去。

追到小区大门外，却不见母亲的身影，保安告诉我，母亲已经打的走了。我赶紧开车往火车站赶去。早上车流拥挤不堪，赶到火车站的时候，半个小时前有一趟厦门开往太原的火车经过上海，那个人本来是要坐宁波往太原的火车，但这趟车两个小时后才到。也许他已经乘坐厦门的火车赶往太原了。那母亲呢？

　　我在火车站四处寻找，却不见母亲的身影。四下打听，一个工作人员告诉我，是有一个穿灰白色睡衣的老太婆提着一袋水果、罐头和香烟，气喘吁吁、心急火燎地要上火车，我问她要去哪里，她说太原，但那趟火车是开往青岛的。她说青岛的也要上。她固执而且蛮不讲理，没有票，却拼命往里挤，还动手推打我们，我们一个女同志还被她恶咬了一口，我们把她轰了出去……她是不是精神病？

　　我问：她人呢？

　　不知道。那个工作人员说，如果她是正常人，你就可以到拘留室找到她了，但我们从来不管疯子。

　　我把火车站的每一个角落都反复找遍了，还是没有找到母亲。妻子也从家里赶来，我们分头去找，把周边重新找了一遍，一直到中午，仍然不见母亲的踪影。

　　妻子说，也许她已经去了太原。

　　回家的路上，回答那些关心母亲下落的人时，我都淡淡地说：

　　"我母亲去了太原。"

　　除了我自己，没有人对此怀疑。

我遵循有传承、有来路的写作

——朱山坡　张　鸿

（访谈）

张鸿，1968年出生于辽宁大连。中国作家协会会员，文学硕士，文学创作一级、副编审。已出版散文集《指尖上的复调》《香巴拉的背影》《没错，我是一个女巫》《编辑手记》《香巴拉》，人物传记《高剑父》，散文评论集《大地上的标志》。广州市文艺报刊社副社长、副主编。

张鸿：在一篇创作谈中，你说"对已经掌握了一定叙述技巧和有文学底蕴的作家来说，短篇小说是可以写得完美无缺、无懈可击的，可以创造经典作品"。您如何理解小说"经典化"？

朱山坡：小说"经典化"仿佛不是作家能干的事情。作家只能向着经典的方向去努力。写出经典作品是每一个作家梦寐以求的理想。朝着经典写，是一个自我训练和超越的过程，是艰难的历险和跋涉。我遵循有传承、有来路的写作，我不相信横空出世。经典是有脉络的，像一座座山峰绵延在高原之上。当代作家也许已经写出了经典作品，尤其是短篇小说，需要被发现，需要时间来证明，更需要评论家和读者来指证，依靠媒介和影视等来传播。但仅仅是"发现"，就是一个巨大的问题。现在的人那么贪新厌旧，仿佛好东西都永远在后面，很少有人回头梳理多年前的作品，尤其是那些名气不大的作家的优秀作品。我们不能把什么都交给时间。时间并不天然公正和客观，时间只会淹没一切，必须有人站在岸边打捞、辨别、指认——对好的东西一直不厌其烦地唠叨。

问："乡村"作为一个创作母题，在中国现当代文学中始终占据举足轻重的地位。沈从文的湘西、莫言的高密东北乡、格非的儒里赵村、苏童的香椿树街，都是立足于乡村背景。当下，中国加剧了乡镇城市化的进程，城市小说渐渐抬头，大有跻身主流的势头。在写乡村还是写城市这个问题上，您怎么选择？

答：大多数中国作家是从写乡村开始的，是一种地理现象，也是一种生理现象。我写"米庄"多年，为自己虚构了这么一个地理概念和文学村庄暗暗高兴。"米庄"是个框，什么东西都往里装。后来发现，老是写一个地方，似乎被它框住了，自己有些厌烦，怕自己走不出去了，便开始跳出米庄，往世界上去写。其实，一个作家心有多大，世界就有多大，是不会被框住的。近年我开始主要写城镇。大城市我还把握不了，从小城镇开始吧，也蛮有趣的，几乎是陌生的场景，小时候没有经历过，靠想象，还得事先绘制地图，标明每条街道、小巷，每幢建筑物，以及每间店铺。去年我写了一部长篇小说《风暴预警期》，写蛋镇，就痛痛快快地写了一个城镇的生活场景。也许下一步我会写县城、省城，攻克更大的地方。城市比乡村更广阔、更繁杂，矛盾更集中，更适合文学生长。乡村日益衰败，或乡村城镇化，完全颠覆了童年记忆和对乡村的想象。虽然说不出再见，但事实上乡村与我们已经渐行渐远，城市小说成为文坛主流是必然趋势。

问：您生活在我的邻省广西。广东、广西虽然从地域、气候、风土、人文方面都有着诸多的相似，但从您笔下的高州（广东）和米庄（广西）来看，我却读出了寄寓其间的一种情绪化的东西，似乎您对社会变迁中的乡村满怀悲悯？

答：其实两广的差别还蛮大的，尤其是经济、社会发展水平和变迁程度。我家与广东相邻，语言、习俗、观念都差不多，交往十分密切。我们那里的人去广东的高州城比去自己的县城更多，对广东有天然的亲近感。但我老是感觉到我们处于被动的地位，广东人一直在牵着我们跑。我们一直是跟随、适应、融入，努力改变自己，把自己变得像广东人一样。这样也没有什么不好。只是有时候我们要受气，要被坑骗、被漠视。比如说，几年前一个广东人来到我村承包数百亩地种香蕉，雇了我村里几个人，干了一年多，说好了支付的工资到头来一分未给，地租也没支付，老板音讯全无，一地衰败的香蕉树还得村里人自己清理。我的一些小说里就写到类似这种现象。广东人让我们学会了很多，好的、坏的，都学会了。我也曾经是众多"学徒"中的一个，小时候跟广东贩子短兵相接，斗智斗勇。乡亲们憨厚中带着狡黠，善良中偶露狰狞。无论如何，乡村都无法逃脱被掏空、被剥夺、被扭曲、被强行改变的命运。 因为身在其中，所以有抗拒、有无奈、有哀叹、有悲悯的书写。

问：在这本《十三个父亲》中，您塑造了十三个不同的父亲形象，"父亲"于您而言是一种什么样的存在？连续书写同一个人物，这是您挑战自我写作极限的方式？

答：我真实的父亲出身贫寒，备受蔑视，一生毫无传奇性，积极上进，有理想追求，兢兢业业，却总是时运不济，就一个称职的父亲。他身上有许多优点，有很多值得称颂的地方，但我很少去写。我也无意将真实的父亲或其他亲人变成小说中的角色。因为我害怕他们看到，对号入座。我不能用文学损害亲人的形象和感情，即使是无意的也不成。因而，我的小说中的父亲是虚构的。父亲既是一个概念，也是一群鲜活的具象。猥琐的、颓废的、窘迫的、粗暴的、伟岸的、深沉的、慈爱的、坚毅的、果敢的、愤世嫉俗的、异想天开的、刚愎自用的……父亲，我恨不能把所有的父亲都描述一遍。我从来没有想过，也无意把"父亲"写成系列。有那么一阵子，让父亲作为小说的角色确实使我的叙述得心应手，竟然不知不觉之间写下了十几个以父亲为主角或配角的小说。纯粹是下意识的，是意外。直到有一天有人跟我说，你写了那么多父亲，会不会让人腻烦？会不会重复自己？这让我警醒。但我回头看了看，情况并不那么严重。众多的父亲性格不一，形象各异，有些还十分有趣，像父亲的模样。这让我放心。

问：在短篇小说《革命者》和《骑手的最后一战》中，都有马的形象。前者中的"我"骑着高头大马夺路狂奔，后者中的"父亲"被捆在马背上追寻火车而去。在这两篇小说中，马象征着什么？

答：在我心目中，马的形象是奔放的、野性的、勇猛的，有理想主义的色彩。它们应该在草原上风卷残云，或在战场上纵横驰骋。它是带领我们逃生的神灵，或是摆渡灵魂的使者。它是多么神圣的生物。我一辈子都渴望拥有一匹马。记得小时候，我第一次见识马，是在村里，从遥远的地方买回来的高头大马，眼睛明亮，身材健硕，只是有点老迈，被村里人当作耕牛使唤，下田耕地，在众多耕牛中鹤立鸡群。这让我很不爽。有一天夜里，我潜入马厩偷偷把它放跑。我以为它会沿着山路，逃离毫无用武之地的山旮旯，回到草原和森林里去。可是第二天，在田埂上又见到了它，被人呼来喝去，竹鞭子随意落在它的身上，噼啪声远远可闻。带我们逃离厄难，奔向光明、美好和未知的世界，这才是马的使命。在这两个小说中，马被赋予了诗意，像神灵一样存在。我还是想拥有一匹马。

问：《爸爸，我们去哪里》给人强烈的震撼，亲情在饥饿面前显得微不足道，您想表达什么？

答：关于饥饿，祖辈和父辈更有发言权。那么多年过去了，他们的描述至今仍让我"触目惊心"。小时候，我对一顿肉，一顿无须节制的肉的强烈渴望胜过一切。那些饿了一辈子的老人，临死前如果能吃上一顿肉，他们宁愿提前闭上双眼。而还没等到吃上一顿肉便咽了气的，亲人们要及时将一碗肉放至他的遗体旁边，肉也要一起陪葬。《爸爸，我们去哪里》是我偏爱的一篇小说，估计是小说中围观的人蜂拥而上争夺死刑犯吃剩下的肉这个细节把你吓着了。饥饿时期的爱情、亲情、友情，在肉面前会碎成一地。小时候我就看到过人们在酒席上对肉的明争暗斗，个个都是"心机婊"，他们的吃相在今天看来丑陋不堪，可是，谁在意吃相呢？这是几代人的众生相，也是集体的记忆。

问：您的作品中经常出现包括父亲、叔叔等亲人在内的"小人物"形象，也有一些残障者的形象，他们有着自己的人生追求，有着对幸福的渴望，但努力过后，他们无法把握自己的命运，最终变得无奈、麻木。您的这种对苦难似乎无处不在的人生书写很残酷，我很想知道您是以一种平视的角度来看他们，还是以一种俯视的角度来对待他们？您身居其中吗？

答：这些小人物都曾经雄心勃勃，但无法把握自己的命运，最终变得无奈、麻木、凄凉，疾病缠身，目光呆滞，在别人看来很残酷，但这是无处不在的常态啊。现在回到乡村，看看依然是这样。这是农村人的宿命。我感觉我一直身在其中，至少我的亲人还在其中，代代轮回。也许现在的生活水平提高了很多，但他们依然处于社会的底层和边缘。他们所谓的表面上的幸福生活危机四伏，根本不堪一击。我不能用小说美化他们，更不愿意丑化他们。但我对他们的亲近感从来没有改变。只是有时候我用冷漠和残酷的方式掩饰了我对他们的疼爱与怜惜。

问：我很喜欢您个性化的语言风格，虽然简洁、爽利、节制，但内含诸多繁复的元素，有传统写法，有先锋精神。当然，也只有语言能表达您想要表达的一切。我认为，从小处说，只有语言可以实现小说形式上的多元化；从大处说，只有语言可以确立作家的创作风格和实现作家的文学理想。这是不争的事实。您如何处理作品语言背后的那些更深层的存在？

答：我已经养成了一个习惯，看小说首先看语言。可能有失偏颇。因为小说还得看格局，看气象，看韵味，看故事和细节。有时候，语言会遮蔽内容。但我还是觉得语言是最重要的。小说是语言的艺术，语言就是风格。语言看重的是准确性和表现力。语言不能干巴巴，必须饱含信息量，能丰富小说的内涵，在叙述中扭转乾坤。有时候，故事和细节不能抵达的地方，语言可以穿透、抚摸，心照不宣地意会语言背后的深刻。

问：作为诗人转而小说创作，除了语言的诗意、美感的强化，还有什么特别的意义？其实，这是一个我很感兴趣的话题，不仅仅是对您的个人创作。

答：诗人写小说是虚构欲望膨胀的结果。当"真情实感"无法满足诗人的表达欲望时，他们便寻求虚构的方式。我喜欢天马行空，胡思乱想，喜欢激情表达，诗歌这种形式挺适合我，因此我写了好一阵子的诗。但终于有一天，我想把奇特的想象与现实结合起来，在生活中找到形象的对照，有鲜活的人物、生动的细节和内在的冲突。这是诗歌难以实现的事情。于是我就做起了小说。就表现人物的形象鲜活与故事的内在冲突而言，小说要比诗歌更合适些。小说和诗歌是截然不同的，诗歌是发散性的思维，讲究跳跃、飞扬，讲究意象、隐喻，诗歌是情绪化、碎片化的呈现；小说讲究逻辑，讲究结构，讲究叙述的节奏，强调可信度和整体性。我本以为诗人和小说家是可以互相转换角色的，但实际上并非易事。我曾经动员过一些优秀诗人也一起玩玩小说，但他们试了几下后便断然放弃了，原因未明，也可能是因为写小说比写诗辛苦多了。有时候，我把一些故事构思写成诗歌，然后再演绎成小说，蛮好玩的。诗人写小说，除了语言占点便宜外，还有诗人的小说往往弥漫着一些诗意。而诗意，对小说来说实属难得。

问：曾经与作家鲁敏聊天时，她谈到她正在写以"城市病"为主题的一个作品系列。对于乡村题材驾轻就熟的作家来说，您如何看待"城市病"这一现象？它与您的"乡村"有冲突和矛盾吗？您如何处理这种尴尬？

答："70后"作家大多数是从乡村题材开始的，近年似乎不约而同地转向城市题材。我的理解是，对于"70后"这拨日趋成熟的作家来说，城市题材充满着巨大的诱惑，也充满着挑战。中国城市化进程之快超乎想象，是一场深刻的社会变革，乡村的人转移到了城市。城市日新月异，人心动荡不安，兴奋、迷惘、孤独，每天都发生着匪夷所思的事情，城市的时代已经来临。对小说家来说，这是难得的机遇。我们不会对眼前光怪陆离、荒诞不经的一切无动于衷。我们试图挣脱对童年记忆的依赖，把目光和触角伸向疑难杂症更多的城市。城市集中地暴露了这个时代的"病"。"城市病"是作家的心病，是作家的兴奋点。城市与乡村正好有一个强烈的对照，记忆与现实发生了巨大的反差，矛盾与冲突在所难免，但这不正是小说开始的地方吗？

问：在一篇访谈中，您提到"一切以赚钱为目的的文学创作都是耍流氓"。当下文学创作流派颇多，作家身份不同，境遇各异。一些作家专职写作，难免有赚钱方面的考量，但毋庸置疑的是，也产生了一些佳作。在这个问题上，您可否详细谈谈您的看法？

答：那是一个调侃。但也有警戒的成分。众所周知，现在最赚钱的是网络文学。网络文学中也有精品，但大多数离"文学"很远。这几年来，官方和民间对网络文学的吆喝声越来越大。有时候，我不觉起疑：对网络文学是不是赞誉过头了？我并没有贬损网络文学的意思，只是希望更理性、更客观一些，不要误导。我期待网络文学的"文学性"更强一些。以金钱衡量文学的价值是对文学的亵渎。对于专业作家，把赚钱放在重要位置是可以理解的，我也尊重他们，同时我也希望自己获得的稿费、版税更多，改善生活，但如果只是为了钱而写作，无法苟同。人各有志，自行其是。文学创作也是有初心的，不要写着写着就把初心丢了。